兩岸最終戰

龍飛將——著

決戰日

D-DAY

——但使龍城飛將在，不教胡馬度陰山——

推薦序

　　《決戰日：兩岸最終戰》是台灣第一本長篇軍事小說。

　　它以台海戰爭為背景，雖長達 15 萬字，但情節緊湊扣人心弦，讀來欲罷不能。即使情節是虛構的，基本的資料卻是活生生的事實，而且大局背景與目前國際環境緊密結合。

　　台灣長期遭受中國武力威脅，理應是最適合軍事小說寫作的環境，就像美國在冷戰時期就出版過大量美蘇軍事對抗主題的暢銷小說，甚至在冷戰結束至今 30 年，類似題材的小說大賣者仍所在多有。但是台灣，很可惜，卻沒有出版過一本跟自身安全相關的軍事小說。原因有二：軍事事務高度專業，一般無軍事背景的作家縱有文筆，很難涉足其中；此外，軍人雖然具備軍事專業，平日任務繁忙，無暇磨練文筆。戰鬥文藝和文宣寫作，並不能真正感動讀者內心。

基層官兵如何看待台海戰爭

　　這本小說跟媒體熱門人物最大的不同，是從國軍基層官兵的角度來看台海戰爭。這是一個長期被掌權者、被社會忽略的角度，但卻是對於戰爭成敗最具影響力的關鍵！裴洛西女士訪台至今，兩岸情勢緊張升級，媒體輿論關注的焦點都在執政當局的政策立場、朝野政客的政治表態、以及名嘴網紅的表演，鮮少注意到站在第一線的國軍官兵內心的想法。兩岸一旦開戰，基層官兵首當其衝必須奔赴火線，他們怎麼看待這場攸關個人生死的戰爭？如何解答為誰而

戰為何而戰？是值得執政者、社會輿論共同思考的問題。

《決戰日：兩岸最終戰》生動描述了基層官兵在大敵當前時的心態，其中有無懼個人生死奮戰到底者，也有顧慮身家性命猶豫不前者，更有臨陣脫逃返家照應家人妻小者。這是這本小說珍貴之處！一般寫軍事文章者，字裡行間只會表彰歌頌軍人氣節，如此寫作難免脫離人性。《決戰日：兩岸最終戰》的作者卻是在情節中真實呈現出軍人性格的原貌，加入了人性，軍人血肉之軀便與一般人無異。趨利避凶乃是人性，軍人氣節之所以為人稱頌，是在於其在面對生死時，基於職責必須作出違背人性的決定。並不是每一位軍人都能夠做到這點，作者龍飛將從人性面描述國軍官兵面對戰爭時的反應，還原了軍人原本的真實樣貌。

打破禁忌探討國軍長期存在問題

這本小說另一個特點就是打破了軍方禁忌，探討國軍內部長期存在的問題，包括掩蓋問題粉飾太平和形式主義作風、基層部隊武器裝備老舊後勤補保積弊嚴重、行政程序僵化不符部隊實需、以及男女性關係等。

國軍內部存在很多問題，其實這些問題普遍存在於各國軍隊，各國也都致力解決以提升部隊戰力。但是長期以來軍方高層對軍中各項問題並非不知，卻視為禁忌拒絕面對及深入討論，其結果就是為了掩蓋問題而愈來愈偏重形式主義。長期以往，國軍真實戰力堪慮。

《決戰日：兩岸最終戰》寫出了基層部隊裡普遍存在的問題，並且清楚指出問題存在的原因。雖然是一部小說，但書中打破長期禁忌探討軍中問題，對企盼國軍推動改革者來說，可說是跨出重要的一步。

作為《決戰日：兩岸最終戰》的首位讀者，我衷心向大家推薦這本台灣等了近半世紀終於等到的小說！

前國防部軍政副部長
及華府喬治城大學講座教授

 博士

決戰日：
兩岸最終戰

一

一輪明月照著雪白雲層，遠處幾顆穿透月光的星星眨著眼。倏地一道尾流劃開雲層上緣，一架戰機彷彿打水漂的石子般越過雲際，在原本寧靜的夜空中激起些許漣漪。

國強聚精會神地右手輕握駕駛桿，將機身輕盈的保持在雲層上緣，雖然 IDF 塗的是低視覺化塗料，國強仍然覺得皎潔的月光照得整架戰機閃閃發亮。

「今晚的月亮太亮了」，國強撥下頭盔上的護目鏡，忽然不自覺地笑出聲來。他記得第一次飛 IDF 時，他抱怨頭盔的護目鏡顏色太暗了不習慣，後座的教官在耳機裡 K 他：「不習慣？等你飛夜航就知道了！」國強以為他聽錯了，直覺地嘴裡低聲唸著「講什麼幹話……」

他以為教官聽不到，結果換來教官在 1 萬 8 千呎高空用 9 個G 的迴轉再瞬間倒飛大手筆的招待他，讓他在空中把早餐全部吐出來還給國家。落地後滿身狼狽的他一直覺得是教官故意整他這隻菜鳥，直到今晚，他才真正見識到月光的威力……

「Cargo Flight ！右轉 090 雷達引導返場」無線電傳來 ACC 管制官的聲音。

是忠信在執班。當初在官校時兩人是戰鬥組同學，忠信是個體貼的兄弟，還幫國強把妹，這個妹後來真成了國強的老婆。

但忠信在 CCK 訓練組飛完就打報告說不飛了，主動申請轉地勤。國強知道後追問他，忠信只是聳聳肩，什麼也沒說。

「CCK 現在天氣怎樣？」國強問。

「跑道 36，能見度 1 浬，風向 050/15 浬，疏雲 3800，密雲 500，溫度 22 度，中雨，道面溼」

「兄弟，今晚雲層低，能見度差，穿雲要注意一點」耳機傳來忠信的叮嚀。

「收到！」國強收回頭盔上的護目鏡，開始檢查顯示幕的數據，左手收了一點油門，右手同時向前輕推了一下，機身靈敏地開始下降。後側剛到隊上報到第一次跟他飛夜航的小學弟飛的二號機也緊跟著下降，維持原先的雙機編隊。

這比他老爸的「一桿兩舵」要簡單多了。當年飛戰鬥機靠的是飛行員的體能技術加膽量，在天上作大的戰術動作得使出吃奶力氣，沒想像的容易，一趟飛下來通常是汗流浹背；現在第三代戰機都是用飛行電腦控制的線傳飛控系統來操縱，數位化戰機飛行靠的是電腦不再是第二代戰機以前的機械連桿，駕駛桿變得跟電玩搖桿一樣大小。有了線傳系統，飛戰鬥機不再需要飛行員在座艙裡用太大力氣，現在女生也能飛了。憑良心說，在他隊上的學妹其實飛的還不錯。

「聽說不只是戰機，連海軍的船也變成這樣了」國強心裡想著。他預校同學有海軍的上艦後才發現幾千噸的船，掌舵也是用跟 IDF 駕桿 size 差不多的轉鈕……

「真的是科技主宰一切」國強默想著……

「Cargo Flight ！Cargo Flight ！停止返場，右轉航向 220，保持高度 1 萬呎」，耳機突然傳來忠信的指令。

「怎啦？幹嘛要我折回去」，國強邊瞄著油料數字邊問。

「老共飛機又來了，剛在墾丁西南邊切進來一點。你先過去盯著，待會四聯隊會上來接應你，你 hold 住一下」，忠信回答。

「怎麼突然進來？」

「誰曉得！故意飛進來測試我們睡著了沒有，反正都一樣，你

過去秀一下天劍二給他們看他們就走了」

「說的輕鬆，你知道上次我跟殲16的距離有多近嗎」「那時候我真的是打算如果老共不轉彎我就真的撞上去，看誰的飛機硬」國強聽忠信說的很輕鬆不自覺地有點火。

「那兩岸就會為了你打起來囉」忠信還是一派輕鬆的說著。

「最好是不要」國強不以為然地說。「我油不多了，最多hold 10分鐘」，國強提醒。此時無線電傳來二號機報告已接近最低油量，國強聽的出小隊員第一次夜航就遇見這種狀況心裡的緊張。

「二號機脫離，由ACC引導返場」國強體貼的讓僚機先回去，由他單機執行任務。

「10分鐘？應該不用那麼久吧，老共夜航大概不敢玩花樣，你就當在上面欣賞風景吧」忠信繼續說著。

「Cargo Flight！目前雷達無法判讀共機屬何種機型，僅能從它的速度判斷為慢速定翼機，可能是轟6、空警500、運8或運9，如果現場情況許可，你接近到可識別共機機種和執行何種任務的距離」「確認後回報」是空作部副指揮官的聲音。

「Copy that！」國強回應。空作部副指揮官是國強之前CCK聯隊的作戰隊隊長，國強從換裝訓結束分發CCK報到後，就一直跟著這位隊長。

「Cargo Flight！老共這架飛機有點奇怪，夜航飛這麼低，戰管雷達無法識別機種，有可能是新的機型，或者是在執行特殊任務有施放電磁干擾」

「你過去的時候要提高警覺，有狀況立刻回報，如果遭遇危險，無需回報依狀況立即應處」副指揮官叮嚀著。

「收到，我會依指示執行任務」國強感受到老長官的關心。

無線電靜默了。國強陷入沉思，是什麼狀況讓空作部副指揮官直接在無線電裡提醒他。上一次國強跟殲16近距離快撞上的時候，

也是副座在無線電裡大吼著命令他立刻轉向脫離，他才不甘願地推油門大角度把飛機帶開。當飛機快速爬升時他還扭過頭來看著下方殲16的座艙，卻看到老共飛行員正抬頭盯著他……

他知道副指揮官是擔心他出事。副指揮官還是小隊員的時候是國強老爸隊裡最資淺的飛官，跟著老爸飛，親眼目睹他老爸出事。當年他老爸最後一次飛也是夜航，再沒回來，更沒找到人機。那趟任務國強爸是長機，副指揮官當時是編隊跟在最後的四號機，任務到一半時二號機呼叫說機械出問題無法操控飛機，只見那架104像海豚跳一樣漸漸失去高度往海面降。頭一次見到這種狀況的副指揮官緊張的只聽見無線電裡國強爸交代三號機先帶四號機返場，他下去確認二號機墜落的位置，再把座標給嘉義派直升機來救人。語罷只見長機機頭正要往下探時，機身突然間「碰」地一聲變成一團灰黑！當時空速將近音速，飛在最後的副指揮官只感受到一團黑影從機側瞬間掠過！他定下神來回頭望時，空中已看不到任何飛機身影……

後來空總的調查報告說可能是金屬疲勞造成機身在台海上空瞬間解體，所以找不到飛機。那是民國70年代末，是空軍戰力青黃不接的空窗期。F104在八二三砲戰以後從美軍手上接收，服役已經超過30年。原本空軍計畫換新飛機將F104除役，沒想到美國雷根總統跟老共簽了八一七公報，拒絕賣新戰機給台灣，讓空軍的換裝計畫泡了湯，政府才急忙研發自製戰機。在國產的IDF還沒服役前，已經是阿公級的么洞四只能老驥伏櫪，硬撐上天了。

那年，是空軍鬧機瘟的一年，這一年摔了8架104，損失6名飛官。那年，他還是小孩，卻已大到記憶清楚。老爸帶他去基地，把他放進么洞四的座艙裡。他記得飛機很高，要爬六階鐵梯才能鑽進機艙。座艙對小孩子來說很深，座椅很硬，椅背靠著很不舒服，後來他才知道飛行員坐上去背上還背著降落傘，椅背是設計給降落

傘不是給人靠的。他坐下去看不見外頭，只能抬頭看著上方的座艙罩，罩上玻璃看起來舊舊的還有一些刮痕。他印象最深的是，座艙前方上頭別著一個照後鏡，歪歪斜斜貼著艙罩，讓他可以從鏡子裡看見么洞四特殊的 T 型尾翼……

「Cargo Flight ！Cargo Flight ！目標方向 200，距離 40 浬，降低高度到 5000 呎」，耳機裡刺耳的聲音把國強拉回現實。

「你沒睡著吧？強哥」忠信等國強半天沒應答，有點急的問。

「沒啦，老共的飛機有狀況嗎？怎麼飛那麼低」國強回應。

「不知道，反正最近老共的飛機各種招式都練，美國國防部長最近不是說老共飛機在台灣周邊飛，像是在彩排即將演出的節目嗎」

「還在下降，這高度對夜航來說也太低了」，國強盯著雷達幕嘀咕著，「我下去看看」

「雲層低穿雲小心點，記住剛才副座有交代，有狀況就回報，不要逞強，等四聯隊豆子他們趕過來」忠信提醒著。

「哈哈不知道豆子到了會怎樣撩老共」「上次撩得那個老共無線電打開直接開罵」國強聽到是老同學的 F-16 前來助陣，不由得輕鬆起來。

「Cargo Flight ！注意無線電通信紀律，專心執行任務！」無線電又傳來副指揮官嚴肅的聲音。國強很習慣這個聲音，從他在 CCK 第一天開始飛，在天上無線電就會隨時傳來「馬國強你在幹嘛！」「你究竟會不會飛啊！」「官校是哪個教官放你出來的！」當時還是隊長的副座經常在塔台上盯著國強飛行。剛開始國強覺得隊長是故意找他麻煩要官威，後來才知道是因為國強爸的緣故，隊長覺得有責任要替他老爸教好他……

「Copy that, Sir!」國強像是剛從志航基地結訓到 CCK 報到的小官般回應他的老長官。

月光映照著，IDF 開始下降高度，離雲層愈來愈近，倏地劃開雲層上緣，再瞬間隱沒在台海上空漆黑的雲層裡……

二

海風吹拂著鄭和的臉，從台灣海峽吹來的東北季風掠起南海水面上點點浪花。

「五級浪」，鄭和望著遙闊的海面，本能的在腦海中反射出這三個字。在過了九月的巴士海峽，這樣的海象可稱得上是風平浪靜。

四千噸級的成功級巡防艦「鄭和號」正以17節的航速徐徐向北前進。鄭和站在駕台左側瞭望台，望著夕陽落下後逐漸變暗的海面，心裡還留戀著昨天傍晚經過黃岩島時滿天橘紅的晚霞。

這是鄭和接任鄭和艦艦長以來第三度執行南沙運補任務。如果加上官校畢業前的敦睦遠航跟擔任張騫艦副長時跑的，這是他第六次航行南海。如果沒有意外，這趟運補任務結束後，他應該要調位子了。出發前艦指部有學長告訴他，指揮官屬意他去接蘇澳艦艦長。

「左營房子才剛弄好，本想艦長幹完就去艦指部作戰處，以後不用再上船」「南沙都跑了六趟，再跑一趟就真的變成鄭和了」「那我不就成了太監！」鄭和沒好氣的想。從官校畢業那年敦睦經過南海時輔導長晚上在甲板上跟大家說鄭和下西洋的故事以後，同學們就起鬨說他是太監。當時他反駁說鄭和下西洋七次，他才一次而已，要七次才是太監，他還早的咧。

想到這裡，鄭和頓時覺得心煩，不禁抬起頭看向灰濛的遠方地平線，讓熟悉的海風吹撫著臉龐……

「艦長，有戰情！」，此時天空突然下起滂沱大雨，副執更官

沒走出艙外，只把頭伸出艙門向鄭和報告。

「什麼狀況」，鄭和邊躲雨邊跨進艙門，航海士立即拉高嗓門提示「艦長蒞駕台！」

「JOCC 通報有空中不明目標，方位 310，距離 90 浬，高度 6000 呎」作戰長文浩報告著剛才戰情室裡接收到的空情，「要開對空雷達嗎？」

「先不用」鄭和很習慣 JOCC 的敵情通報，「查一下敵情，我記得有老共的飛機要出來」

副執更官正把最新收到的敵情提示擺到駕台後側的海圖桌上，翻到南海北部可能敵情這頁，上頭寫著有解放軍轟 6 機可能出海。

「艦長，老共的轟 6 從惠州那邊出來，應該是空 8 師的」，作戰長看著戰情資料報告。

「嗯，這個時間出海飛夜航，看樣子軍改以後老共的訓練真的愈來愈貼近實戰了」鄭和喃喃自語著。

「老共的南昌艦跟衡陽艦目前在鵝鑾鼻正東方 70 浬處」，文浩繼續報告著。

「南昌艦？老共這次演訓的作戰目標是什麼？會派 055 出來」鄭和心裡想著……

在駕台後方狹窄昏暗僅透著琥珀色光線的戰情室聲納間裡，戴著耳機的聲納士民毅突然皺了一下眉頭，接著坐直身體用左手壓住耳機，宛如假人般靜止不動著。

「有發現什麼嗎？」反潛官德明發現他手下不尋常的肢體動作。

「報告，我聽到背景噪音有一點點升高」

「現在外頭剛下雨，會不會是雨水打在海面上的聲音？」德明問。

「分辨不出來，只是在程度上升高，感覺有東西在水下，但是無法確定，我再聽聽看」

戰情室裡一片靜默，眾人眼光全聚集在單獨坐在半獨立側間身體動也不動的民毅身上。

當年造成功級艦時，美國把派里級的設計藍圖移轉給海軍，卻沒有提供美軍自己用在派里級的 AN/SQR-19 拖曳式陣列聲納。結果海軍造了艦，卻只能裝上 AN/SQS-56。這種聲納主動搜索模式的有效偵測距離只有 5 浬，在實際作戰上只能用作近距離防禦性質的反潛，不太能夠在大面積海區內主動偵測獵殺潛艦。

5 浬，正是潛艦發射魚雷攻擊水面目標的理想距離……

年輕的聲納士兩手用力摀緊耳機，很盡責地想把耳機裡所有的聲音分辨出來。

幾分鐘過去了……

「噪音有升高，好像有微弱的聲音，但是一陣一陣的，時大時小聲」「還是無法分辨」民毅有點沮喪地說。

「大概是天氣的關係」「外面雨勢變大了，很正常」「你做的很好，這麼小的變化你都聽得出來」反潛官安慰著這位盡責的下屬。

「有什麼情況嗎？」作戰長文浩走進戰情室見到大家聚焦在聲納士身上，走近聲納間問道。

「報告作戰長，聲納士回報背景噪音值有一點異常」德明回答。

「噪音值異常？能分辨出噪音源嗎？」「有沒有比對音頻？」「現在還持續嗎？」文浩一口氣問了三個問題。

「報告作戰長，比較高的噪音值斷斷續續聽不太清楚」「我還沒辦法分辨出噪音源是什麼」民毅誠實的回答。

「剛才我說會不會是天氣的關係」德明說。

「嗯，有可能」「現在海面上正在下大雨」

「但是小心謹慎是對的」「有發現立即回報」文浩說完轉頭跨出戰情室回到駕台，駕台裡仍然在討論著已經在鄭和艦前方 70 多

浬的共機。

「有沒電戰機跟著？」

「報告艦長，只有一架共機，未發現其他空中目標」電話手回報戰情官的回覆。

「那邊有我們的船跟嗎？」

「逢甲艦在台東正東 60 浬處監控」

「水下有沒情況？」鄭和突然問到。

「報告艦長，剛才聲納有反映噪音值異常，但斷斷續續無法分辨」文浩回報了剛才戰情室裡的情況。

「噪音值異常？」「有比對音頻嗎？」

「正在比對，有發現會立刻回報」「反潛官說也有可能是天氣的關係，現在海面上下大雨」

「嗯，這場雨來得又急又大」鄭和點點頭。

在大雨滂沱的海上搜尋潛艦並不容易，因為海水的鹽度會受到雨水影響而改變，進而影響反潛聲納的效果。鄭和望著駕台舷窗外漆黑的海面，玻璃上倒映著坐在艦長座椅上的自己。鄭和凝視著影中的自己，影像忽然變成一個年輕的中尉，緊張的站在駕台的最側邊……

鄭和耳際逐漸響起久藏在記憶裡的駕台內嘈雜聲浪，腦海中浮現 20 多年前還是資淺槍砲官的自己站在駕台最旁邊看著各級幹部忙亂的景象……

「叫聲納士給我盯牢！丟了回去就辦他！」戴著灰色作戰頭盔的艦長嘶吼著。

「是！」反潛官繃緊著臉轉身進入戰情室。

「航向 160，航速保持 10 節」艦長下令。

「航向 160」舵手複誦著。

「前進 10 節」俥鐘手複誦。

剛從美國接收回來的濟陽艦頂著七級風浪在台灣海峽破浪前進，像一隻獵犬般追逐著剛發現的獵物，灰色鐵甲艦身後的水面上拖弋著一條急轉彎留下的弧形尾浪。

這是漢光 10 號演習，但此時此刻濟陽艦卻是在進行著真實的反潛作戰……

「備妥反潛魚雷」艦長持續下達命令。

「反潛魚雷已備妥！」電話手回報兵器長的回覆。

「報告，艦指部來令要求回報我艦目前座標」電話手拉高聲調複誦戰情官的報告。

「回報座標！！」艦長扭過頭來對著站在最遠側輪值副執更官的鄭和吼著……

「報告，JOCC 通報發現另一不明空中目標，方位 290，距離 80 浬，高度 23000 呎」電話手高亢的聲調突然出現，打斷了鄭和的思緒。

「轟 6？」鄭和楞了一下。

「新目標速度較慢，只有約 350 公里，研判應該是無人機」作戰長研判。

「老共無人機只有翼龍 II 能飛到這麼高」「敵情提示裡有提到嗎？」

「報告艦長，敵情提示裡沒有提到無人機」

「沒有提到？打開對空雷達！」鄭和下了明確的指令，「全艦備戰！」

作戰長指示電話手後轉身進入戰情室，電話手扳下駕台左後方牆面上紅色備戰警報器，尖銳的警報聲瞬間拉響。

鄭和看著駕台前方的 MK13 發射架彈艙忽然打開，一枚標準飛彈倏地升起，整座發射架在飛彈就定位後左右上下旋轉了一下，

再調整對著艦首正前方發射角度後就靜止下來。

「艦長，您的頭盔」

鄭和戴上航海士遞給他的灰色戰鬥頭盔。

「航向 300，航速 20 節」鄭和下著指令。

「航向 300，前進 20 節」坐在控制台上的舵手複誦艦長的指令，右手先是伸向前調整方向鈕，再將右側的油門桿向前推。成功級艦為了節約人力，將船舵跟動力設計成為一個人坐著就能操作，跟開車一樣。不像其他構型的作戰艦，需要舵手和俥鐘手分別控制船舵跟油門。

「盯住那架無人機」鄭和提醒著，「把發現無人機的情況回報艦指部」

「是！立刻回報」話筒傳來戰情官的回應。

剛才下的大雨不知何時停了，海面上開始蒙上一層薄霧。

駕台裡鴉雀無聲，鄭和專注盯著前方，耳際響起從後面輪機艙傳來陣陣引擎加速運轉的聲浪。成功級艦的引擎是兩具內燃渦輪發動機，原本設計是給飛機用的。當初美軍把它裝在派里級巡防艦上，讓這型艦的動力隨傳隨到，就像開飛機一樣，機動性比老式艦艇像是濟陽級強多了。濟陽級必須先點爐才能啟動，不然船動不了。

「報告，收到艦指部傳來的即時敵情，在我艦前方 70 浬，方位 310，高度 23000 呎，有共軍翼龍 II 型無人機在空」「另外我軍 IDF 一架在我艦前方 90 浬，航向 220，向不明共機快速接近中，高度 7000 呎」話筒裡傳來戰情官回報空情。

「不明共機？」「所以不是轟 6 ？」鄭和覺得奇怪。

「艦指部有進一步指示嗎？」

「未接獲上級進一步指示」此時作戰長文浩走出戰情室進入駕台回報。

「嗯，持續注意敵情」鄭和指示著。

戰情室裡微弱燈光下，民毅兩手依然用力壓著耳機，專注地想要在嘈雜的噪音中分辨出特殊的聲波，那陣在 10 分鐘前彷彿如海中透明鬼魅般悄悄飄入他耳際的神祕聲音……

二

1600、1500……，國強盯著高度表，偶爾抬頭看著前方一片漆黑矇矓。

「今晚巴士海峽的雲層真低，底下天氣肯定不好」國強心裡正想著，眼前的矇矓忽然消失，伴隨而來的卻是雨點撞擊座艙罩的刷刷聲。

「幹這什麼鬼天氣！」國強罵出聲來，低頭瞄一眼高度表，1000呎，「老共晚上飛這麼低幹什麼？」國強心裡疑惑著。

共機在他的正前方5浬處，外頭烏漆麻黑什麼也看不到，國強只能盯著雷達幕上正前方不遠的小光點。

「前方高度1000呎共機注意！我是中華民國空軍，你已進入我空域，立刻轉向脫離！」國強對著雷達幕上的光點扯開嗓子呼叫著。

耳機裡一片靜默，共機像是沒聽見一樣沒有回應，高度卻持續下降。

「搞什麼！這種天氣還要做反潛訓練嗎」國強盯著雷達幕上顯示的共機高度，700呎，「難道是發現底下有潛艦」國強想著。

「Cargo Flight！你的高度太低了，拉高維持在1000呎以上」耳機傳來ACC管制官的聲音。

「共機高度持續下降已經低於700呎，原因不明」國強回報著。

「四聯隊雙機現距離70浬，你surrounding就好等他們來接手」ACC下達指令。

「我下去看一下是怎麼回事，感覺老共在找潛艦，了解後會馬

上上來」國強向 ACC 報告自己心裡想的，說完右手將操縱桿向前推了一點，機身開始下降高度。

「⋯⋯了解，注意安全，發現情況立即回報」ACC 靜默了幾秒，應該是請示副指揮官獲得同意後才下達指示。

「Copy that!」，ACC 的回覆讓國強吃了定心丸，左手推了一下油門，IDF 瞬間加速朝海面飛去。

「700⋯⋯600⋯⋯500 呎⋯⋯」，「看到了！」國強注意到正前方遠處有一個忽明忽滅搖晃的光點，是老共的運 8，灰色的機身正貼著海面筆直飛著⋯⋯

「前方中共軍機注意，你已侵入我空域，立即迴轉脫離！不得再前進」國強再度打開無線電呼叫著。

無線電依舊靜默，「看來老共今晚是打算相應不理了」國強心想著。

「Cargo Flight ！回報目前情況」ACC 呼叫國強。

「一架運 8 機，貼著海面低飛，原因不明⋯⋯」國強回報著。

眼前運 8 突然偏向左加速，拉開了跟國強之間的距離。

搞什麼？在玩什麼把戲？趕你走你還離台灣愈飛愈近」國強心裡想著，左手推了一下油門，IDF 輕鬆追上企圖甩開國強的運 8。

「前方共機注意！你已侵入我空域，立刻轉向 270 脫離」國強再次呼叫。

「媽的你還不走！不要浪費我時間好嗎」國強暗罵著。

運 8 像是故意的一樣又加速朝左前方飛去，國強心裡開始有點火氣。

「Cargo Flight ！目標是運 8 反潛機嗎？現在是什麼情況」ACC 在問。

「老共好像故意的，沒有脫離我空域的意思」國強回答。

「我飛近一點目視後回報」答完後國強推了油門追著運 8 到可

以看見她的尾翼的距離，接著飛到她正後方略高的位置盯著。

　　現在國強已占據有利戰術位置，運 8 完全在 IDF 監控之下，如果老共有任何蠢動，他只要按下駕駛桿上的紅色按鈕，IDF 的機砲就會把運 8 的尾翼打個稀巴爛。

　　國強十分滿意自己的操控，雖然心裡明白不可能真的開火，但這也不是飛模擬機時對著螢幕打電動，或是在教研室裡聽著教官紙上談兵，這次可是真實的共機就在自己面前不到 300 呎的地方飛著，這也算是臨戰狀態了⋯⋯

　　「嗯⋯⋯奇怪，那是什麼」國強盯著運 8 的尾翼，忽然發現機尾少了反潛機應該有的長尾巴，卻多了幾根細長的形狀特殊應該是天線一類的東西。

　　「運 8 不是反潛機嗎，尾巴怎麼不見了」國強想的運 8 尾巴，是反潛機必備的「磁異探測儀」（Magnetic Anomaly Detector，MAD），有了這根尾巴，反潛機才能夠找出藏在水下的潛艦。

　　國強眼前的這架運 8 少了長尾巴，卻多了幾根形狀各異的細長天線，很明顯她執行的不是反潛任務。

　　「目標為運 8 機，但不是反潛機」國強回報 ACC。

　　「你這傢伙是在幹嘛，不反潛飛這麼低」國強更疑惑了⋯⋯

　　此時運 8 忽然快速向右方大動作迴轉脫離，國強正納悶著老共要幹什麼時，突然間前方不遠處海面上出現一陣亮光映入國強眼簾，亮光瞬間變成一道拖著尾焰的弧形光束快速衝向天際向國強飛來⋯⋯

　　座艙裡遭雷達鎖定的警鳴聲忽然大作！

　　「是飛彈！」國強心頭一驚不加思索就本能反射地按下按鈕拋出熱焰彈，同時左手將油門瞬間拉回再推到最大、右手將操縱桿向左壓桿急拉，IDF 整個機身像彈起般向左上方加速飛去。

　　「Attack! Attack!」「我遭到不明飛彈攻擊！」國強對無線電

吼著，希望四聯隊的 F-16 就在旁邊看清楚飛彈是從哪裡來的再開火把偷襲他的傢伙幹掉！

耳機裡依然靜默，ACC、四聯隊的 F-16 沒有任何回應。

「幹！怎麼回事」國強驚恐地扭過頭來看著愈來愈接近的飛彈，「幹！海上沒船怎麼會有飛彈！」

IDF 受限推力無法大角度爬升而且加速不夠快，剛才打出的熱焰彈沒有騙過飛彈，它繼續追咬著國強頃刻前的飛行軌跡。

「糟糕！錯了！」國強突然想起他在 IDF 換裝訓時教官說過的緊急迴避要領，彷彿明白他已經浪費了可以讓他逃過一劫的機會之窗。

拖著尾焰的光束快速逼進 IDF，在只剩不到 200 米距離時，國強用盡氣力將駕駛桿向右壓桿拉到底，希望和飛彈交錯而過。機身大角度向右翻轉時，國強看見了朝他飛來的飛彈，這是他第一次這麼近看著攻擊姿態的防空飛彈，眼睛卻被逼近的強光照著幾乎睜不開……

在最後一刻，國強頂著 9G 的力道瞇著眼吃力地伸手摸找彈射椅的黃色拉環，此刻幾乎就在眼前的尾焰火光映照著國強絕望的臉龐……

四

　　鄭和坐在艦長椅上看著舷窗外的漆黑，下過大雨的海面籠罩著一層薄霧，厚厚的雲層壓著讓鄭和不自覺從心底冒出一種壓迫感。

　　「艦長，雷情顯示共機運 8 在我正前方 10 浬由西向東飛行，高度 400 呎」「我空軍 IDF 戰機一架在該機後方緊隨監控，另有兩架 F-16 在我艦正前方 60 浬處快速接近共機中」作戰長文浩步出戰情室報告最新敵情。

　　「飛這麼低？是在執行反潛訓練嗎？」鄭和隨口問著，突然想起聲納士……

　　「聲納那邊還有水下異常嗎？」

　　「聲納士還在比對剛才的水下異音，沒有進一步發現」

　　「嗯……這種天氣老共會出來反潛訓練？」鄭和正思索著……

　　忽然間船頭前方地平線盡頭的天際出現了一道模糊的弧形光束！像是站在海中的巨人拿著火炬在空中揮舞一般，黑暗中只看見遠處天空的亮光來回晃動，一陣戰機引擎轟鳴聲從亮光方向順著海面隱隱傳了過來……

　　此時前方天際飛舞的光束突然爆炸成為一團耀眼的火球！接著再分成幾團小火球閃著耀眼的亮光散開來自由落體般向下墜落……

　　「防空飛彈！」鄭和看見這景象立刻脫口而出！

　　強烈的爆炸聲幾秒後像雷鳴般從海面傳來，坐在艦長椅上的鄭和似乎還感受的到剛才爆炸的震波。

　　「這是怎麼回事！？前面怎麼會有船發射防空飛彈！？是哪邊

的船！？戰情為何沒有回報！？」鄭和轉過頭來大聲質問著。

「報告艦長，雷情前方海面並無船艦」作戰長文浩緊張的回答，同時快步走進駕台後方戰情室。

「報告艦長，我方 IDF 自雷達幕上消失！僅存原不明共機跟翼龍 II ！」戰情室忽然緊急回報。

IDF 消失？剛才防空飛彈跟爆炸？鄭和猛的心頭一驚！

「前方有不明敵艦！！全艦備戰！！」鄭和不加思索吼出聲來！

「全艦備戰！！」電話手對著話筒大聲複誦艦長命令，同時拉動紅色警報器，備戰警報瞬間響遍全艦！艦上將近一百多人奔向戰鬥位置的嘈雜急促腳步聲讓在駕台裡的鄭和都能感受到甲板的震動。

「航向 300 ！全速前進！」鄭和大聲下令，此時的他心中想著 IDF 飛官的生死，「希望來得及跳傘……」鄭和心裡默念著。

「通知艦指部戰情，請示我艦抵達目標海域後之作為」

「收到！」通信官從電話手的複誦接獲艦長命令後，立即轉頭指揮電信士打開作戰時使用的衛星加密通訊頻道和左營岸台聯繫，但耳機裡只傳來一片雜音。

「報告艦長，衛星通信訊號受到不明干擾！」通信官一邊透過電話手回報，一邊和電信士用力旋轉著通信台上幾個轉鈕，想要排除信號干擾。

「回報敵情！」

「報告艦長，雷情前方無船艦」作戰長在戰情室回覆。

「他媽的怎麼可能！！」「聲納呢？打開主動聲納搜索水下可能目標」鄭和想著敵人不在水上就在水下。

「主動聲納已開啟，但水下無異常聲波」電話手複誦反潛官回應。

「媽的見鬼了！！水上沒有船，水下沒潛艇，那剛才的防空飛

彈從哪裡冒出來的？」「飛機呢？老共的飛機呢？」鄭和突然想起來。

「報告艦長，共機運8、翼龍II已迴轉向西飛離，航向皆是270，運8高度6000呎，翼龍II高度2萬呎」戰情回報。

「報告艦長，衛星通信恢復正常，已與艦指部聯繫上，部令我艦速至前方目標海域搜救不明原因消失可能落海的IDF飛官」通信官在話筒裡連珠砲似地回報艦指部命令。

成功級艦最高航速可到29節，但那是指新船，鄭和艦已經服役近30年，最近幾任艦長最多只敢開到25、6節。以鄭和號現在的極速，「大概要20來分鐘才能趕到現場」鄭和心裡評估著剛才爆炸的距離。

「戰情密切監視前方及周邊海域，注意有無異常」「抵達現場後，救生組左右舷都派人搜尋海面」「小艇組準備好，準備救援落海人員」鄭和連續下令。

「全艦人員維持最高警戒，遭遇緊急情況就按作戰準據動作！」

海面上仍然籠罩著一層剛下過雨的薄霧，船頭能見度不足500公尺。雖然鄭和艦上有平面搜索雷達，但在漆黑一片還籠罩著霧的海上，4千噸的戰艦飆著將近29節的高速還是有著一定風險，尤其是在前方海域才剛出現不明來源的飛彈將IDF擊落……

「報告艦長，距離目標海域2浬」副執更官回報。

「航速降為15節，瞭望人員就位準備搜索海面」「回報前方戰情」

「艦長，前方海域仍無發現船艦蹤跡，水下亦無動靜」作戰長文浩仍然坐鎮在戰情室裡回報。

「距離目標海域1浬」副執更官提示。

「航速降為5節，全艦人員維持警戒，左右舷救生組人員開始搜索海面有無落海人員及異常」

　　輪機艙兩具內燃渦輪機原本尖銳的聲浪忽然間幾乎靜止下來，駕台裡少了後艙傳來的引擎噪音頓時變得安靜。鄭和此時想著可能落海的飛官，心情變得急燥，他兩手一撐站起身交代執更官「你來負責」，便隨手拎起放在海圖桌上的望遠鏡，推開駕台右邊艙門走到艙外瞭望手身旁，側著身拿起望遠鏡注視著鄭和艦艦首前方海面。

　　此時的海面漆黑一片，站在鄭和艦艦艙兩側的救生組人員將探照燈投射在海面上來回尋視，被照射到的水面上飄浮著些許殘骸和油漬。殘骸面積都不大，像是打碎的花瓶般一小片一小片地灑在海上。

　　「報告艦長，左舷發現海面上有疑似白色傘狀物！」副執更官突然推開駕台艙門大聲報告。

　　「立刻放小艇，叫小艇組前往確認有無落海人員」鄭和馬上下令。

　　施放小艇的汽笛聲迅速響了起來，小艇組人員帶著急救箱登上小艇，左舷掛著小艇的吊架開始向舷外延伸，將小艇懸空在艦身左側外，再緩緩降下小艇，最後在小艇底部碰觸到海水時，吊著艇身的前後掛鉤忽然自動鬆脫，小艇此時已經脫離掛鉤，挨著鄭和艦龐大的艦身被海浪推拍著。只見站在駕位的士官長發動了引擎，小艇緩緩駛離，向距離鄭和艦左舷不遠處的白色漂浮物駛去。

　　鄭和此時已經站在駕台左側的瞭望台上，拿著望遠鏡眼睛眨也不眨地盯著小艇的一舉一動。順著左舷探照燈的照射，鄭和只看到圓形白色降落傘輕輕的在海面上隨波搖曳，卻未見到飛官落海後會自動充氣的橘色救生筏。

　　「難道是被降落傘蓋住了？」「但海面上降落傘覆蓋的水面並沒有突出的地方」鄭和拿著望遠鏡的雙手不自覺地愈握愈緊……

　　小艇到了降落傘旁，只見艇上的人伸出鉤具鉤住降落傘，小心

翼翼地將它一點一點拉回小艇，望遠鏡裡鄭和只見操舵的士官長拿起無線電對講機低頭說著……

「報告艦長，小艇組回報僅發現白色降落傘一具，並未發現落海人員」副長此時探出頭來向鄭和報告。

「沒人？怎麼可能！」「降落傘明明是張開的，怎麼會沒人？」鄭和感到很詫異。

「叫他們再仔細搜查水面」

「報告艦長，JRCC 那邊已經有 P-3C 及 C-130 起飛前來執行搜救任務，即將抵達上空，S-70C 預計再 20 分鐘後抵達」「海巡也已經派兩艘船過來，最近一艘預計 2 小時後抵達會合」「艦指部指示本艦繼續在本海域執行搜救任務」作戰長此時走出駕台向鄭和回報上級最新指示。

「20 分鐘？兩個鐘頭？這能救到什麼？」鄭和心裡很清楚這樣的搜救只是走程序而已。

「左右舷繼續仔細搜尋海面，探照燈繼續照射，不要錯過任何水面上的東西」鄭和語氣堅定的下著命令。

小艇繼續繞著發現降落傘的位置緩慢地來回搜索，艇上人員不時彎下腰來拿著手電筒向水裡照射，深怕落海人員就在水下未被發現。此時風浪漸平，漆黑的海面靜的讓鄭和站在左側瞭望台上都彷彿聽見小艇人員翻攪海水的聲音……

「空軍的兄弟撐住！一定要撐住！」鄭和仍然端著望遠鏡盯著小艇，心裡默默為這位不知姓名的飛官祈禱著……

天際由遠而近忽然傳來陣陣飛機引擎聲，C-130 是第一架趕到的搜救飛機，正當鄭和放下望遠鏡抬頭循著聲音傳來的方向望去時，C-130 投下連串照明彈突然間像棒球場照明燈全開一般，瞬間把漆黑的夜空照耀的如同白晝！

鄭和被這突如其來的強光照得幾乎睜不開眼，在他勉強瞇成一

條縫的視線中望去，白晝般的海面平靜無波，沒有任何落海飛官的
身影⋯⋯

五

　　秀予小跑步進入會議室，看到旅政戰主任話講到一半轉過頭來盯著她，趕緊停下腳步杵在門口。

　　「報告主任，對不起我遲到了，剛才在處理營上士兵昨晚酒駕的事耽誤了時間」秀予急忙解釋著。

　　「是這樣嗎？趕快入座」主任面無表情冷冷的說。

　　「謝謝主任」秀予如釋重負地趕緊溜進自己的座位。

　　「今天找大家來開會，是要提醒大家馬上就要下屏東打聯勇了，今年輪到機步三營，秀予妳是營輔導長，妳說明一下目前營上官兵的狀況」主任點名了。

　　秀予甫坐下就聽見主任點自己的名，只好又站起來。

　　「報告主任，目前營上官兵狀況正常」「最近各連都有在加強對無操演經驗的新進人員加強心理輔導」秀予報告。

　　「聽說最近妳營裡有士兵投訴到 1985，說部隊伙食辦的很爛大家都吃不飽，沒力氣打聯勇」「伙食辦不好會嚴重影響部隊戰力的」主任似乎有點在針對她。

　　「報告主任，我已經約談那個投訴的士兵，也初步了解情況」「他是對連輔導長分派勤務不滿，覺得輔導長對連上一個女兵特別好，輕鬆的公差都給她，再叫別人去分攤應該是那個女生該做的事」「才會故意打 1985 投訴」秀予解釋著。

　　「那妳有問過連輔導長嗎？」

　　「問過，他說事情不是那樣的」「是那個兵在追那個女生」「人家不理他，跟輔導長反映，輔導長就約談他」

「結果他以為是輔導長自己想追那個女兵故意從中作梗」秀予連珠炮地說著。

「這種男女感情的事情連上幹部最好不要介入」「更不能夠自己跳下去攪和」主任的聲調突然提高了起來。

「現在部隊裡男兵女兵都有，年輕男女在一起很容易鬧感情的事」「政戰幹部要特別注意官兵的感情問題」

「自己更不能跟下屬有不正常的關係！」秀予感覺到主任話裡透露出情緒，會議一開始就給她這頓排頭。

「哼！話說的很好聽，自己不能跟下屬有不正常關係」「最好是這樣」秀予心裡對主任的話很不以為然。

好不容易開完會，秀予走回辦公室，五個連輔導長已經在門口等著她。

「學姐，怎麼開那麼久」剛改編成戰鬥支援連的營部連輔導長亭莉關心著問她。

「幹！還不是上次 1985 的事」「媽的陳必賢你是吃素的嗎？連一個兵都搞不定！」秀予把剛才被主任修理的火一股腦地罵出口來。

「學姐妳不要生氣，是我能力不夠」二連輔導長陳必賢低著頭。

「那個兵很難帶，常常拒接累的勤務」「現在長官又都不敢送禁閉」「他才會愈來愈囂張」他無奈的說。

「你要注意不要讓那個兵去騷擾女兵哦」「尤其不能有性騷，不然代誌就大條了」秀予提醒這個學弟。

「嗯，學姐放心，我會注意」

「亭莉，妳連上的兵昨晚酒駕的事現在 OK 了嗎？」秀予轉過身來問學妹。

「學姐，警局筆錄都 OK 了，戰情也回報了」

秀予瞅著亭莉，這個年輕學妹不僅能幹，人長得漂亮身材又

辣，派到哪個單位去詢問度都很高。

「只是他昨晚醉到現在，從警局領出來到現在還在睡叫不醒」「連長說等他酒醒了要好好教訓他」亭莉繼續說著。

「他醉成這樣昨晚還能騎車？」「怎麼不摔死在路上還省事一點」秀予嘴裡唸著。

「早上主任說今年輪到我們要下聯勇了，要全營全裝去」「他要我們務必掌握官兵情緒」「有問題的要趕快做心輔」秀予傳達旅主任的指示。

「學姐，可是最近我連上十幾個弟兄被營長叫去支援王爺廟的出巡要怎麼處理」必賢突然問。

「叫他們回來啊！」

「可是上次營長說他們是去支援跳八家將，要一直支援到王爺繞境結束才回來」必賢解釋著。

「不行啦，早上主任還強調上級要求這次下聯勇我們營要全員全裝去」「我去跟主任報告，讓他請旅長跟營長說」秀予覺得她得幫學弟解決問題。

「就這樣，大家分頭忙吧」語畢秀予走進自己的辦公室……

秀予坐在桌前，正想著二連弟兄支援廟會的事，軍線忽然響起。

「營輔仔，營長找妳」政戰士向她報告。

秀予撥了軍線「學長我是秀予，你找我？」

「秀予，晚上有空沒？王爺廟那邊說要謝謝我們支援他們八家將，今天晚上辦桌請我們」營長電話裡說著。

「學長，我辦公室還一些事要處理」「還是學長你去，我留下來好了」對這種地方應酬，秀予能推就推。

「拜託，人家是請妳不是請我吧」「大家都知道我們營輔仔是個大美女，都想一睹廬山真面目才請這桌的」

「哎唷學長，我都三字頭了哪還是美女啊」「都快變成沒人要

的剩女了」秀予自我解嘲地說。

「妳怎麼會沒人要？唸陸院的時候就整天一堆男生在妳後面流口水了，還跨軍種咧！」「只是妳的標準很高，到現在還沒看中意的」「乾脆妳跟我在一起好了……哈哈……」營長說到一半突然發覺講錯話，尷尬地笑了兩聲。

秀予聽了不舒服，但也不會生氣了。下部隊十年，她從幹排長開始，就必須每天忍受著長官、同事、有時候還有士兵的言語甚至肢體騷擾。剛開始長官總會像護花使者一樣保護著她，體貼她一個小女生處在血氣方剛男人圈裡的壓力和委屈，讓她在極度不適應的軍旅生活中逐漸克服內心對雄性粗暴侵犯的深層恐懼。

但有時候長官卻也會貪婪地垂涎她的青春肉體，只是他們不像年輕男生那般直接展現自己的性衝動，而是會在她全然信賴、毫無防備時突然讓她措手不及。就像一隻狡猾的狐狸，在牠鎖定的獵物面前悠閒地踱步，好像全然不在乎似的，然後在獵物放鬆警戒時突然躍起咬住牠的咽喉……

還好秀予是隻敏捷的兔子。每當狐狸咬到嘴邊，她總是能夠靈敏地閃避開……

「秀予，剛才是開玩笑的，妳別當真蛤」，聽秀予半天不答話，營長有點心虛的問。

「哦，不會啦學長，我知道你是開玩笑的啦」「你都有老婆小孩了，怎麼可能會看上我呢」秀予給了營長下台階。

「哈哈妳說的沒錯，別誤會就好了」「但是晚上妳還是跟我去一趟，維繫融洽的軍民關係本來就是妳們政戰幹部的責任啊」營長還是不死心有點半強迫地說著。

「這樣哦，好啦學長，晚上我跟你去」「但是我不喝酒哦，我一喝酒就會起酒疹」聽見營長把政戰幹部的責任都說出口了，秀予很不情願地答應……

「學姐怎麼啦？營長找妳去喝酒哦」亭莉不知何時走進辦公室站在她面前。

「對啊，要我晚上跟他去王爺廟那邊，還說那邊主要是邀請我的」

「營長每次都嘛這樣」「上次要我跟他去參加一個後憲的餐會也說主要是請我不是請他」亭莉抱怨著。

「上次？哪次啊我怎不知」秀予有點意外。

「呃……上個月啦」「那天學姐妳排休不在，營長就找我陪他出去參加餐會」亭莉忽然變得小聲起來。

「喔，然後呢」秀予盯著學妹。

「那天營長就喝多了啊……」亭莉忽然覺得話講太快了，頭低了下來。

「他有對妳怎樣嗎？」

「沒有啦」「營長只是喝多了啦……」

「唉！」秀予看著眼前的學妹，心裡忽然心疼起來。

她完全能理解學妹現在的心情，她敘述的場景秀予在軍中早已經歷多次，學妹沒說，秀予心裡也猜得出。

「妳那裡有沒胃乳片？」她問。

「學姐妳胃不舒服嗎？」亭莉關心的問。

「不是啦，我晚上去吃飯前要先吃個胃乳啦」「免得被灌酒明天就真的胃痛了」她解釋著。

「哦，有」「我回寢室去拿」亭莉馬上轉身出去。

秀予望著學妹的背影，彷彿看見漂亮女生在軍中的宿命……

六

　　興台一如往常地在早上八點走進辦公室。剛打開窗戶讓早晨校園的新鮮空氣透進來，助教已迫不及待站在門口，他招了招手要助教進來。

　　「報告所長，院部在催明年度教育計畫」「看所長能不能中午以前給職」

　　「OK，我待會就給你」

　　「另外日本防衛研究所來訪的案子已經收到部令了」「當天預劃是下午 1430 到所，1630 結束，院長指示由所長主持」

　　「哦，院長沒空嗎？」

　　「當天院長必須到部裡開會」「但是晚宴會到」

　　「那要通知柯老師，日本人來由他來講日文就搞定啦」

　　「是！職下去會通知柯老師」

　　「整評司那邊剛寄來上次兵推的檢討意見調查表，看所長對兵推的想定跟過程有沒有意見要反應」，助教接著說。

　　他翻了一下助教遞上的調查表，「哇靠！這麼多題目，擺明的承參偷懶不想寫，直接要大家自己寫嘛」「有說什麼時候要嗎？」

　　「報告所長，承辦的學長沒說，只說所長寫好了我就寄給他」，助教回答。

　　「哦，那先放著，我想一想再寫」

　　「是！」助教轉身離開。

　　興台坐下來，打開桌上電腦，先上信箱收信，只見收件匣十幾封「垃圾郵件隔離報告」

這是國防大學特殊的防火牆設計，每一封寄過來的郵件，若是沒有被使用者事先列入安全名單，就會被直接當作垃圾郵件隔離。使用者得先檢視這封信是不是安全，才能決定要不要解除隔離狀態，就像是先用 X 光照信封，看裡頭有沒危險物品一樣。

國防大學花了很大一筆經費建構這套資安系統，起因於幾年前的一次重大資安事件，當時還上了媒體喧騰一時。那時學校裡有老師要推動成立新研究所，卻遭到校內見不得他出頭者的反對，用盡軍中常見的抹黑手法打擊他，這位頂著台大博士光環的老師一夕之間變成了全校公敵。

當年就在國防部正式決定要成立新研究所後，某天有報紙突然報導影射這名老師的研究室電腦因為違反資安規定偷上大陸網站，被中共駭客入侵，竊走多筆機密資料。之後保防監察單位都來調查，還到電算中心把這位老師在電腦上所有的活動紀錄全部列印出來……

這件事鬧得很大，還驚動了監察委員調查，最後這位台大畢業的文職老師被副校長帶著一起到監察院接受監委約談。結束時調查官遞給他筆錄要他簽名時，這位同情他的副校長還好意提醒他「簽了就要負法律責任，弄不好還有刑責，要看仔細，沒問題再簽！」

當時興台心裡著實為這位老師抱屈，因為整個國防大學有超過兩百台電腦中毒，媒體卻只報導他的。興台知道是因為這位台大畢業的文職老師表現傑出，但是在軍方系統裡他卻被軍人們視為非我族類而打壓，如今的遭遇只是反映出國軍組織文化裡長期排擠文人的軍文矛盾而已。

但隨著時間推移，事情的脈絡逐漸浮現愈來愈清晰，興台也才發覺整件事情沒有他想像的那麼單純……

這是學校保防系統圍魏救趙兼打壓這位改革派老師的一石二鳥之計！「國防大學資訊防火牆遭中共網軍攻破！全校電腦遭駭無一

倖免……」，若是媒體這樣報導，學校高層就會因為漢光演習重要資料遭駭客竊取而難辭其咎。整件事於是在校部負責保防業務的主管刻意掩蓋下，操作引導媒體的注意力轉向個別老師違反資安規定造成洩密事件的情節發展，於是這位原本就被視為眼中釘的老師就順理成章成了替罪羔羊……

「報告！軍線院長電話」，桌上電話擴音器傳來助教的聲音。

「院長好！」

「興台，剛剛校長來電話，他要所裡針對這幾天共機密集飛越第一島鏈，作一個研析」

「是！校長什麼時候要」

「他是說一兩天啦，他要去跟總長部長報」「你也知道校長，大概今天晚上他就會催我了」「他不敢催你，只會一直打奪命連環叩電我」，院長抱怨了一下。

「沒問題！我會在今晚完成」

「那我就跟校長回報，辛苦你了」

「應該的，院長」

興台擔任所長的研究所是國防大學最具代表性的研究單位。頂著過去在參大時期專門讓國軍高階幹部進修的兵學研究所光芒，在參大改制為國防大學後，兵學研究所也歷經變革，最後成為當今在軍事研究領域足以在國際間代表國防大學門面的權威機構。興台擔任所長後，更是經常接到部長、總長和校長臨機交辦的研析任務。在軍中，愈是高層交辦的任務愈是要在短時間內完成，上級不會管你是否有充裕的時間作周延的分析判斷……

興台才掛上電話，就按下對講鍵：「叫志剛來找我」

「是！他現在有課，需不需要職通知他現在過來？」，助教問。

「不用，叫他待會下課過來」

興台終於有空處理信箱裡被隔離的郵件。先按下內容瀏覽，接

著跳出視窗秀出內容，仔細看了覺得沒問題，再按下放行鍵，這封信就會重新寄到收信匣裡。

興台連續看了七八封，都是各單位寄來的每日要聞、摘報、會議通知，還有不同單位寄來的報告。興台每一封信內容看了大概，覺得沒什麼用處，就直接刪除。

一封標著「他們已知道你的事」的信吸引住興台的目光……

「又來了」，興台喃喃自語。這種亂槍打鳥的網路勒索信見多了，都說掌握了信箱密碼，要趕快點裡面的聯結去改密碼等，就等讀信的人上鉤。

「不知道哪個笨蛋會真的照信裡面講的去做」，興台連內容瀏覽都懶得點，就直接把信刪除了。

「報告！」志剛站在門外。

「進來」

「報告所長，您找我？」

「剛被通知校長要我們針對這幾天轟6的事做一個研析」，「你叫班上把這幾天值班同學蒐整的公情從雲端抓下來印給我」

「再安排同學上網巡一遍看有無最新情況」「中午以前給我」，興台交代著。

「是！學生現在就去安排」志剛轉身走時舉起右手俐落地向所長敬禮。

興台注意力回到電腦螢幕上剩餘的郵件，忽然又冒出一封垃圾郵件隔離報告。

興台點了瀏覽鍵，映入眼簾又是「他們已知道你的事」的標題。

「靠！連勒索信都自動重複寄，駭客也太省事了」

他突然覺得好奇，「他們知道了我什麼？」「誰是他們？」

他思索了一會，沒有按下刪除鍵……

七

　　她裹著浴巾斜躺在床上，俏麗的短髮髮梢還微溼著。

　　她掀開浴巾露出雪白的大腿，把倒在手裡的乳液均勻塗抹在嫩滑勻稱的腿上。

　　他斜躺在她身邊，貪婪地聞著剛洗過澡的女性肉體散發出來的香氣跟溫熱。看著她用手掌撫摸著豐滿的胸前時，他再也忍不住像惡虎撲羊般側身一把攬住，將她按壓在床上……

　　「幹嘛啦！等我抹完乳液再……」

　　他沒等她說完就把臉湊上去堵住了她的雙唇，舌頭迫不及待地鑽進她嘴裡翻攪著，他感覺到她溼滑的舌頭迎了上來糾纏住他，這讓他更興奮了。他一手環抱住她，另一手用力扯下身上的浴巾，瞬間她性感誘人的胴體毫無遮掩地呈現在他眼前。

　　此時她的身體已經完全被他控制著，全身發燙地悸動起來，只能任由他擺佈。她的雙眸出現了熟悉的迷矇眼神，那是要他趕快進入她身體的訊號……

　　就像是按下按鈕啟動引擎般，他粗暴地衝撞她的身體，每一次的挺入都讓他更興奮，但卻又讓他感覺尚未滿足。這樣的不滿足感讓他像踩足油門的活塞一樣，不斷重複著機械動作，一次比一次更加猛烈……

　　「哦……」只見她緊閉雙眼皺著眉，嘴唇微張嬌喘著。她的喘息聲刺激他更用力的衝刺著，但此時他的心裡卻開始想著能夠讓自己冷靜的事情來。對於經驗豐富的他來說，這是征服女人的技巧，如果在加快衝刺的同時不控制住自己的興奮，可能在她還沒到達

前，自己就先繳械了。這個技巧年輕男性是學不來的，因為年輕雄性哺乳類動物的性荷爾蒙太濃，一旦跟雌性交媾，下視丘就控制了整個大腦，唯一想的就是衝刺到結束。因此年輕男性的交媾雖然猛烈卻不能持久，只有經驗豐富的熟男，才能用理智控制下視丘，這是為什麼熟男對年輕女性依舊充滿魅力的原因……

「啊……」她忽然不由自主地叫起來，環抱著他的雙手抱得更緊。她的叫聲讓他更興奮了，他更賣力的加速挺進，原本兩手撐著的上身突然俯身壓住她。他緊緊抱住她發熱的胴體，臉貼著她吸吮著她的胸，下身挺的更快更用力……

「啊啊……」她僵直的雙腿突然鬆軟下來，緊抱他的雙手也鬆開了，喉嚨停止了悶聲嘶喊。但是他卻持續著動作……

「停一下，哦……停一下……」她嬌喘著。

「幹嘛」他邊動作邊問。

「我休息一下，腳快抽筋了」

「不要啦，我還沒爽完」

「啊……不行了，停下來……停下來……啊啊……」她突然又全身繃緊叫了起來，他知道她有第二次了。

她的叫聲勾起他的興奮，他不再控制自己的大腦，用最大的力道撞擊著她的身體。她已無力叫出聲，只剩下喉嚨間發出身體被衝撞時的咿唔聲……

他整個人癱在她的身體上，臉埋在她的耳際大口喘息著。雖然結束了，他還留在她身體裡捨不得出來。

「你好重，我快不能呼吸了」她推著他。

「妳為什麼這麼性感，讓我這麼爽」他撐起上半身看著她的裸體。

「讓你爽不好嗎」「那我以後給別人爽好了」

「靠！妳離不開我的啦」「只有我才能讓妳滿足」

「驕傲哦，告訴你想追我的男生很多咧」

「我知道啊，但是這些男生不行啦，撐不了三分鐘的」他篤定的說。

「你怎麼知道別人不行」

「因為我年輕過啊，年輕只有爆發力沒有持久力啦」「妳是喜歡一開始就衝刺然後撐不過三分鐘的」「還是可以讓妳爽三遍的」他有把握的比喻。

「我喜歡粗暴型的」她似乎嫌他剛才的動作不夠猛烈。

「靠！原來妳喜歡被用強的」

「對啊，愈粗暴愈好」她愈說愈白。

「早說嘛！我就不用憐香惜玉了」

他忽然想起他們的第一次。一開始他猛地抱住她，兩手猴急的在她身上游移想要解開她的衣服。沒想到她一個反身擒住他的手將他摔倒在床上。他火了，翻過身來制住她的雙手，兩個人倒在床上扭滾。她最終敵不過他的力氣，整個人呈大字型被他壓制在床上氣喘噓噓已無力反抗。

「靠！妳都用這招對付男生嗎？」「這樣哪個男人敢跟你上床」他已被搞得莫名其妙，索性放開她坐起身來。

「對啊！所以沒有男人上過我啊」她嬌喘著回答。

他像被雷打到一樣愣住了……

天啊！他沒想到會遇到這樣的情況。他以為外型亮麗身材火辣的她，應該早就有男生追求，以現在年輕人的性開放程度，她應該已經有過男人才對。沒想到她竟然還是處子之身，而且竟然還跟他這個熟男在一起。

一股雄性征服處女的原始慾望油然而生……

「誒，在想什麼？」她問

「想我們的第一次啊」

「第一次有什麼好想的」她皺皺眉說著。

「不會啊，第一次我蠻爽的」

「爽你個頭啦，那次你把我弄的痛得要死」

「那第二次就不痛了吧」他問

「還是會痛啊」

「真的假的？」

「對啊，早知道第二次還會這樣，就不跟你做了，這樣我就還算是處女，還可以再去交一個」她有點三八的說。

「靠！再交十個也一樣啦，反正除了我之外沒人能夠讓妳這麼爽」他頗為自豪地說。

「你很有自信吼，你就不怕我們的事被別人知道？」她忽然問他，「有人知道了你就完了馬上被拔掉」

「妳還不是一樣，有人知道妳就準備打報告退伍吧」他反將她一軍……

八

金秋十月的北京城,剛擺脫燠熱酷暑變得涼爽宜人,天空綻放著少有的碧藍。

天安門廣場西側的人民大會堂,統治著這個龐大國家的黨中央委員會正在開著本屆第三次全體會議。

總書記正對著台下 2 百多名中央委員講話。自從他擔任黨和國家最高領導人以來,就銳意改革,把共和國建立半個多世紀以來出現的各種腐敗積弊一一掃除。改革動機除了鬥倒政敵,他更有強烈的使命感,要替他父親這些上一代革命家實現他們當年赤手空拳鬧革命所追求的願望,那就是一個富強的中國!

中華民族偉大復興是他念茲在茲日夜提醒自己的奮鬥目標,從他上台之初竭盡全力最終驚險地鬥垮黨內政敵牢牢掌握大權後,就不斷灌輸他的子民這個輝煌的中國夢。

「漢唐盛世」、「鄭和威震西洋」、「大清帝國遼闊疆域」……

輝煌的中國夢必須要有強大的軍隊才能支撐,於是強軍夢就成為中國夢的一體兩面。在他擔任黨及國家領導人的前十年,就舉行四次大規模閱兵,打破了鄧小平以降最高領導人的閱兵紀錄。

此時坐在講台正中央的他躊躇滿志,黨內已無人可以挑戰他,軍隊也完全聽命他的指揮。放眼台下,中央委員們個個嚴肅認真地豎起雙耳聆聽他的講話,整個會場除了他鏗鏘有力的話語聲迴盪外,聽不見任何雜音。

台灣,是他此時此刻唯一的懸念……

「兩岸儘管尚未統一,但中國主權和領土從未分割,大陸和臺

灣同屬一個中國的事實從未改變」他看著稿子唸著。

　　「臺灣問題事關國家統一和長遠發展，國家統一是中華民族走向偉大復興的歷史必然」台下聆聽著最高領導人講話的中央委員們開始鼓起掌來。

　　「統一是歷史大勢，是正道」「台獨是歷史逆流，是絕路」掌聲再次響起。

　　「我們絕不允許任何人、任何組織、任何政黨、在任何時候、以任何形式、把任何一塊中國領土從中國分裂出去！」話還沒說完就被台下突然爆出的熱烈掌聲打斷。他停頓下來，抬起頭環顧著台下的同志。

　　「我要明確的說，在民族偉大復興的過程中，中國人民不會容忍任何台獨分裂團伙在祖國統一大勢面前胡作非為，更不會容忍外國勢力的干涉！中國人民和中國軍隊必將展現實現國家統一和民族偉大復興的堅強決心、堅定意志、和強大能力！」他像是怕聽眾聽不清楚般，拉高聲調將整句話一字一字緩慢地說出來。

　　此時中央委員們已經紛紛起立，興奮地為最高領導人剛才對解決台灣問題的明確宣示鼓掌……

　　會場二樓的記者席裡忙成一團，記者們紛紛交頭接耳，彼此確認剛才聽到的講話內容。

　　「段兄，剛才大大的意思是接下來要武力犯台嗎？」日本共同通訊社的沼田轉過頭來問逸韋。

　　「大大」是外界對這位中國最高領導人取的外號，意味著他擁有著過去領導人即便如毛澤東也未曾擁有過的極大權力。

　　「不是，只是強調對台灣問題的基本立場」「警告台灣不要以為大陸這邊不會使用武力」

　　「不要以為不會使用武力不就等於會使用武力？」沼田有點疑惑。

「不一樣」「不要以為不會使用武力是說有使用武力的可能性」「但沒說一定會動武」逸韋解釋著。

「你把我弄糊塗了」「如果不要以為不會使用武力是有可能使用武力」「那這跟有可能武力犯台有什麼差別呢？」

沼田曾在台灣待過好幾年，還在政大唸了一個碩士，他的中文就日本人來說算是不錯的。沼田政大畢業回到日本以後，就靠著流利的中文加入共同通訊社派駐在北京。

「大大講得很清楚啊！」「對台使用武力不是要武力犯台，而是要遏制台獨分裂」「使用武力不是針對台灣同胞，是針對台獨分裂團伙和外國干涉勢力」

「外國干涉勢力就是美國啊！」「所以解放軍不會打台灣只會打美軍？」「可是美國會軍事干涉台海，不就是因為解放軍要渡海攻台嗎？」「那怎麼不是針對台灣同胞呢？」沼田愈聽愈迷糊，實在弄不清楚逸韋說的對台使用武力並不是武力犯台的中文邏輯是怎麼回事。

逸韋沒回答他，而是轉過身去喚著他熟識的人民日報記者。

「哥，您怎麼解釋你們大大說的話？」逸韋把沼田的問題丟給他。

「大大講得很清楚啊，有問題嗎？」胸前掛著中宣部發的黨報通行證的資深記者回過頭來問著。

「不要以為不會對台使用武力是不是等於會武力犯台？」逸韋問著。

「可以說是也不是……」這位熟悉黨中央發言方式的資深官媒記者的回答，聽起來就跟官方的發言一樣故弄玄虛。

「大大一開頭就說得很清楚，中國人不打中國人」「軍事只針對台獨分裂團伙跟外國干涉勢力」

「所以基本上解放軍在解決台灣問題上是只打美軍不打台軍」

「畢竟中國人打中國人並不好看」他口沫橫飛地解釋著，「況且台軍太弱，打了難看」

「國軍怎麼會弱？」逸韋不滿地反問，「台灣有全世界最密的防空飛彈網，F-16V 也是現在全世界 F-16 機隊最強的」「陸軍的阿帕契也是你們的武直 10 沒法比的」

「更不要講雄三了」「這樣的軍隊會是弱的嗎？」逸韋問著。

「兩軍強弱是根據雙方力量對比來決定的」「雖然台軍有這些武器看起來不弱，也確實能夠應對周邊事態」「但是把台軍放在跟解放軍較量的天平上，它就是弱的一方」「再怎麼說，解放軍是瘦死的駱駝比馬大，台軍跟解放軍根本不是在同一個量級上能夠比較的」這位人民日報資深記者反駁的口吻，就像是國防部發言人在反駁台媒跟外媒提問時那般的強硬。

「F-16 又如何？解放軍有殲 20 吶」「阿帕契就算再厲害，面對武直 10 能夠一打三嗎？」「面對殲 20 也只有找地方藏的份唄！」

「更別說你們的防空飛彈網在開戰 10 分鐘內，就會被咱們這邊火箭軍的導彈給收拾乾淨啦！」

「你們覺得國軍這麼弱那就太棒了！」「解放軍認為國軍不堪一擊對我們來說其實是好事」逸韋突然話鋒一轉。

「自古以來驕兵必敗」沼田插話進來，「上次台海危機不就是因為解放軍低估了台灣的軍事實力嗎？」

「上次是因為有美國人幫忙，台灣才能躲得過去」「如果沒有美國人，台獨勢力能囂張到現在嗎？」這位黨報資深記者聽到這裡有點急了，以他的年紀，肯定在他的新聞生涯裡也親身經歷過 1996 年的台海危機。

逸韋不想再鬥嘴，他深知大陸官媒記者都是典型的共產黨員。自從他在 1990 年代末期台海危機結束後被報社輪派到北京駐點開始，他接觸了數不清的共產黨員。他們有一個共同的特點，就是對

黨最高領導人所說的話深信不疑⋯⋯

「他們的腦袋跟我們的不太一樣！」這是逸韋第一次出發前往北京駐點前，一位新聞界的前輩也是台灣最早赴大陸採訪的學長在新生南路巷子裡「阿財的店」幫他踐行時說的話。

「千萬別相信共產黨說的話」這位前輩酒過三巡後，雙手抓著逸韋的肩膀，紅通著臉對他說。從他的眼神裡，逸韋彷彿看見前輩佇立在 1980 年代剛改革開放的北京街頭，黃昏下班時分滿街的自行車占據了長安大街兩側的輔道。那時的大街筆直開闊，兩旁都是矮房建築，釣魚台賓館算是最高的樓房了，從賓館頂樓可以毫無遮掩地看到幾乎整個北京舊城。站在天安門城樓上向西邊望去，好天氣時還可以看見西單牌樓⋯⋯

逸韋在隆冬的一月抵達北京。之前報社沒安排好，逼著他只好在出發前拜託去過北京的朋友先安排住在西長安大街靠近西單的越秀飯店。剛開始逸韋只知道這是一家小型的三星酒店，房間小設施也老舊，但是看在一晚上只要一百多塊人民幣，也就湊合了。

只是飯店每到半夜，總會從地下樓層傳來一陣一陣的音樂聲，伴隨著嘈雜的吆喝聲，有時逸韋晚點回到酒店還會在大廳撞見濃妝艷抹的女子出入。後來逸韋才知道原來這飯店是廣東省委在北京的駐京辦所在地，經常接待赴京辦事的省委各級⋯⋯

逸韋轉過身去，見到環球時報的同業正在收拾攝影器材，便走了過去，單刀直入的問。

「你覺得大大剛才說的是要準備用武力解決台灣問題嗎？」

「哈哈您還聽不明白嗎？」「咱大大已經說得很清楚了」環球時報在對台問題上一向是鷹派之最。

「中國人不打中國人，只打台獨分裂團伙」「你要是搞台獨，不承認自己是中國人，那就沒什麼好說了唄」「解放軍的對台軍事鬥爭就是針對不承認自己是中國人的台獨分子」

「所以大大剛才講的就是表示解放軍準備要武力犯台？」逸韋還是要弄清楚北京的態度。

「這重要嗎？」「我告訴你，老弟，解放軍要拿台灣有兩種方式」「一是溫水煮青蛙，讓台灣不知不覺落入咱們手裡」

「二是飛蛾撲火，讓台灣自己往火裡飛」這位有著解放軍背景的同業直率地說。

「不管哪一種，結局都一樣，台灣插翅也難逃……」

九

俱裂般的頭痛讓國強醒了過來，他想睜開眼睛但眼皮卻重的讓他使盡力氣也只撐開一道細縫，幽暗的光線讓他馬上適應了所在的空間。國強發現他躺在一間狹小的艙房裡，與其說是艙房，不如說是一個只比衣櫃大一點的密閉空間，國強躺下來頭腳剛好頂著牆，右手邊緊挨著拱形的艙壁，床的上方根本沒有坐著的空間，要下床只能向左邊翻身滾下。這個床位寬度只夠讓人躺平，國強左手被束帶綁在床沿，一方面可以限制他的活動，另一方面卻也讓他疼痛的左手不會掉下懸在床邊。

國強全身穿著類似海軍工作服的灰藍色衣褲，被束帶緊緊綁住動也不能動，只能吃力地微微抬起頭向左邊望著。艙門距離床沿不到半公尺，比床還窄，剛好可以擠進一個人，而且必須彎著腰進來……

「這是哪裡？」國強心裡想著「我怎麼會在這裡？」

國強想呼叫卻只發出沉悶的唔唔聲，這才發現他臉上戴著氧氣罩。左手小手臂插著點滴管，連著床沿的束帶把他的雙手牢牢綁住，讓他無法伸手拿下氧氣罩。但其實就算沒被束帶綁著，他虛弱的身體這時恐怕連把手抬起來的力氣都沒有……

國強不知醒了多久，只能睜著眼睛看著頭上昏黃的小燈。艙門外忽然有人走動交談著，國強聽到外頭的講話聲不由得心頭一震，操的是大陸口音……

艙門唰地被打開！一位身穿藍色迷彩服的軍人跨入艙內彎身看著國強，檢查他臉上的氧氣罩和手臂上的針管，再回頭看看掛在牆

上的點滴袋。

「這是什麼迷彩……」國強心裡想著。

「你醒啦，醒多久啦」軍人開口問。

國強沒有答腔。

「我們是中國人民解放軍，你因為落海昏迷被我們救起，現正受到我軍照料，你放心的休養，不用多想」軍官一口氣說完，可以感受出安撫國強的用意。

「我在哪裡？」國強終於用力勉強說出聲音。

軍人沒有回答，而是側過身來調整了一下國強左邊的氣瓶開關，再檢查了一遍戴在他臉上的氧氣罩，國強開始覺得昏昏欲睡。

「你好好休養，不用多想」在國強閉上眼睛前，只看見軍人低下頭，幾乎貼著國強的臉說……

國強像是在假日早晨睡飽了一般自然醒過來，他躺在一個舒適的房間裡，左邊窗戶隔著玻璃望出去是一片綻藍的大海，晴朗的天氣海天一色。國強動了動身子，發現沒有任何束帶綁著他，只是全身覺得酸痛，但國強還是坐起身來下了床，光腳走到窗戶邊看著窗外景色。

這是一棟紅瓦黃牆的建築物，呈現出典型的德意志風格，不單是一棟，窗外兩側不遠處還有同樣的建築，座落在大片修剪十分整齊的花園草坪間。

開門聲打斷了國強欣賞窗外美景的片刻寧靜，他回過頭來，又見到上次在狹窄艙間裡見到的軍人，這次他穿著解放軍海軍軍服，肩上的階章顯示他是一名少校軍官。他身後跟隨著幾位也是海軍軍官一同進到房間裡。房間門關上前，國強瞥見門外站著兩名荷槍實彈的士兵。

「馬國強同志，歡迎來到中國人民解放軍北海艦隊司令部」領

頭的人肩上掛著一顆星親切的對著國強說。

「我是負責照料你的這個單位政委，你可以叫我政委同志」

「我們已經安排好接下來你安頓休養的地方，等你在這邊的一些必要程序走完就可以動身了」政委接著說。

「這裡是青島？」國強記得解放軍北海艦隊司令部的所在地。

「看來你對於解放軍十分了解」「這裡就是青島，外頭你看見的大海就是黃海」「你應該是頭一次見著黃海吧」政委依然面容親切。

「我怎麼會來這裡？」國強明白問著。

政委轉身看著少校軍官皺了一下眉頭，少校立刻趨前一步。

「我已經在第一時間向你說明過你是落海昏迷被我軍救起送過來的」

「是你們用飛彈把我擊落……」國強更直接的問。

「好了馬國強同志，你怎麼落海跟怎麼把你救起來這些都不重要」「現在重要的是你要安心休養，把身體養好了才能再回去看你的老婆跟孩子啊」政委親切但意有所指的說。

國強聽了心頭一驚，他們怎麼知道他結婚了還有一個小孩！過去只聽過在情報局的同學說老共的情蒐能力很強，而且早就滲透到國軍內部，每個人的資料對岸都掌握的清清楚楚。當時國強只覺得這樣的形容太誇張，今天親耳聽見解放軍政委說出他的家庭背景，才知道以前聽到的一點都不假。

「你們打算怎麼處置我？」「應該盡快送我回台灣！」國強想到妻子跟才剛上幼稚園的兒子，有點急的說。

「你放心，兩岸都是自家人，現在你應該好好休養，不用擔心你的家人，我相信台灣那邊應該也會妥善照料吧」政委依舊面露著詭異微笑說著……

國強在對方離開房間後仔細觀察房間裡的陳設，天花板上兩個

凸出的監視器明擺著告訴國強他的一舉一動都在對方的監視中。窗戶雖然看起來很一般，但是國強仔細瞧了一下，能夠打開窗戶的開關都被封死，除非把玻璃敲破。

國強敲了一下玻璃，心裡明白這是加厚的強化玻璃，沒有工具要徒手敲破它大概不容易。

房門再度被打開，兩個士兵走了進來，一人端著突擊步槍，另一人提著一個大袋子遞給國強。國強接過來打開看，是他的飛行裝，已經洗燙好了。飛行裝底下還有飛行靴，上頭擦得光亮一塵不染，國強提起來在自己眼前轉了一圈，心想自己還從來沒有把飛行靴擦的這麼亮過。

士兵示意他換上自己的服裝後，就轉身離開，再將房門關上。

國強盯著天花板上的監視器，轉身找了較遠的角落背對著鏡頭換上自己的飛行裝，穿的時候才發現飛行裝兩肩上的少校肩章跟臂上的國旗都被拿掉了。

「幹！」國強暗暗罵了一聲，但頓時覺得沮喪起來。他現在算什麼？戰俘嗎？國強開始用力回想以前在官校唸書時背的日內瓦公約有關戰俘的處置規定。

房間沒有時鐘，國強原本手腕上戴的錶也不見了，應該是被救起時就被拿走。國強只能看著窗外的日光照射方向判斷時間應該是到了中午。果然，房門再被打開時，外頭的士兵推了一個推車進來，停下後就轉身離開關上房門，連目光都避免跟國強接觸，好像刻意不跟國強有任何互動。

國強走向前看著推車，上頭放的是三菜一湯的午餐，主食是兩個山東饅頭。國強看著饅頭心裡有種熟悉感，小時候在CCK旁的官舍附近，就有一個基地退伍的老士官長每天推著車操著山東口音，對著官舍大院裡叫賣山東大饅頭，國強爸認識這個士官長，經常跟他買。國強喜歡吃這種饅頭，在嘴裡愈嚼愈有一種甜甜的麵粉香。

　但此時的國強沒什麼食慾，只揀了一個饅頭坐在床沿用手撕開慢慢吃著……

　沒等國強吃完，少校就帶著兩名荷槍士兵進來催著國強跟他們離開。他們先用一個黑色頭套將國強罩住，頭套的長度完全蓋住國強的脖子，讓國強無法從縫隙看到外頭的景象；隨後士兵用手銬銬住國強雙手，再分站兩側架著國強走出房間。

　國強感覺電梯似乎直接下到地下室，因為他被架著走出電梯時，感覺像是走進一個地下停車場，然後就被推著上了一部廂型車，兩名士兵也上了車，依舊架著國強，三人並排擠在廂型車的座椅上。

　國強不知道車開了多久，只感覺車像是上了高速公路速度很快地開著，中間停下來讓國強尿了一次。但國強下車尿尿時，沒有聽見一般高速公路休息站廁所的嘈雜聲，相反的周邊很安靜，只有遠處傳來車輛在高速公路上疾駛的聲音。國強罩著頭套雙手戴著手銬站著尿尿時，一度想到老共會不會是要在這裡槍斃他……

　最終廂型車速度放慢走走停停，周邊車聲喇叭聲開始多了起來，國強直覺應該是進入市區了。走了一段街道後車子開始上坡，顛簸了一陣子終於停了下來，國強再被架著下車進入一棟建築物，不過這次沒有搭電梯，國強直接被帶入一個房間……

　士兵摘下了國強的頭套，雖然是在室內，國強雙眼被頭套罩了許久後一下子還是不太適應光線，兩眼瞇了一會兒。另一名士兵將他的手銬解開，兩人完成動作後就轉身離開。從上車前到現在，這兩人從頭到尾沒有一句交談，像是安靜的機器人一般。房間裡沒有別人，國強也沒見到那名少校，從窗外透進來的光線，國強才發現已經是黃昏。窗戶外面是一個不大不小的庭院，整個院子只有一間門字型的平房建築，國強看得出來這裡是在一個小丘上，像是一個隱密的私人招待所，不遠地方還有幾處矮矮的山頭……

約莫過了幾分鐘光景，兩個身穿白襯衫黑長褲的男子走進國強房間。

「馬國強同志下午好，我是你接待工作的負責人，你叫我老陳就好」其中一位留著平頭的男子自我介紹。

「這位是老李，他是協助我一塊來接待你的」老陳指著旁邊的男子說。

「今天你一路上辛苦了，待會兒會有人給你送上晚飯，晚上就在房間裡好好休息，過兩天我們再展開工作」老陳說完就直接轉身離開，旁邊的老李也是一言不發地跟著走出房間，隨手把門關上。

「展開工作？什麼工作？他們想要做什麼？」國強看著兩人的背影，心裡愈發忐忑不安……

十

　　鄭和跟在艦指部指揮官後頭走進總統府第一會議室，指揮官帶著他坐在靠牆邊臨時加的一排椅子上，空作部指揮官跟聯二次長挨著他也坐了下來，鄭和抬起頭只見到部長、總長、海空軍司令等人已圍著長方型大會議桌坐定，部長低著頭看著待會兒要向層峰提報的資料，偶爾皺著眉抬起頭來望向鄭和。鄭和今天清晨才返回左營基地，船一靠岸，他的艦上操作服還來不及換就奉命直奔艦指部向指揮官面報搜救經過。指揮官聽完沒多說什麼，直接帶著鄭和搭高鐵北上，由部長帶領進府向層峰面報……

　　幾分鐘後會議室的深色厚重木門被推開，國安會秘書長、副秘書長、幾位諮詢委員魚貫進入，最後總統府秘書長陪著總統步入會議室，在會議桌最前方的位子上坐定。

　　「本次會議由國防部裴部長率部向總統報告 IDF 驅離侵犯我空域共機任務時疑似墜海事故」「另外應國安會要求，由國防部率海軍鄭和艦艦長與會」聽到國安會副秘書長說明會議主題後，鄭和才知道為何自己會被帶來參加這個以他的位階根本沒資格參與的緊急國安會議，他不自覺地調整自己的坐姿，強打著整夜沒睡的疲憊端坐著。

　　「報告總統，根據國軍聯合作戰指揮中心、空軍空作部、海軍艦指部回報，我空軍所屬一架 IDF 戰機於昨晚 8 時許，在墾丁西南方約 200 公里處執行驅離共機任務時疑似不明原因墜海，空軍第二批執行驅離任務的 F-16 雙機在 IDF 失蹤 2 分鐘後飛抵目標空域，但因雲層過低、海象、能見度俱不佳，目視搜尋困難」國防部裴部

長開始向總統報告搜救經過。

「海軍所屬鄭和艦在事故發生後約20分鐘趕抵現場展開搜救，後有空軍 C-130、P-3C、S-70C、海巡嘉義艦等亦趕抵現場加入搜救，至今尚未發現飛行員蹤跡，亦無發現戰機飛行記錄器發出的訊號，目前搜救工作持續進行……」

「已經過了 12 個小時，還沒找到飛行員嗎？救生裝備能不能讓他在海上撐這麼久？」總統一邊看著國防部上呈的報告資料一邊關切的問。

「根據事發時戰機無線電通聯紀錄與現場搜救發現跡證，無法判斷戰機飛行員是否已跳傘」「也有可能還在座艙裡隨著機身墜入海中」裴部長拿著會議資料繼續一字不漏地唸著。

「搜救人員不是有發現降落傘嗎？這樣也無法判斷飛行員有沒有跳傘？」總統突然抬起頭問。

「報告總統，是有發現降落傘，但是並沒有發現飛行員」「鄭和艦是最先趕到現場展開搜救的，並沒有發現飛行員的蹤跡」老裴部長維持平靜的語調回答。

「如果飛行員沒有跳傘，那為什麼降落傘會在海面上？」

「報告總統，這有很多可能的因素，譬如飛機墜落撞擊海面的時候解體了，降落傘裝置從機身脫落了，都存在可能性」

「而且鄭和艦的搜救人員有發現降落傘，卻沒有發現救生筏」「如果飛行員有跳傘，降落到海面上的時候，連著的救生筏一碰到水就會自動充氣打開」

「飛行員就算昏迷也會落在救生筏上」「而且救生筏是橘紅色的很明顯，如果有，在海上搜救人員一定看得到」部長不急不緩的回答。

「如果是飛機解體讓彈射椅的降落傘脫落，那飛行員應該也會脫離機身吧」「他身上的救生衣遇水就會自動充氣，應該會飄浮在

海面上不是嗎？」總統抬起頭狐疑地追問著……

「是鄭和號發現的？」總統忽然瞥見坐在最角落還穿著艦上操作服的鄭和，領口上的三顆梅花顯示他應該是最先趕到現場搜救的艦長。

「你是鄭和號的艦長？」總統看著鄭和問著。

「是」鄭和立刻站直了身子生硬的回答。

「你說明一下當時你看見的狀況」

「報告總統，當時 IDF 在我艦前方約 10 浬處，因不明原因自我艦雷達幕消失，隨後接獲艦指部命令我艦立刻趕往事故海域搜尋落海人員……」鄭和依照在高鐵上艦指部指揮官指導的說法報告著。

「你只看見降落傘？有沒有看見救生筏？」總統關心的問著。

「報告總統，當時我艦只發現白色降落傘漂浮在水面，沒有看見飛行員跟救生筏」這是指揮官指導鄭和回答的重點。

「而且我當時本來以為飛行員可能是被降落傘蓋住了」「但是小艇組把降落傘撈起來後，發現底下沒有任何東西」鄭和如實回答總統的問題。

「你有看見爆炸嗎？」坐在總統左側的國安會秘書長忽然打斷問道。

鄭和楞了一下，秘書長怎麼會知道他有看見爆炸的亮光？之前艦指部指揮官再三囑咐，進了府裡這一段無法證實就不必提……

「你給艦指部的報告裡有寫說你有看見光束跟爆炸，那是怎麼回事？」

「報告秘書長，我只看見我艦正前方很遠的天際出現像光束一樣的光影，在天空快速來回移動了一會兒，然後就變成一片爆炸的亮光……」此時疲累的鄭和在聽見秘書長提到他在返航途中先電傳回去給艦指部的報告，緊張地忘了指揮官在高鐵上的交代，一股腦

地把當時的情景還原說出來。

「你覺得那道光束是什麼？」老古秘書長推著鼻樑上的金絲框眼鏡接著問，就像是他過去擔任律師時在法庭上詰問著證人。

「當時鄭和艦距離現場約 10 浬，是在目視距離外，而且昨晚能見度不佳，看不了太遠……」坐在鄭和身旁的艦指部指揮官突然起身插話，鄭和見狀也警覺到自己說多了，便閉口不敢再說下去。

「但是艦長在給你們的報告裡頭說他有看見一道光束從海面的方向升起，然後像是巨人拿著火把在空中揮舞那樣，最後突然變成像是爆炸一樣的亮光」老古一邊翻著不知從哪裡取得的鄭和在返航途中先發給艦指部的報告，對指揮官的說詞很明顯並不以為然。

老裴部長看到老古秘書長手中的報告，原本溫和的面容突然像變了臉般怒視著海軍司令和艦指部指揮官，兩個人瞬間臉色變得慘白……

「艦長你覺得那道光束可不可能是飛彈？」秘書長追問著。

「秘書長，艦長看到的亮光也有可能是閃電，大氣局回報說昨晚那裡的雲層很低，海象不好還下著雨，F-16 到現場也回報目視搜尋困難，加上艦上岸上觀通雷達都無異常，實在是無法證明艦長當時看到的亮光是什麼」面露慍色的老裴部長突然開口。

「根據我過去當律師三十幾年處理案子的經驗，證人第一時間的證詞通常是最可信的」老古直接打斷部長的話。

「雖然觀通雷達沒有觀測到有船，但是艦長親眼目睹了可能是防空飛彈的光束，而且還看見了爆炸」「國防部是不是應該去徹底弄清楚這兩者之間是怎麼回事」

「秘書長，鄭和艦艦長第一時間的報告只是單純的記錄當時的目視情況，並不代表就是真實的」「就像單純記錄流水帳一樣」

「這種初步的報告都還要再經過一一查證比對，確認紀錄是否屬實，才能夠成為正式的報告」「每一項紀錄都要有其他方面的佐

證，而不是拿了初步報告就片面斷定說這就是事實真相」老裘不甘示弱地反駁。

「國防部這樣的態度我無法認同，畢竟IDF飛行員現在還生死未明，你們應該要就一切可能的原因徹底追查找出真相」「這樣才對得起這名失蹤的飛官」老古秘書長直白的說。

「秘書長，一名飛官落海失蹤，我身為國軍的大家長，心絕對比你還痛！我也想要弄清楚這件事是怎麼回事，找出事故的原因。但是我也不能夠不相信科學，沒有科學證據下胡亂猜測」「艦長在10浬外憑肉眼看見的印象，能夠比高科技的雷達更有說服力嗎？」老裘絲毫沒有退讓的意思。

「那麼部長你認為這件事情的真相應該是如何？」總統眼光直視著老裘問道。

「報告總統，這不是我認為，而是讓證據說話」「證據顯示事故現場並無鄭和號以外的船艦，更不可能有共軍的船在那裡」「有的話國軍一定會發現」

「現在搜救任務還在進行，我只能夠等搜救單位回報情況作綜合研判後，再向總統說明事故原因」「現在說真相是言之過早」老裘維持一貫的語調，卻也間接透露著強硬。

「報告總統，我覺得是不是讓國防部先專心搜救」「等搜救工作告一段落以後，再請部長來跟總統專報」一直在旁安靜看資料的總統府秘書長此時出聲打著圓場。

總統抬起頭環顧了會議室裡每個人後點點頭，「大家辛苦了」言畢便站起來轉身步出會議室，兩位秘書長也立即起身跟隨總統離開……

鄭和跟著艦指部指揮官離開總統府回到海軍司令部，司令指示他們在辦公室裡等他回來，因為司令剛離開總統府時，就接到大主任通知要他立刻去見部長，在路上時司令已經心裡有數部長找他會

是什麼事了……

　　鄭和跟著指揮官在司令辦公室等了將近一個鐘頭後，司令才從部長辦公室回來，一進門劈頭就對著兩人破口大罵「你們他媽的誰把報告給府裡的！！」

　　「報告司令，我絕對沒有違反保密規定跟行政程序私下洩露報告」艦指部指揮官急著撇清說。

　　「你沒有？艦指部裡面咧？難道鄭和可以從船上直接把報告給府裡？」

　　「你這個指揮官是怎麼當的！哪天船被底下的人賣了你都不知道！！」司令火氣未消繼續罵著。

　　「鄭和你給我聽好，從現在起你對這件事不得再有任何對外發言！」「你聽清楚沒！？」司令對鄭和下了禁口令。

　　「海軍、空軍所有雷達當時都沒有看到有可疑的機艦在現場」「空作部還原的 IDF 雷達軌跡根本沒有你說的躲避飛彈的飛行軌跡」「IDF 原本是低空飛行，後來忽然就失去訊號」「衡指所那邊也沒有飛行員無線電呼救紀錄」「只有你看到，你是開天眼了是不是！！」

　　「你只要再跟任何人講他媽的什麼光束什麼爆炸沒憑沒據的事，我就辦你！！」司令餘怒未消的說。

　　鄭和此時腦中已一片空白，忙了一夜沒睡的他只想找個安靜的地方閉上眼睛睡一覺，老裴部長令人不寒而慄的眼神、司令高八度的責罵聲都敵不過一夜的疲累。鄭和面對著司令，雖然還是直挺挺站著，兩眼上頭硬撐著的眼皮卻愈來愈沉重……

　　鄭和回到左營軍區已是深夜了，剛才在高鐵上睡了整整一個多鐘頭，讓他精神稍微恢復了一些。回到艦上除了值更人員，其他官兵都已經就寢。鄭和走進艦長室剛坐下來，副長家榮就過來敲門。

　　家榮步入艦長室後返手關上門，關心問著台北的情況如何，同

時拿出手機秀了一段影片,這是從鄭和號艦艄甲板位置拍下的昨晚飛彈追擊 IDF 的亮光畫面。雖然距離遙遠而且有雲層遮掩看得並不清楚,但仍然可以見到如同鄭和今早在府裡形容的「……天際出現光束,在天空快速來回移動了一會兒,然後就變成一片爆炸的亮光……」

「這是一個勤務兵當時剛好在甲板上,看見光就隨手拿出手機錄下,沒有再傳給別人」「已經要他當面把影片刪了,有警告他如果外傳就辦他違反資安」家榮的回答稍微安了鄭和的心。

「你把影片傳給我」「但不准再傳出去」鄭和想了想交代副長。

今天部長在府內講的話讓鄭和感到一絲疑惑,部裡好像已經定調 IDF 是自己墜海。鄭和不了解上面的大頭們心裡是怎麼想的,只感覺自己好像必須要保留這一段能夠證明他所說為真的影片……

十一

　　西沙永興島東北方 80 浬的南海，海面平靜無波像極了一面鏡子倒映著晴朗天空中的幾朵白雲。忽然間一根細長金屬管由下而上刺穿鏡子般的水面，激起了一圈漣漪向四周擴散，接著海水像是湧泉般地突然向上快速拱起，再如同瀑布一樣向兩邊落下形成一簾水幕。海水落盡後，只見一個黑色龐然大物突兀地浮現在水面上……

　　這是美國海軍最先進的海狼級核攻擊潛艦康乃迪克號，是當前世界上最神祕、匿蹤性能最好的潛艦，也是各國現役潛艦中作戰能力最強大者，她的火力足以摧毀俄羅斯、中國或世界上任何膽敢在海上挑戰美國霸權的敵人整個艦隊。海狼級潛艦在 500 米深的水下，就如同獅子在非洲草原上一般，未曾遇見對手，自從 1990 年代後期正式服役以來，從來沒有人在她的母港以外任何地方捕捉過她的身影。

　　現在這艘傳說中的海中獅王，卻像一頭受傷的獅子般，動也不動地浮在平靜無波的南海海面上……

　　康乃迪克號的帆罩上冒出了幾個人影，帆罩後方甲板的艙蓋忽然打開，幾個穿著操作服的水兵爬上甲板小心翼翼繞過帆罩走向艇艏，當走到甲板盡頭時，水兵盯著艇艏部位，臉上露出驚恐的神情。艇艏最前端的聲納罩像是被巨型的鐵鎚敲打過一般，右半部嚴重凹陷破損，露出水線的位置已不見原來的聲納罩，裡頭原本安裝著世上最精密也最昂貴的聲納儀器，像是兩輛車對撞後車頭擠壓成一團一樣，海水直接拍擊著已成一堆廢鐵的殘骸……

　　「What the hell...」站在帆罩上的艦長納吉爾中校看到聲納罩

的模樣，面露不可置信的表情，身旁站的執更官和聲納技術士官長更是看得目瞪口呆，張著嘴說不出話來。

「這是不可能的，我很確定康乃迪克號完全按著海圖跟航線走」執更官卡爾呆立了幾秒後才說出這句話。

「艦長，之前聲納真的沒有發現有任何異物擋在我們的船面前」聲納士官長羅傑斯回過神來也說。

「那這到底是撞到什麼？海底有火車讓我們撞嗎？」艦長還是覺得恍如作夢。

「通信官聯繫的怎麼樣了」納吉爾艦長拿起對講機說著。

「報告艦長，卡爾文森號航母戰鬥群目前位置在南沙群島西側，距離 400 浬，需要 13 個小時才能趕到」艇內人員回報著。

「13 小時？我看中國人的船 1 個小時內就會到了」「中國人的船現在哪裡？」艦長擔心的問。

「最近的解放軍驅逐艦在永興島北邊，距離 70 浬」「黃岩島有 2 艘中國人的作戰艦，距離 150 浬」「另外在湛江正東方 50 浬也有中國人的作戰艦」戰情官在對講機裡回報。

「70 浬？趕到這裡最快也要 2 個小時」「盡快確認損害情況，清點人員」納吉爾艦長焦急地下命令⋯⋯

「艦長，艇身前載壓艙受損無法下潛，核動力裝置未受撞擊影響無輻射外洩，動力可維持正常」輪機長在對講機裡大聲的說。

「艦長，共有 11 名艇員在剛才的撞擊中受傷，多為輕微擦撞傷，有兩人傷勢較嚴重還在醫務室觀察，其他 9 員正陸續完成救護包紮」副長回報。

此時西邊天際邊隱隱傳來飛機引擎聲，站在帆罩上的幾個人不約而同地抬起頭來望著聲音傳來的方向，晴朗天空中只看見遠方被陽光照耀閃著亮光的一個小點逐漸接近。眾人端起望遠鏡看了半响，才看清楚這個小點原來是一架低飛的螺旋槳飛機。

「是解放軍的運8反潛機！」艦長手中拿著士官長剛遞過來的望遠鏡一邊看著一邊叫出聲來。

「不能讓中國人發現康乃迪克號受損嚴重」納吉爾心裡琢磨著。

「把艇艦下沉一點讓聲納罩沒入水線」「再叫吉姆找幾個人穿泳褲上到甲板來曬太陽」「前後甲板都鋪浴巾躺著」艦長心生一計轉過頭命令著。

「What...」站在艦長身旁的執更官卡爾放下望遠鏡一臉迷惑地看著艦長，覺得是不是自己聽錯了，但還是拿起對講機傳達了方才聽到艦長的指示。

「What...」只聽見對講機裡傳來艙內一片嘩然，執更官還是堅定的對艙內吼著「你們在囉嗦什麼！還不趕快依艦長命令動作！」

兩分鐘後，只見一群水兵光著上身穿著五顏六色的泳褲擠上甲板，還有人抱著泳圈。正當大家找好位置躺下時，運8剛好飛抵康乃迪克號上空，從低飛的飛機上望下來，只見到甲板上的美國大兵正在悠閒地享受日光浴……

運8在潛艦上空繞了兩圈後循著原來的方向飛走，納吉爾艦長站在帆罩站台上拿著望遠鏡一直盯著，直到飛機變成一個小點確定不會再飛回來後，再將頭探出站台對著底下甲板喊道「所有人立刻返回艇艙關上艙門準備浮航！」

「艦長，您剛才是在玩哪招啊？」「讓中國人看我們日光浴？」執更官卡爾疑惑地問著。

「你去讀一讀中國的《三國演義》就知道了」「這叫空城計」納吉爾說著。

「司馬懿率領15萬大軍進攻西城，諸葛亮只有2500守城兵力，結果諸葛亮下令守軍將城門打開打掃街道，一副沒事的模樣」「司馬懿看到後產生疑心，反而不敢攻打」納吉爾回憶起在海軍官校就讀時，參加讀書社讀到的這本中國文學作品，他很喜歡空城計這段

情節。

「中國人會上當嗎？」「畢竟他們更熟悉三國演義的故事」羅傑斯士官長不放心的問。

「嗯……我們做我們能做的，其他的就交給上帝吧」「中國人會不會上當，晚一點就知道了」納吉爾探著頭一步一步小心翼翼走下帆罩梯回到艇艙操作室內。

「艦長，剛接到卡爾文森號傳來的戰情，即時監視衛星發現解放軍海軍在永興島北邊、黃岩島西邊、湛江東邊的作戰艦都開始移動，依航向研判應該是朝著我們過來」作戰長報告著。

「另外中國人剛從三亞出動了一艘驅逐艦，也是朝我們的方向來」「艦隊指示我們盡快離開目前位置，駛往安全地點」作戰長接著報告。

「看樣子中國人沒有上當」納吉爾不禁覺得有點沮喪。

「中國人在南邊擋住我們跟卡爾文森號會合」納吉爾跟副長、作戰長看著海圖討論著。

「西邊和西北邊也有中國人的船」「我們只能往東邊或東北邊走」

「呂宋島南邊的民都洛海峽是回關島最近的路，但是黃岩島的解放軍船擋在那裡」作戰長分析著。

「也許可以走巴布延海峽，那裡沒有解放軍」副長嘗試著找出一條捷徑。

「過不去，我們現在只能用浮航速率走，而且艇艙受損的程度沒辦法走快，最多只能 10 節」「中國人的船可以走到 30 節，他們會在巴布延海峽等我們」輪機長忽然走過來插嘴。

「可能連巴林塘海峽都不保險」作戰長看著海圖，認同輪機長的說法。

「嗯……那我們只能走巴士海峽了」「那裡有台灣海軍可以幫

我們擋住解放軍」納吉爾艦長作了決定。

「但是我們還沒到巴士海峽之前，中國人的船就會先把目前在台灣東北邊和與那國島之間的船往南調到巴士海峽堵我們」「在東沙島附近的解放軍船也會趕過去」副長繼續分析著。

「那就叫台灣海軍擋住他們！」「告訴卡爾文森號我們的計畫，剩下的叫他們跟台灣海軍去想辦法！」艦長下了決心。

「我們能不能安全回去，就看台灣海軍能不能幫我們擋住中國人了」納吉爾伸出右手食指在海圖上台灣的位置用力敲了幾下⋯⋯

十二

　　夏威夷西方 100 浬的海面上方 500 公里的太空，一枚重一公噸的衛星正循著近地軌道以每秒旋轉達 10 度的高速安靜的飛越，衛星朝著正下方的鏡頭在大氣層光線的反射下不斷地閃爍，每閃爍一次可拍攝底下 3800 平方公里範圍的地表，而鏡頭每象素 50 釐米的解析度讓地表上的事物變得無所遁形。

　　這是中國功能最強大的地球觀測衛星「北京 3 號」系列當中的 4 號星，結合人工智慧科技讓這顆衛星能夠自行規劃飛行時間表，每天可以來回將近一百次，觀察地面控制中心設定的重點區域，最多一天可以觀察五百個地點，並且能夠透過即時傳輸將新發現的目標傳回控制中心。北京 3 號系列衛星對地表任何新出現目標的反應速度，比美國最先進的 World View-4 衛星快了 3 倍，一次掃描帶寬度達 23 公里，比 World View-4 的 13 公里寬了 70%。

　　北京 3 號系列衛星盯著西太平洋上要返回珍珠港的華盛頓號航母已經一個星期了，而且不中斷地將華盛頓號的精確座標即時傳輸回到地面控制中心。

　　衛星掠過夏威夷西方海域上空 30 分鐘後，北京西山指揮所裡的中央軍委聯合作戰指揮中心收到了戰略支援部隊所屬衛星地面控制中心傳來的衛星即時影像，上頭顯示美軍華盛頓號航母打擊群已經改變原本由西向東朝向珍珠港航行的方向，180 度調頭改為向西，且以作戰編隊隊形航行。從衛星拍攝的影像中可見華盛頓號龐大艦身的尾跡十分明顯，其他編隊的作戰艦也是，這表示美軍航母編隊正處於快速航行的姿態。

　　值班的聯合參謀部作戰局局長海軍少將李剛盯著牆上大螢幕上的影像，「要向首長報告嗎？」站在李剛身邊也盯著螢幕瞧的空軍大校王小東邊看邊問李剛。

　　「先別，等咱們了解情況以後再跟上頭匯報」李剛依然盯著螢幕。

　　「跟南部戰區聯繫一下，看看他們那邊有什麼不尋常的情況沒有」李剛轉過頭來交代值班台。

　　「通知戰支那邊也查一下南海」「美國人的航母才剛回去就又急著往咱們這邊趕，肯定是有不尋常的事」李剛說著。

　　南海最南端的赤道，東經 110 度，36000 公里的地球同步軌道上，高分 4 號衛星剛接收到地面控制中心傳輸的指令。衛星上對著地球方向的鏡頭略微向上調整角度後立刻掃描拍攝北緯 4 至 23 度、東經 110 至 122 度之間的遼闊水域，再將影像透過同樣在地球同步軌道上的天鏈一號中繼衛星 5 號星即時傳回地面接收站，整個過程只花了不到 1 分鐘。

　　高分 4 號是中國首顆地球同步軌道遙感光學觀測衛星，具備可見光、多光譜和紅外線成像能力，光學解析度 50 米，只能初步發現並追蹤大型目標的座標，無法分辨目標的具體輪廓。但因為是在36000 公里的地球同步軌道上，因此一次觀測的範圍相當遼闊，拍攝的每張影像覆蓋範圍可達 16 萬平方公里，拍攝整個西太平洋約1 千萬平方公里的範圍只須 60 張。因此可以用來在短時間內大範圍的搜尋海面大型目標如美軍的航母，在有了初步發現後，再將可疑目標的座標即時傳輸給在 645 公里近地軌道上的高分 1 號跟高分2 號，由這兩顆近地衛星根據高分 4 號提供的座標進行精準搜索，其中高分 2 號的解析度可達到 1 米，一次拍攝的影像則是縮小到60 平方公里，不但可以快速找到並且分辨目標是否為航母，連是驅逐艦或巡防艦都可以分辨的清清楚楚。用高分系列高低軌道衛星

搭配的方式，解放軍可以快速搜尋從美國本土西岸到南海遼闊海區內美軍航母的蹤跡。

西山指揮所裡的大螢幕上換成了剛收到的高分4號所拍的南海影像，操作人員正在運用AI技術比對海事部門登錄的南海船舶航行資訊，把已登錄屬於正常航行的船隻一一剔除，找出隱藏其間不應該在此出現的船。這項技術原本是為了防範海上非法走私偷渡，沒想到卻被解放軍看中，在解決如何於茫茫大海中快速找到美軍航母這個問題上派上用場。

「局座，在西沙群島東北方80浬水面有一個不明目標，無法判斷類型」戰情員回報。

「把目標座標給戰支控制中心，叫他們用最近的衛星看清楚」作戰局局長李剛下令。

剛由西南向東北與地軸斜角相同的夾角飛越赤道進入北半球的高分2號在軌道上忽然調整了姿態，讓光學鏡頭對著即將飛越的南海中軸線方向。在接近北緯17度、東經114度上空時，鏡頭突然開始連續閃動，直到過了北緯22度才停止……

李剛佇立在大螢幕前不到10分鐘，螢幕上突然呈現出清晰的南海海面影像，是高分2號從645公里的高空拍攝，影像正中央有一個狹長的物體，後面連著一條白色細紋。操作手旋轉控制鈕將影像放大，狹長的物體輪廓愈來愈清晰，並沒有因為放大圖象就變得模糊。當影像放到最大時，李剛瞪大眼睛倒抽了一口氣……

「是美國人的核潛艇！」李剛叫出聲來。

影像中的潛艇浮在水面上航行，從尾跡看來她輸出的推力不小，但是由艇艏及艇側激起的水花來看，又似乎行進的速度不快，尤其艇艏部位的水花很大也有點亂，不像是正常潛艇在水面上走時那般流線規律。

「這艘潛艇的艇艏有問題！走不快！」李剛憑著長期在解放軍

潛艇部隊服役的經驗直覺的判斷。

「通知南部戰區，讓他們派飛機過去看看是怎麼回事」他覺得必須搞清楚美國人在玩什麼把戲。

「查一下這個構型的美國潛艇是哪一級別的」「從大小來看不致於是核導彈潛艇」「應該是核攻擊潛艇」李剛說著。

「報告局座，根據衛星圖象資料 AI 比對結果，這是一艘美國海軍海狼級核攻擊潛艇」「美軍一共有三艘海狼級，根據艇身長度跟甲板構型，應該屬於第二艘康乃迪克號」值班的聯合參謀部情報局海軍組人員回報。

「康乃迪克號？她竟然躲在南海！」「怎麼會突然冒出水面自己曝露行蹤？」

「她究竟出了什麼事沒辦法潛航？」李剛思索著。

李剛指揮中央軍委聯合作戰指揮中心執班台上各局執班人員把要向上級匯報發現康乃迪克號所需要的資訊湊齊了，正想著待會要如何跟聯合參謀長匯報的細節時，值班台上回報南部戰區已派機尋獲了老美這艘潛艇，而且還拍了照，說畢牆上大螢幕忽然出現了運 8 從 300 呎的低空俯拍康乃迪克號的影像……

「這是什麼情況？」盯著螢幕的空軍大校王小東張大著嘴看著。

影像裡只見潛艇甲板上躺了 10 來個美國大兵，穿著五顏六色的泳褲正在作日光浴，一個水兵身上還套著泳圈伸出左手對著運 8 比中指……

「格老子地！美國人在玩什麼把戲啊！」老家在四川的王小東操著四川話罵著。

「把影像焦點調到艇艏的位置」李剛忽然看見了什麼。

操作人員按著圖象操作台的滑鼠點了兩下，螢幕上的潛艇影像隨即向上移動到艇身的最前端停下再放大。

「這是什麼？聚焦這個位置再放大！」李剛走了幾步到大螢幕

前用手指著艇艏位置說。

康乃迪克號的艇艏這時在 200 吋的 LED 大螢幕正中央，幾乎占據了整個螢幕。影像的高解析度讓康乃迪克號艇艏藏在水線下已變形的聲納罩模樣無所遁形。

「她撞到東西了！！」「連聲納罩都撞壞了！！」李剛掩不住驚訝的叫出聲來。

「立刻通報聯合參謀長！」「南部戰區最近的船在那兒有幾艘？」「美國人最近的船距離多遠？」「趕快弄清楚！」李剛下了一連串指示。

「報告局座，南海艦隊有南寧艦在永興島北邊離美軍潛艇 70 浬，有桂林艦、黃山艦在黃岩島水域距離 150 浬，另外湛江外海 50 浬有運城艦」「美軍有卡爾文森號航母群目前在南沙群島西南海域，距離潛艇位置 400 浬」值班人員回報。

「叫南部戰區在附近的船先趕過去掌握現場情況，隨時等待上級命令」「桂林艦跟黃山艦作戰準備，一定要擋住美國人的船不讓她溜走」李剛指示。

「要不要先跟參謀長報告，再看看他要不要動咱們的船過去」「不然咱這就算是未令先動了」「合不合適？」王小東提醒著。

「你以為船在海上跑像飛機在天上飛啊」「飛機一分鐘飛的，船要跑將近半個小時」「地圖上看著美國人的潛艇沒多遠，你知道在海上就是一整天的路程啊」

「咱們的船不趕快先動作，等美國人潛艇跑了再去追就來不及了」李剛一連串說著。

「咱們盼了多少年想得到美國人核潛艇的技術都得不到」「這回美國人自己送上門來，絕對不能讓她跑了！」李剛想著以往待在潛艇部隊時，在海裡一天到晚被美國人的反潛聲納追著跑的窩囊，心裡已經有了該如何向聯合參謀長分析當前情況的定見……

十三

興台坐在最角落的包廂內，昏暗的燈光讓人心情不自覺地放鬆下來。座落在農安街底的這家日式料理店是台北市最高檔的日式餐廳之一，常見政商界聞人穿梭其間。店家在偌大的用餐區後面絲毫不引人注意的角落裡隔了幾間不大的包廂，裡頭僅能容納最多3、4人用餐的狹小空間，卻往往在這裡作出了攸關台灣未來發展命運的決定。

興台是在門口櫃台詢問府秘書長辦公室訂的包廂後，被年輕的女服務員親切的帶領進來。這是興台中午剛上完課時，就接到府秘書長辦公室來電，說是秘書長邀他晚上有沒空一塊吃個飯？興台聽後直覺秘書長大概有事情要請他研析，這已經不是第一次找他吃飯了。秘書長過去曾經擔任過部長，那時就經常找興台作研析，這層關係讓興台對秘書長要比官場上其他人多了一分親切感。每次見面秘書長都會帶著問題來徵詢他的意見，有時聽完後還會請興台幫忙寫成書面報告給他。其中有幾次報告給了幾天後，接到秘書長來電，告知興台說大老闆已經看過他寫的研析而且採納他的建議了……

「興台你等多久了」秘書長一個人手拿著一個牛皮紙袋踏進包廂，見到興台先開口問。

「報告秘書長，我才剛到」雖然熟識，興台還是起身照著規矩回答。

「坐坐別客氣」秘書長邊說邊坐下「怎麼樣，你最近都在忙什麼」

「都是忙一些學校的雜務，還有部裡交辦下來的專案」興台老實回答。

「唉這沒辦法，官僚組織都一樣，雜事特別多，很多事都是窮忙」秘書長輕鬆的說著。

服務員推門送上菜來，精緻的料理以及透露著廚師巧思的擺盤讓這家日式餐廳的美食聞名遐邇。

「這兩天一架 IDF 墜海的事情你知道嗎？」秘書長邊啖著料理邊問著。

「媒體有報導，是在驅離共機的時候墜海」「國防部說機械故障的可能性最大，現在飛行員還沒找到」興台把他從媒體上看到的說一遍。

「你相信國防部的說法嗎？」秘書長突然停下來放下筷子看著他。

「我沒看到國防部內部的資料，沒有辦法分辨真假」「但是有一點很奇怪」興台回答。

「哦，哪一點」秘書長知道興台肯定看出了一些端倪，露出有興趣知道的表情。

「對岸到現在還沒有表態」「IDF 是在驅離共機時墜海，如果是機械故障，從統戰的角度來說，這時候對岸應該要對台灣表達遺憾和對飛行員家屬表達慰問之意」興台點出可疑之處。

「這是對岸可以大做文章的機會」「一方面拉攏台灣民心，另一方面指控是台灣當局以武謀獨，刻意軍事挑釁大陸，才造成這次的不幸」

「這樣可以達到分化我們政府跟民眾的目的」「但是很奇怪的是對岸到現在沒有對這件事發表任何談話」

「以往如果出現類似情況，至少國台辦發言人或副發言人會以記者問的方式口頭或書面表達意見」

「但是這次對岸國台辦跟軍方都沒有講任何一句話」「低調的不尋常」興台做出他所觀察到結論。

「這確實是可疑的地方」秘書長點點頭。

「你覺得有沒有可能是老共的飛機把 IDF 打下來的？」秘書長忽然問道。

「媒體說那天晚上是一架運 8 進來，IDF 去驅離結果掉下去」「如果是運 8，應該不會有攻擊 IDF 的能力」興台邊想邊說。

「就算是運 8 掛空對空飛彈，IDF 也不是省油的燈，要避開並不困難」「而且避開以後運 8 就慘了，IDF 三兩下就會把她解決了」興台並不認為 IDF 是被共機幹掉的。

「如果是從海上發射飛彈呢？」秘書長突然看著興台神情嚴肅的問。

「海上？」興台有點疑惑秘書長怎麼會這樣問。

「如果是從海上發射防空飛彈，那就會有船，以目前國軍對海的偵蒐能力應該會發現」興台還是認為從海上的可能性不大。

「你覺得有無可能是從潛艇上面發射？」秘書長繼續一臉嚴肅的追問。

「嗯……」興台陷入思考。

「是有可能，但是有兩點要釐清，一是解放軍的潛艇具不具備水下發射防空飛彈的能力」「二是具備這樣的潛艇還要具備先進的匿蹤性能，才能夠不被國軍的反潛偵搜發現」

「你說的有道理」秘書長認同他的推論。

「我這裡有一份資料你拿回去研究看看」秘書長從牛皮紙袋抽出一份資料遞給他。

這是一份簡單裝釘的活頁書面資料，封面上頭寫著《鄭和艦搜救 IDF 墜海事故應處報告》。

「這是最早抵達事故海域搜救的鄭和艦寫的報告？」興台想要

確認這份報告的來源。

「對，但不是國防部給的，是國安會那邊另外拿到的」「國防部給大老闆的報告內容跟這份報告說的不太一樣」說著秘書長將牛皮紙袋遞給興台，興台接過來抽出裡頭的國防部報告翻了幾頁。

「那天在府裡的臨時會議上，你們部長做的報告四平八穩，雖然沒有下定論，但是很明白的朝向是機械故障導致飛機墜海，飛行員來不及跳傘跟著飛機一起下去了」秘書長描述那天府裡的會議。

「老古就直接問鄭和艦的艦長依照他寫的報告，有沒有可能是被飛彈擊落的」「但你們部長就不高興了，說雷達上面什麼也沒發現，不可能是飛彈把 IDF 打下來的」秘書長還原了那天部長跟國安會秘書長之間的爭執。

「那鄭和艦艦長那天怎麼說」興台關切的問。

「他本來是照著國防部的報告唸」「後來老古拿著他寫的報告問他，他才說出他當時看到的情況」「他說當時他看到有光束像是從海面飛到空中來回移動，再爆炸變成一團亮光往海面落下」秘書長描述鄭和在會議時說的話。

「結果老古正要問下去的時候，你們老裴部長就打斷了」「我感覺那個艦長是有話想說，可能他真的有看到什麼情況」「但是軍方的雷達沒看見，就不准他說」

「其實有機會的話真應該找這個艦長來多了解一下」秘書長若有所思地說。

「你回去好好研究一下這兩份報告」「看你覺得哪一份可信度比較高？比較像是真實的情況」「你也知道國防部給的資料經常都是內容空泛不知道在說什麼」秘書長有點抱怨的說著。

「你看你如果方便的話就寫成書面的分析，我會直接呈給大老闆參考」秘書長終於說出他找興台吃飯的目的。

「沒問題！我會盡快看完報告完成研析後上呈給秘書長」興台

接受任務後一本規矩地回應。

「但是秘書長您知道，部長有指示我上呈給層峰的資料必須同步給部長一份……」興台說出自己的顧慮。

「我想這件事情就先不要給你們部長了吧……」秘書長意有所指。

「了解，我會先上呈給秘書長，再由您指示看什麼時候適合，我再呈給部長」興台遵照秘書長的意思。

「那就這樣吧，這件事可能要催你快一點了」「畢竟那一位飛官還沒找著呢」秘書長交代著。

「沒問題！我會盡快完成！」興台回答。

十四

國強靠著椅背微微睜開眼，看著窗外景色快速向後移動消失不見。坐在時速超過 300 公里的車廂裡，卻平穩地如同百貨公司手扶梯緩慢移動般，絲毫沒有晃動感。只有在經過黃河時，國強心頭才感到一絲震撼，是震撼從小讀書就能朗朗上口的黃河真的就在自己腳下，卻也震撼眼前的黃河水面跟淡水河差不多寬，跟心中想像的浩瀚江河完全無法相比⋯⋯

這是一列開往北京的和諧號動車組，國強坐在第一節車廂緊靠著駕駛室的第一排靠窗座位。老陳挨著國強身邊的位子把椅背放斜了正在閉眼養神，老李坐在隔著走道座位上滑著手機，後面一排座位還有兩個從招待所一路跟著的壯漢，從外觀上一看便知是負責安全的特勤人員，其中一人視線一直沒離開國強，另一人則是從上車後，眼神就規律的來回掃視整個車廂。從兩人拉上拉鍊的夾克腰間部位的隆起，顯示此行的安全警衛工作十分重要。

這節車廂的前 6 排座位只坐著國強一行人，離最近的乘客中間還有 4 排空位，在第 6 排座位走道中央放著兩個行李箱，是老陳指示壯漢擺在那兒的，這樣就擋住了後頭的乘客走到前面來。但其實車廂前面只有駕駛室，洗手間和茶水間都在後面，國強他們是最先上車就座的，後頭的乘客沒瞧見他們，路途中也不會有人走到空無一物的前車廂⋯⋯

從列車出發開始，車廂後半節就不斷傳來泡麵的辛辣味道，剛開始國強直覺想著應該是有乘客來不及吃早餐就在車上沖泡麵吃，沒想到從出發到現在將近兩個鐘頭都快到北京了，這股濃烈的味道

依然充滿整個車廂。

「大陸人早餐習慣吃泡麵？」國強隨口問著。

「不是」「是群眾出遠門的習慣」老陳閉著眼說。

「以前老百姓窮難得出遠門」「火車上也沒什麼吃的」「大家都會帶上幾包方便麵在車上吃」

「後來和諧號動車組出來了，這習慣也改不了」「逼得每節車廂都得提供開水讓乘客沖方便麵」

「這習慣搞得總書記都出來說話了」「幾年前大大就說過，鄉親們出門旅遊應該要多品嚐當地美食」「就別再帶方便麵了吧……」老陳模仿著大大的語氣。

這是國強在招待所裡待了幾天後第一次離開那座大院，國強在裡頭除了沒有行動自由外，吃住其實挺舒適。他住的房間不小，分成臥室跟客廳，像是五星級酒店的高級商務房。工作人員每天定時送來三餐，菜色各不相同，唯一每天早餐都會有的是一種圓圓扁扁、烤得有點像燒餅般、打開來中間夾著醃漬醬菜之類的東西，很好吃。國強把它當成主食每次都會連吃兩三個。後來問了送餐的女服務員，說這叫做武大郎炊餅，是典型的山東點心……

國強聞著滿車廂刺鼻的泡麵味，不僅回想這幾天早餐吃的武大郎炊餅……

在招待所前三天，國強除了送餐的女服務員外沒見過其他人。到第四天早上國強吃完早餐，女服務員進來收拾離開時，消失三天的老陳跟老李一前一後走進房間。

「馬國強同志，休息了三天，精神有沒恢復一些」老陳看著國強說。

「你們要把我關在這裡多久？什麼時候讓我回台灣？」國強直接問著。

「我們還有一些工作要做」「你也知道目前兩岸關係的複雜

性，要安排你回台灣也不是一天兩天的事」

「你們想要做什麼工作？」

「我們想了解台灣方面現在對大陸在軍事現代化發展的態度」「還有你們怎麼因應這樣的發展」

「我只是一個飛行員，只懂飛行」「要問兩岸關係你們應該要去問學者吧，我又不懂」

「那當然，台灣方面有很多學者都來大陸交流過，也提供了許多寶貴的意見給我們」「大陸方面對於他們促進兩岸融合的積極貢獻，是絕對肯定的」

「但是兩岸交流發展跟彼此之間的了解也不能一直停留在學術的層面」「應該要往更深入具體的方向發展」「要在像你這樣的各個技術領域都要展開大交流」「這樣才能推動兩岸關係進一步融合」老陳像是意有所指。

「你們究竟想知道什麼？」

「我直說吧！我們想了解你在飛行上的一些技術細節，譬如說台灣空軍平時和戰時會使用哪些個保密頻道、它的頻率、還有一些東西的參數這一類的細節」這一次老陳說得很明白。

「我不可能告訴你們這些」「我如果跟你們說，我就不配穿身上這套軍服」國強指著自己身上的飛行裝直截了當拒絕。

「你現在的態度我完全可以理解」「這是你不夠了解大陸才會有的反應」「很正常」「畢竟兩岸分隔了這麼多年，台灣對大陸很多地方的發展不僅不了解，甚至是誤解」

「這樣吧，我們來安排一下」「先讓你了解真實的大陸情況」「相信你了解了之後，就會配合我們的工作了」老陳跟老李交頭接耳談了一會兒後對國強說⋯⋯

車廂裡的廣播把國強拉回現實，快到北京了。

「你們要帶我去哪裡？」國強轉過頭來問老陳。

「通州」老陳嘴裡突然說出這兩個字，「帶你去見見你的親人」

國強楞住了，他們怎麼知道他在通州有親人？國強小時候聽國強爸說爺爺祖籍在通州，但從小住在張家口，是當地有錢有勢的家族，後來戰亂家道中落跟著國民黨軍隊到台灣。國強有聽他老爸提過，爺爺唯一的弟弟住在通州，算是國強的叔公，但這位叔公也在多年前過世了，國強更是從來未曾跟這家親戚聯繫過。

「我在通州哪有親人？」國強否認說。

「你爺爺的親弟弟也就是你的叔公一家住在通州」「你叔公叔婆前些年過世了，但是你姑姑叔叔們還在吶」老陳說著。

「我從來沒和他們見過面，也沒聯繫過，根本誰也不認識誰」「這算什麼親戚」

「你不認他們，他們可認你啊」「一家人血濃於水，不認就是對不起祖宗」老陳忽然立直椅背嚴肅地說。

「你姑姑叔叔他們一直跟組織反應，希望上頭能夠安排讓你回老家，讓他們見上失散多年的親姪子全家團圓」

國強不想跟老陳辯了，他心裡明白這是大陸這邊的統戰部門刻意安排的，想要利用親情攻勢讓國強卸下心防。通州的姑姑叔叔怎麼會知道他在大陸？或者應該說，怎麼會知道有他這位姪子？連國強爸都沒見過的親戚，怎麼會惦記他？他根本不相信這些所謂的叔叔姑姑就算知道有他這個從沒見過面的姪子，會如老陳說的那樣，急著想要跟他見面。

國強心裡著實佩服對岸的情蒐做的如此綿密，真的把他的祖宗八代都摸的清清楚楚，連他在通州有要好幾杆子才打得到的親戚都知道，國強不禁擔憂起對岸在台灣的情報工作可能是全面滲透了。

國強其實已經做了最壞打算的心理準備，他深知如果把作戰機敏情報跟老共說了，就會對台灣的空防造成危害，更會直接威脅到在台海上空跟老共對抗的學長學弟們，他不能對不起同學、對不起

空軍、對不起國家。國強想著倘若真的在這裡殉職了，國防部會把他送進空軍公墓，他只希望他的牌位能夠和他老爸放在一起，至少是一門忠烈……

十五

　　鄭和艦頂著八級風浪由西向東在巴士海峽航行，舵手以規律的 S 型前進方式來維持 17 節的航速。這是海軍主力作戰艦固定執行的「南偵」任務，負責鵝鑾鼻南方巴士海峽的戰備巡弋。海軍每天固定有四艘一級作戰艦在台澎周邊海域執行「東北偵」、「西南偵」、「南偵」及「海峽偵」的巡弋任務。南偵一般都由 124 艦隊負責。鄭和艦原本執行西南偵任務，臨時被艦指部機動調度支援南偵。在每年 10 月以後吹東北季風的季節，台灣周邊海域的風浪平均都在 5 級以上，無論是擔任哪一個方向的偵巡艦，任務期間艦上官兵都要忍受海上顛簸之苦，其中海象風浪最惡劣者，非巴士海峽莫屬。

　　鄭和坐在艦長椅上，看著一波波海浪迎面而來，艦艉像是配合海浪起舞般在海面上下起伏，遠處的天際線也隨著艦身忽高忽低左右搖擺。長年在海上奔波，鄭和早已習慣了這種風浪，不會再像小官剛上船時那般暈船，最多只會在風浪大時覺得頭有些昏沉精神疲憊而已。

　　鄭和側過頭來向右舷方向望去，這是一個禮拜以前 IDF 飛去的方向，失蹤的飛官還是沒找到，連飛機是什麼原因墜海也還沒搞清楚，因為到現在為止飛機上的飛行紀錄器應該要發出的訊號也一直蒐不到。雖然規定的搜救任務達到 72 小時就可以視狀況結束，但這次整個海空搜救行動一直持續了一個禮拜，也帶著家屬搭船出海到現場招魂，希望飛官若是殉職了可以指引搜救人員一個方向早點找到遺體，但是一切都沒有著落。

　　鄭和沉思著，如果那晚他的船航速不是走 17 節而是 19 節，或者是後來酊轟 6 時，他不是下令加速到 20 節而是 25 節，就應該會走到 IDF 出事的地方，他就可以看清楚究竟戰機是不是被飛彈擊落？如果真的是，他也能夠知道飛彈是從哪裡打出來的？是水面有船還是水下有潛艦？他絕不會讓空軍的弟兄憑白無故犧牲……

　　「報告艦長，艦指部來令命我艦更改航向為 160，盡速前往座標北緯 20 度、東經 118 度海域」作戰長文浩報告。

　　「去南海北部？那誰來接南偵？」鄭和問。

　　「艦指部說會叫西寧艦從左營過來接手」

　　「南海北部有情況嗎？」

　　「艦指部沒有說明只叫我們立即前往」「路上隨時候令」

　　「嗯」「更改航向 160、航速 25 節，目標座標北緯 20 度、東經 118 度」鄭和下令轉向。

　　「航向 160、前進 25 節」舵手一邊複誦一邊調整操縱台上的羅盤鈕和油門桿，駕台後方兩具渦輪內燃機的聲浪突然拉高變得尖銳起來。

　　原本站在艦長椅側後方的副執更官此時轉身彎下腰來在海圖上標示出目標海域座標，口中複誦著「北緯 20 度、東經 118 度」

　　「報告艦長，艦指部來令」作戰長文浩把戰情官剛交給他的艦指部電令紙本拿給鄭和。

　　鄭和看了電文內容，皺一下眉抬起頭說「有艘美國潛艦故障浮出水面要走巴士海峽回去，沿途擔心老共會來擋，我們要去伴護這艘潛艦確保她安全過海峽」

　　「美國潛艦？」「老美潛艦都是核動力，如果故障還能走，要回去最近的地方應該是關島」「應該往東南走呂宋島南邊的民都洛海峽」「怎麼會捨近求遠走巴士海峽？」文浩不解地說著。

　　「肯定是黃岩島那邊有老共的船她過不去」「南沙那邊也一

樣」鄭和憑著幾趟南沙運補經驗，知道解放軍作戰艦在南海部署的大概位置。

「老美的核潛艦跑到南海來，就是針對老共」「過去老美核潛艦都是神出鬼沒從來沒有讓其他國家反潛發現過」「這艘潛艦是發生什麼事怎麼會自己浮出水面曝露行蹤？」鄭和心想。

「如果她是故障被迫浮出水面就一定會發出求救訊號」「那老共一定會知道」「對老共來說，這是獲得老美核潛艦機密科技千載難逢的機會」

「就像是當年南海上空擦撞事件一樣」「老共從迫降陵水機場的EP-3上頭得到了美國人的電子科技」「才會有現在的運9電偵機」

「這次是美國人自己送上門來」「老共絕對不會錯過這次機會」「一定會動員在附近的船全力搜捕老美的潛艦」「在老共眼裡，浮出水面的老美核潛艦就像是一隻待宰的肥羊」

「誰先搶到誰先贏……」鄭和得到結論的同時心頭突然變得沉重。

「現在老共的船在哪裡」鄭和沉默了一會兒問道。

「報告艦長，共軍昆明艦、柳州艦目前在東沙島西北方30浬」「長沙艦在蘭嶼東方60浬」電話手複誦戰情官回報。

「艦長，老共在黃岩島的船肯定會往北移動，東沙島西北邊的兩艘也會往東」「我相信湛江也會有船出來，對老美潛艦構成C型包圍」「我們只有一艘船過去，風險很大」作戰長文浩評估。

「在其他地方的共艦一定都會動員往巴士海峽這邊趕過來」「蘭嶼東方的共艦也會由東向西過來」「如果把巴士海峽堵住了，美國潛艦可能就出不去了」文浩有些擔心的分析著。

「艦指部跟JOCC那邊應該還會有其他安排」「我們不用想那麼多，依命令執行任務就是了」鄭和深知此時無論自己心裡有多少疑問，都必須在下屬面前展現出信心和決心。

「打開對空雷達」「叫戰情官嚴密監視周邊雷情隨時回報」「聲納注意水下動態」鄭和忽然想起上回也是走在巴士海峽時，聲納士民毅聽到的水下不明聲波，雖然當時民毅沒有弄清楚究竟是雨水打在海面上的聲音還是水下真的有東西，但隨後發生 IDF 在沒有水面艦的情況下莫名其妙被擊落的事情，讓鄭和直覺地認為民毅聽到的聲音並不單純，一直把這件事情掛在心裡。

「叫戰系長檢查武器系統，確認裝備完成作戰準備」鄭和覺得這趟護航之旅不會一帆風順，他必須讓全艦先準備好。

「叫老軌回報剩餘油料跟水櫃，另外叫補給長盤點全艦口糧」「即日起全艦管制口糧淡水採戰備供應」「確認本艦最大續航期程後回報」鄭和持續下著管制命令。

鄭和艦要在波濤洶湧的海面上迴轉 180 度不是一件容易的事。東北季風讓巴士海峽的風浪呈現東西向，原本鄭和艦頂著風浪由西向東航行，為了避免艦身腰部在浪湧上下起伏的空隙間重摔受損，才用 S 型航行方式讓艦身底部能夠完整吃水卻不致出現側面頂風浪讓艦身有翻覆的風險。現在鄭和艦接獲命令要盡快趕去護航美國潛艦，任務視同作戰，就不能太顧慮到自身的安全了。

鄭和艦配合著風浪規律起伏的龐大灰色艦身此時開始脫離原本的和諧，被浪湧高高托起的艦艏忽然像是失去依托般猛地向右側歪斜落下，艦身重擊水面在原本就波濤洶湧的海上再激起一輪浪花。鄭和坐在艦長椅上透過駕台舷窗望出去，只見天際線忽而左高右低上下晃動著，忽而整個艦艏被大浪蓋住沒入水中一片暗黑。當艦身轉向 90 度與風浪平行時，整艘鄭和艦瞬間被 8 級風浪吹打得傾斜 30 度，正當舵手調整油門桿加大推力想要讓艦身脫離湧浪繼續轉向時，突然一個瞬間 12 級強陣風襲來，鄭和艦高聳的艦身橫亙在海面上就像是一面牆立在一望無際的平原上遭遇颶風一樣毫無遮掩，整艘戰艦立刻如風行草偃般向右側迅速傾斜將近 40 度，整個

駕台內沒有固定的物品全部一股腦地朝右側的艦長椅方向摔去……

「繼續轉向090，開啟左右舷輔槳，全速前進」鄭和語氣沉穩的指揮舵手操作這艘大艦，他知道他的船耐的住這樣的風浪。成功級艦在艦體兩側裝有水下穩定翼，當海象惡劣時可以發揮穩定艦體的功能。當初這樣設計的目的是考量作戰時各類艦載武器和裝備必須要在艦體穩定的條件下才能操作，倘若海象惡劣艦身過於搖晃，就無法發揮作戰效能。另外成功級艦採用單軸單舵推進系統，在左右舷兩側各裝了一個單軸推進輔助動力系統，作為戰時一旦主推進槳葉受損時，能夠藉由輔助動力系統維持行進。這兩個輔助槳葉推進器在海象惡劣時也能協助舵手在主槳葉處於浪湧間隙露出水面懸空時，發揮控制艦身的功能。

此時鄭和艦腰身兩側的水下穩定翼和輔助推進系統發揮了設計時預期的功能，灰色鐵甲艦原本傾倒的身軀像是不倒翁般很快豎起，恢復與水面垂直的姿態，龐大的艦身像是衝浪般從湧起的巨浪側邊穩穩地滑下，在湧浪坡面劃出一道短暫卻明顯的U型尾跡。鄭和艦在8級風浪吹打下迅速完成了180度迴轉，艦艏朝向西南，在東北季風的助推下快馬加鞭地航向南海……

十六

　　秀予看著旅部轉過來的會辦單，覺得一個頭兩個大。會辦單上要求全軍各營級單位必須利用每周官兵社團活動時間成立戰鼓隊，參加戰鼓隊的官兵還要每周安排時間集訓，一個月後旅主任要到各營督導驗收戰鼓隊集訓成效。

　　「吼～拜託……」秀予忍不住譙出聲來。兩岸關係緊張，共機一天到晚侵擾西南空域，共艦也三不五時出現在台灣周邊海域，聽其他學長講，海空軍現在都操得要死，空軍每天緊急升空不知道幾批，不分晴雨日夜只要共機來了都得上去奉陪；防空飛彈也是每天緊盯著雷達幕，每個發射單位都是緊繃著臨戰狀態隨時準備熱彈追瞄；海軍也一樣，東北偵西南偵南偵海峽偵加上港偵，以前都只是照本宣科走過場，現在連立待艦二待艦都滿編滿裝滿油滿櫃隨時準備出海應處共艦。

　　陸軍卻要大張旗鼓搞戰鼓隊！？

　　秀予心想這是哪個長官頭殼壞去想出來的餿主意，「還要驗收？搞得跟真的一樣，真是夠了！」

　　「營輔仔，營部連輔仔軍線」安全士官報告。

　　秀予拿起電話，「亭莉有什麼事嗎？」

　　「學姐，妳看一下靠北長官，有講我們營的留言，罵的很難聽」亭莉在電話裡說著。

　　「哦，好，我馬上看再跟妳說」秀予掛上電話，拿起手機打開臉書再點入靠北長官社團粉絲頁，目不轉晴地滑著頁面一欄一欄搜尋。

考北長官是國軍官兵在社群媒體上成立的社團，專門提供基層在上面留言公開部隊裡面的各種問題。由於國軍強調紀律與服從，在部隊裡低階官兵就算對上級不滿，也不敢公開批評，以免被秋後算帳落個悲慘下場。因此這個考北長官社團提供大家用匿名方式把國軍各部隊的問題揭發出來，當然基層官兵更是充分利用這個可以公開幹譙長官的平台，把部隊裡各種光怪陸離的事情攤在大眾面前。

「XOX 旅雞布山營的營長仗著權勢作威作福睡女兵，爽過了卻拍拍屁股當作沒事一樣，國軍要容忍這種噁爛淫蟲幹部在軍中繼續糟蹋女兵嗎！」手機螢幕映出了這一排文字。

「幹～這是誰留的言？不知營長知道沒？」秀予心裡想著。

秀予正要拿起軍線打給營長，話筒裡卻先接通了剛好打來的旅主任來電。

「秀予啊，考北長官妳看了嗎？」主任劈頭就問。

「主任，我剛才看了，我覺得講得很離譜太誇張了」

「妳打算怎麼處理？」

「主任，這是匿名惡意攻訐，依規定不用處理啊」「寫的人有本事就具名啊，具名我們就立刻處理了」秀予把國軍權益保障申訴規定頒出來。

「雖然說依規定只要是匿名檢控就不處理，但是上面對考北長官的東西還是會注意」「我們私下還是要了解留言講的是不是事實」「防微杜漸事先防範是我們政戰幹部必須要有的 sense」旅主任心中似乎已有想法。

「妳在你們營裡了解一下，妳們營長跟女兵的互動情況」「看有沒有違反兩性營規的情況」「如果妳覺得營長有跟女兵關係不尋常，就連同考北長官寫的上一份資料給我」「後續我會處理」旅主任下了明白指示。

秀予沉默了，她知道旅主任這番話的意思，就是要她蒐集營長

違反兩性營規的罪證。旅主任是保防系統，廣義來說她也是。國軍的政戰系統成立於民國40年代初期，當時大批部隊敗退到台灣成員複雜，其中不乏共諜潛伏其中。為了肅清在軍中的匪諜，確保軍隊對領袖的絕對忠誠，便由當時被視為未來領袖繼承人的蔣經國成立政工幹校，專門培訓軍隊政工幹部。政工幹部的主要職責不在作戰，而是作為最高領袖的耳目，在部隊裡扮演監軍的角色。

蔣經國時代的政戰系統在軍中權傾一時，藉由軍中保防和監察系統來控制軍隊，尤其是保防系統。有別於監察系統必須根據違法犯罪事實才能將涉嫌的官兵移送偵辦，保防系統則是以防微杜漸預先防範的理由，鎖定有涉嫌匪諜疑慮的官兵，主動蒐集罪證再將其查辦。

政戰保防系統在那段風雨飄搖的歲月裡確實達成了清洗部隊穩定軍心的效果，但是為了鞏固領袖權力而不容許任何反對和批評的心態，也造成了白色恐怖時期軍中大量的冤假錯案，就如同明朝的東廠一般。很多正直的軍人在挾報私怨者抹黑栽贓下，輕則含恨退伍，重則冤死獄中，這也造成國軍其他系統與政戰系統的對立，作戰官科人員對政戰官科多抱持排斥的態度，尤其認為保防就是抓耗仔，心裡大都贊成政戰系統在政黨輪替軍隊國家化後已無存在必要，應該裁撤。

秀予在學校畢業前就有保防的學姐來找她，跟她談保防存在的價值和對國軍的重要性。秀予在學姐整夜促膝長談的灌輸加上尊重學姐的期別倫理，在學姐開口要她加入保防時，不敢猶豫地答應了。保防系統在每年官校學生畢業前，會刻意挑選合適的畢業生成為儲備保防幹部，簡稱儲保。這些學生在畢業後分發到各部隊擔任初官起，就成為保防系統在基層部隊的耳目。每個儲保都有專屬的上線，這個上線不見得是單位裡的保防官，而是最早吸收他的保防人員，因此保防系統在軍中的運作機制就自成一套複式領導模式，

保防人員一方面在部隊裡有保防單位跟保防官的制度運作，另一方面又有自己的直屬保防上線作為訊息傳遞管道。如此綿密的保防機制在威權時期是最高領袖完全控制軍隊確保軍隊無貳心的保證。秀予的單位保防主管是旅主任，而她的保防上線就是當初來找她的學姐……

秀予知道營長的為人，她在幹連輔導長時，營長就是她的連長，兩人搭檔合作默契十足，讓他們這一連官兵凝聚力向心力都很強，還當選國軍莒光連隊。秀予直覺這是有人眼紅營長能力強，是旅長跟指揮官面前的紅人，才故意要搞他。本來想提醒他最近要低調一些，不要被人找藉口作文章，沒想到旅主任卻要她順勢蒐集看看有沒有營長的黑資料。想到這裡秀予心裡已經清楚，大概是營長得罪保防的人了……

「營長好！」門外安全士官的敬禮聲拉回了秀予的思緒，她站起身來時，營長已經一步跨進她的辦公室。

「秀予，妳知道考北長官的事嗎？」營長劈頭就問。

「營長，我也是剛剛亭莉跟我說才知道，剛看了留言」秀予刻意沒提旅主任。

「他媽的是誰在搞我？這樣抹黑我？」「我怎麼可能會跟女兵亂搞！」

「營長你先不用生氣，先靜下來想想最近你有沒有得罪人」「通常會上考北長官被考北的都是因為得罪人的關係」「有人不滿就用這種匿名手段來攻擊」

「而且不見得是兵寫的」「有時候是辦公室裡其他人看不順眼你就去考北啦」「學長學弟同學都有可能」秀予暗示著可能的方向。

「靠！誰會這麼閒去搞這些」「現在我們在打聯勇誂，誰還有那個閒功夫抹黑我」

「說不定就是利用我們剛下來打聯勇的機會去考北啊」「知道你這段時間會忙不過來沒辦法反擊」秀予突然想到這點。

「幹！如果是這樣肯定是沒下來的人」「知道我時間到了，打完聯勇回去就要下營長去軍團了」

「但是要搞我也不要用這種不入流的手段」「我再怎麼笨也不會去犯部隊的天條」「酒駕、資安、男女關係這三大天條我怎麼可能去犯！」營長還在氣頭上。

「要搞你當然就要說你犯天條啊！這樣長官才會下重手處理」「這是內行人的手法」秀予分析著。

好不容易安撫下來送走營長，秀予靜下心來想著，究竟是要想辦法幫營長找出是誰在背後搞他？還是依旅主任的指示從營裡那些女兵裡面去找營長的黑資料？想到這兒，秀予不禁猶豫起來……

十七

　　「老師好久不見了」紹安走進興台辦公室，手裡拎著一個紙袋。「這是您最愛的岡山剝皮辣椒」

　　「哈哈！這麼多年了你都沒忘記我的壞習慣」興台開心的招呼紹安坐下。

　　紹安是興台多年前在戰院上課時的學生，當時他還是中校，是這個教授班裡最年輕的學員。戰爭學院是國軍軍官要晉升將軍必須具備的軍事學資，一般來說讀戰院的學員大多是剛升或單位已經預劃上校階，唸完戰院就準備朝著摘星之路的職務發展，順利的話幾年後就有機會占將缺了。中校階就來讀戰院的比較少，通常是想要早一點取得戰院學資讓自己後續發展較無掛礙，另一方面也是長官有意栽培才願意放人。否則對單位主官來說，能幹的下屬最好是留在身邊當左右手，放走一個，單位裡就少了一個能做事的人。

　　現在紹安已經是艦指部作戰處上校副處長，負責海軍作戰相關業務。興台看了上次府秘書長給他的鄭和艦跟國防部的報告，兩份報告對於 IDF 墜海的可能原因說法不同。興台想來想去覺得找紹安來聊聊，應該可以釐清真相。

　　「上次我在電話裡提到有關鄭和艦報告的事，你了解嗎」興台開門見山的問。

　　「老師，這件事其實我是一肚子委屈」紹安臉上的笑容忽然收斂起來。

　　「當時鄭和艦是第一時間趕到現場搜救的，一直待到嘉義艦跟新竹艦都到了才交接給海巡再返航」「在回來的路上我就奉命跟鄭

和學長報告說指揮官那邊要他趕快寫一份報告,把整個事件經過交代清楚先電傳回來」紹安說著。「指揮官說部長等著這份報告隔天就要進府向層峰報告」

「鄭和學長接到我通知後大概不到兩個鐘頭就把報告傳回來了」「我直接上呈給指揮官」「指揮官看完以後要我先給部裡,說那邊在等」「結果部裡收到報告不到半個鐘頭,突然通知我們開視訊」「副總長主持,劈頭就問鄭和艦的報告在寫什麼東西看不懂!」紹安繼續說著。

「副總長說鄭和報告裡寫他看到有火焰亮光在 IDF 墜海的上空晃來晃去,像是有防空飛彈攻擊 IDF,IDF 疑似被飛彈擊中爆炸墜海」「但是雷達卻沒有發現任何船艦」「聲納也沒發現有水下動靜」

「鄭和艦的平面搜索雷達最遠可以看到 2、30 浬,就算目標是小船也至少在 10 幾浬外就可以看見」「以鄭和艦當時距離 IDF 大概 10 浬,如果有船發射防空飛彈,雷達一定可以看到」

「部裡要我們重寫報告,而且要在 0600 前完成,因為 0700 晨報時要跟部長報」「天啊,視訊開完都已經快 5 點了,要我 6 點前把報告弄好給他們」紹安愈說愈激動。

「那你怎麼改?有再跟鄭和聯絡嗎?」興台仔細聽紹安說完後問著。

「有啊,我立刻用衛星電話直接跟鄭和學長聯絡」「結果他說他的報告就是他親眼目睹的事實經過,不管長官相不相信,這就是事實」紹安重複了當晚鄭和說的話。

「老師,您說我該怎麼做」「鄭和學長說他寫的報告就是事實」「我送上去,部裡卻不相信他的報告,要我重寫」

「那你有改鄭和的報告嗎?」

「鄭和學長的報告我哪敢改」「他也是您的學生,您知道他的

脾氣，他很擇善固執的」

「我想來想去，就在報告最後用附加的方式加上部裡的指導意見」「部裡指導說雷達未發現異常就表示 IDF 墜海海域當時並無船艦」「戰機在未遭到外力的狀況下，因不明原因墜海的可能性最大」「天候、機械、人為因素都有可能」紹安說出了當時他在兩難中處理這份報告的方式。

「我想反正我兩個版本都上呈，上頭要相信哪一個版本就不關我的事了」紹安嘆了口氣說。

「所以你還是有把鄭和寫的東西附上去？」興台要釐清紹安送上去的報告內容。

「當然有啊，我幹了這麼久的軍人，怎麼可能擅改報告」「萬一以後有人追究責任怎麼辦」「我不會笨到把責任丟給自己扛」

興台望著眼前自己的學生，心裡不禁心疼起他在這件事情上承受的壓力。他說的狀況，興台完全能夠理解，幾年前研究所接到部裡交辦的任務，要針對兩岸軍隊現況進行比較研究，釐清國軍跟解放軍彼此的優劣點。結果研究報告一上去，每一層的上級長官都對報告結論下指導意見，簡單來說就是要把報告中列出的國軍的弱點跟不如解放軍之處刪除，或改用積極正面的文字來表述。負責主持研究案的老師面對壓力始終堅持一字不改，這讓長官們很是尷尬，結果研究報告上呈後就沒有後續了。後來興台才知道最後部長向層峰作的專報沒有採用研究所上呈的報告，原本列的國軍弱點跟應檢討改進之處都被刪除，當然解放軍的強項優點也被淡化了，整份專報內容呈現出來的就是國軍現況並無大問題，當然也必將致力追求更好的狀態……

「你覺得鄭和說的是真的嗎？」興台沉思了一會兒開口問。

「老師，我原本跟部裡開完視訊後，也覺得副總長說的有道理，怎麼可能鄭和學長有看到但是雷達卻都沒發現」「想說鄭和學

長是不是看錯了，或者是當晚的海象造成的錯覺」

「但是等鄭和從台北開完會回來，我去找他，他給我看一段影片，我就信了」紹安突然停頓了一下。

「影片？什麼影片？」

「那天他輪二待艦，我到他船上找他，在艦長室裡他給我看一段他手機裡的影片，是當時 IDF 墜海前他在駕台上看到的」紹安忽然降低音量。

「影片內容跟鄭和學長說的一模一樣」「他說是一個兵拍的」

「你有影片嗎？」興台直覺紹安來找他應該有準備。

「有，在我手機裡」「當時我就跟鄭和學長要了，他要我保證只能在需要證明他說的是事實的關鍵時刻給關鍵的人」

「老師，我相信您就是這位關鍵的人」紹安表情十分認真的說。

紹安從外套口袋裡掏出手機端在興台面前把影片點開，興台專注地看著影片裡快速移動的亮光、飛機引擎聲、爆炸，跟府秘書長給他的鄭和艦報告內容描述的一模一樣。影片最後連拿著手機錄影的士兵驚訝的說出「哇靠是爆炸！哇哩咧！」也被清晰錄下……

「原來鄭和說的都是真的！」興台看完後抬起頭對紹安說。

「對啊，我看完以後就問鄭和學長，他為什麼不把這段影片給上面的長官看」

「他說那天他在總統府會議結束後，就跟指揮官被叫去司令辦公室被司令狠狠修理了一頓」「司令警告鄭和不准再提他看到的事，再提的話就用洩密辦他」

「真是很奇怪，鄭和學長只是說出實情，他哪裡有洩什麼密」紹安有點為鄭和抱屈。

「我知道了，你把這段影片傳給我，我會處理」興台直覺這段影片不僅對釐清 IDF 墜海的真相有幫助，也許以後還能用來證明一些可能現在還不知道的事。

「沒問題，老師，我立馬就傳」紹安看著手機點了幾下。

興台看著手機裡紹安傳過來的影片，突然想起上次在日式餐廳裡秘書長問的問題。

「另外你再問一下鄭和那邊，當時聲納有沒有聽到任何跟平常不一樣的聲音」興台交代紹安去了解，同時心裡思考著下一步……

十八

　　康乃迪克號顛簸地在海面上朝著北方緩緩前進，艦艇被浪湧推擠著，像是蛙式游泳般忽而挺出水面忽而沒入水中。納吉爾艦長站在艇內操作室中央，目不轉睛地盯著面前的螢幕，上頭顯示著艦艇正前方被 7 級浪推打的影像。左手邊潛航士座位前的操作螢幕上的潛航深度不斷地在 9 和 12 之間來回變換，康乃迪克號正常的水上吃水深度為 10.7 米，但此時因為艦艇聲納罩變形，讓迎面而來的浪湧直接頂著艦艇忽高忽低。

　　「我們現在離目標區還有多遠」納吉爾問著。

　　「目前位置在北緯 20 度、東經 118 度」執更官卡爾回報。

　　「不是說台灣海軍會在這裡跟我們會合」「有看見什麼嗎？」納吉爾拿起話筒。

　　「報告艦長，前方海面上什麼也沒有」站在帆罩控制台上的執更官卡爾在話筒裡回報。

　　「艦長，剛收到 JOCC 通知，解放軍兩艘驅逐艦距離 10 浬，方位 220」通信官回報。

　　「台灣的船呢？」

　　「台灣一艘巡防艦在正前方，距離 6 浬」作戰長回答。

　　「艦長，中國人用 CUES 頻道呼叫，要求我們立即停俥等待他們前來協助」通信官抬起頭來報告。

　　CUES 是中美兩國簽訂的「海空相遇安全行為準則」（Code for Unplanned Encounters at Sea），針對兩國機艦在海上不期而遇時，為了避免碰撞意外而制定的通信方式，算是中美之前針對兩國機艦

在南海愈來愈緊張的磨擦，所建立的軍事互信機制當中的一部分。

「協助我們？是來俘虜我們吧」「這叫做什麼？中國人有句俗話？」艦長回過頭來問作戰長。

「黃鼠狼給雞拜年」作戰長讀過一些中國諺語的書，但都是英文版本。

「對，尷跑去跟雞拜年，目的就是要把雞烤來當感恩節大餐」「我可不想變成烤雞」納吉爾笑著說。

「艦長，中國人再次要求我們停俥等候協助」通信官再回報。

「不用理會他們，他們應該知道台灣海軍會先到，才會要求我們停下來」

「艦長，中國人又要我們停俥，並且說這是最後一次警告！」

「最後一次警告？他們不是說要協助嗎？現在想要幹什麼？這裡可是公海」「中國人敢開火嗎？」納吉爾不屑地哼了一聲。

康乃迪克號還是維持原本的航向跟航速，顛簸地朝著北北東方前進，正當帆罩上的執更官從望遠鏡裡看見最遠方的天際線彷彿有一根帶著雷達旋轉的桅桿頭時，忽然從左後方由遠而近傳來「咻～」的聲音，潛艦左前方 300 米處突然落下了一枚砲彈！爆炸瞬間激起了三四層樓高的水花！

「FUCK!! Chinese are attacking us」執更官卡爾站在帆罩上大驚失色。

「所有人員立刻返回艙內！！」「關閉艙門！」「全艦備戰！」納吉爾艦長迅速果斷地下令。

「回報 JOCC 中國人用艦炮攻擊我們，剛才明顯是警告射擊」納吉爾指示通信官。

「魚雷管還管用嗎？」納吉爾接著回過頭來問兵器長。

「只有兩管可用」兵器長回答。

「艦長，如果要用魚雷，我們就必須要下潛掉頭，這樣就會拖

延我們跟台灣海軍會合的時間」作戰長有些擔憂。

「嗯，台灣海軍應該也快到了」「先不理會中國人，保持現有航向跟航速」「魚雷管也備妥」納吉爾作出指示。

「艦長，中國人警告我們立刻停俥」「不然他們要採取進一步的行動」通信官緊張的報告。

「回覆中國人，我們在公海上航行自由是受到聯合國海洋法公約保障，中方攔阻我們是嚴重違反國際法的行為」「如果中國人再敢挑釁」「我們會採取斷然措施」納吉爾交代通信官用中美兩國CUES約定的頻道把這段話告知中方。

「報告艦長，中國人回覆說美國並沒有簽署加入聯合國海洋法公約，所以不受到這項公約的保障」

「WHAT！」納吉爾一幅不可置信的神情。「中國人在說什麼鬼話！」

「Torpedo！！」聲納士忽然兩手捂著耳機叫出聲來。

「艦長，魚雷快速朝我艦接近中，方位230，距離2浬，速度65節」「應該是中國人發射反潛火箭」聲納士官長羅傑斯緊盯著眼前螢幕上顯示來襲魚雷快速變換的數據。

康乃迪克號原本擁有強大的聲納探測能力，但是艦艇的聲納罩損毀後，只剩下被動聲納偵測水下動靜，而且有效偵測距離大為縮短，解放軍驅逐艦在8浬外發射反潛火箭在距離康乃迪克號3浬處入水，一直接近到2浬時才被發現⋯⋯

「拋出誘標！」「左轉310」艦長下令。

康乃迪克號艦尾水線下兩側突然打開小艙門，各拋出了兩個外型像迷你魚雷的誘標，發出跟潛艦推進槳葉一樣的噪音。魚雷誘標分兩種，一種是寬頻干擾彈，藉由製造大量噪音來干擾魚雷主動聲納偵測；另一種則是模擬潛艦本身的訊號與動態，來吸引魚雷尋標器改變追蹤目標，讓魚雷遠離原本鎖定的潛艦。康乃迪克號拋出的

是發出和潛艦相同音頻同時逐漸游離潛艦的誘標，這是美國核潛艦在遭遇魚雷攻擊時都會採取的防禦措施，就跟戰機在遭遇飛彈鎖定攻擊時，會拋出熱焰彈誘騙飛彈主動尋標器一樣。

「魚雷距離1千碼……900碼……」「魚雷沒有鎖定誘標，繼續朝我艦接近」聲納士聲音十分緊張。

「FUCK！！」納吉爾破口大罵！長期在潛艦部隊服役，他心裡清楚誘標必須是潛艦在水中潛航時才管用，因為在水中潛艦航行時要比浮在水面上走所發出來的噪音安靜的多。此時康乃迪克號在水面上浮航，而且艦艏聲納罩變形讓水流呈現不規則向兩側散開，走起來就像是在水上敲鑼打鼓一樣，拋在水中的誘標所發出的噪音值根本微不足道，魚雷還是鎖定康乃迪克號這個最大噪音源直奔而來。

「500碼……400碼……300碼……」聲納士繼續讀著數據。

「撞擊準備！！」作戰長對著話筒大喊著，同時身體靠向控制台蹲低下來。

突然間快速接近的魚雷在康乃迪克號後方100碼處自動引爆，爆炸聲瞬間讓聲納士兩耳耳膜幾乎震破，他本能地立刻扯下戴在頭上的耳機。接著爆炸震波從後方追上衝擊康乃迪克號，強大的震波讓艦艉被巨大推力推擠著向上方彈起，原本在水線下的水平翼跟尾舵也跟著露出水面再重重落下，整個艦身經過將近一分鐘的搖晃後才恢復穩定。

「各部門損管回報！」納吉爾在艦身不再搖晃後指示。

「報告艦長，艦艉載壓艙有一處滲水，正在進行堵漏」損管官回報。

「魚雷艙無異狀」兵器長回報。

「反應器輸出正常」輪機室回報。

「通信裝備正常」通信官回報。

「聲納無進一步損害，可維持基本運作」聲納士官長接著說。

「艦長，中國人說剛才魚雷自行引爆是給我們的警告，要求我們立刻停俥不得再前進」「否則一切後果自負」通信官口氣急切地報告。

此時納吉爾陷入了沉思。他明白康乃迪克號在大洋深處就像是非洲草原的獅王一樣沒有對手，但是現在浮在水面上，就像是一隻待宰的肥羊，面對中國人的驅逐艦毫無招架之力。他可以選擇接戰，調轉頭來用僅存的兩個魚雷管發射 MK-48，這種重型魚雷只要兩枚就可以在一分鐘內讓萬噸級的敵艦葬身海底。但是他心裡很清楚現在康乃迪克號就像是一頭受傷的獅子行動緩慢，中國人是不會給他機會調頭的，他們必然清楚美國潛艇轉彎是為了用艦艇的魚雷管發射魚雷，中國人會在康乃迪克號迴轉時發動致命的一擊，全艦官兵勢必凶多吉少。

身為艦長，納吉爾左右為難。他也可以選擇順從中國人的要求停俥，讓康乃迪克號被中國人掌握，藉此獲取美國核潛艦的先進科技，從此中國的核潛艦靜音跟匿蹤技術就會變得跟美國潛艦一樣，以後中國核潛艦再出現時，就非吳下阿蒙了。這樣他雖然可以確保全艦官兵生命安全，卻對不起以後在戰場上遭遇中國核潛艦的美國海軍。

納吉爾環顧操作室內十幾名跟他一起在深海中出過多次任務的夥伴，內心陷入天人交戰……

此時站在潛望鏡前察看海面的執更官突然出聲「報告艦長，台灣海軍在正前方四浬處」

「終於來了」納吉爾喘了一口氣，緊繃的神情終於放鬆下來……

十九

　　鄭和端著望遠鏡看著前方的地平線，康乃迪克號像是一頭受傷的鯨魚在七級風浪的海面上載浮載沉緩慢的前進。方才在她的身後激起的一輪激烈水花讓鄭和心裡準備好面對接下來要遭遇的凶險。

　　幾分鐘前戰情室就緊急回報前方中共驅逐艦艦砲對美方潛艦開火砲擊，就在鄭和下令全艦備戰後，聲納又偵測到魚雷快速在水中穿梭的聲響，接著在康乃迪克號身後不遠處引爆，激起了鄭和目睹的在潛艦身後的那一輪水花。

　　「回報艦指部，我艦已抵美艦目視距離內，美艦遭遇共艦艦砲與魚雷警告射擊！」「請示我艦接戰許可」鄭和需要獲得上級同意，才能夠在共艦再對美艦或鄭和艦開火時回擊。

　　「報告艦長，共艦兩艘在我艦正前方 8 浬海域，持續向美艦接近中」作戰長從戰情室裡回報。

　　「打燈號通知美艦，請美艦維持現有航向與航速，我艦會繞到她的艦艉後方編隊伴護，阻止共艦接近她」鄭和交代作戰長。

　　「報告艦長，艦指部來令，指示我艦於伴護美艦過程中若遭遇共艦攻擊，得採取防衛作為，但不得主動攻擊共艦」通信官回報。

　　「什麼話！所以就是要我們只能挨打不能反擊？」話筒裡傳來作戰長文浩在戰情室裡驚訝的說著……

　　「上級只給盾不給矛，就是不要衝突升級的意思」「但是不能讓老共發現我們只有盾沒有矛」「該作的樣子還是要擺出來」鄭和心裡有底。

　　此時康乃迪克號已在鄭和艦正前方不到 2 浬處，「航向 020，

航速 10 節」鄭和下令減速，航速 10 節是要配合康乃迪克號進行海上編隊的速度，這是眼前康乃迪克號能走的最快速度了。

舵手一邊複誦一邊伸手調整船舵角度，再將前推的油門桿往回拉。

鄭和艦由 25 節的高速忽然間慢了下來，原本乘風破浪被水流托起的艦艇，在減速的同時逐漸下降回到正常吃水線。鄭和艦緩緩地從康乃迪克號左舷約半浬的距離逆時鐘劃了一個弧形，最後在潛艦的正後方 1 浬的位置採取縱向編隊的方式，伴護著康乃迪克號在海上徐徐前進。

鄭和艦正後方約 3 浬處，解放軍昆明艦、柳州艦緊跟著，但沒有再接近，與鄭和艦維持目視可及的距離。鄭和走到右舷瞭望台拿望遠鏡向艦艉方向望去，昆明艦和柳州艦以間隔 1 浬橫向編隊隊形，像是兩隻追蹤獵物的灰狼一般，在鄭和艦後方左右兩側虎視眈眈等待發動攻擊的機會……

鄭和看著心裡明白，這是共艦發動攻擊的最佳隊形。鄭和艦和康乃迪克號採取縱向編隊間隔 1 浬，共艦跟在後面只有 3 浬的距離，如果共艦也採取縱向編隊，要用艦砲或魚雷攻擊台美編隊時，只能從領頭那艘艦發動，而且是先打鄭和艦，無法直接攻擊美國潛艦，因為鄭和艦擋在美艦和共艦的中間，這也是鄭和決定採取縱向編隊跟在康乃迪克號正後方的用意。共艦採取橫向編隊，而且兩艦間隔 1 浬，正好和台美編隊形成等腰三角形，這樣可以同時對鄭和艦和康乃迪克號發動攻擊，而且可以同步發揮雙艦協同作戰火力。

「看來老共海軍的確是從當年甲午海戰慘敗的歷史學到經驗了」鄭和心想著。1894 年大清帝國號稱當時最具現代化戰力的北洋艦隊在黃海遭遇日本聯合艦隊，雙方展開激戰，這是近代史上首次大規模的鐵甲艦海戰，北洋艦隊幾乎被殲滅。鄭和在官校唸書時，老師經常提到北洋艦隊提督丁汝昌採取錯誤的戰術編隊，才導

致他的艦隊全軍覆沒。

　　當時中日雙方幾乎是同時發現彼此，因此有相同的時間進行戰鬥部署。丁汝昌下令採取橫向編隊，以全艦隊十餘艘鐵甲艦齊頭併行形式向前推進迎戰日本聯合艦隊；但是日本艦隊司令伊東佑亨則是下令採取縱向編隊，環繞著北洋艦隊航行，接戰時每艘日艦都是艦身舷側對著中國軍艦，這樣可以讓裝置在舷側作為當時海戰主力的每一門艦砲發揮最大火力。反觀北洋艦隊採取的橫向編隊卻造成每艘艦只有艦艏的火力能發揮，當日艦機動至中方編隊的側邊時，更只有編隊最外側的戰艦能夠開火攻擊。北洋艦隊雖然在船隻數量、噸位、火砲口徑要比日本聯合艦隊具優勢，但是採取錯誤的戰術編隊卻造成自身火力運用受到侷限。反觀日方採取正確戰術編隊充分發揮船艦的機動性和火力，戰勝實屬必然，這跟慈禧太后驕奢揮霍剋扣海軍軍費實在沒有太大關聯。

　　「現在老共雖然像當時的北洋艦隊採取橫向編隊，卻是為了發揚最大火力」「如果是以前，甲午海戰的歷史應該會讓老共海軍在作戰時絕對不會考慮橫向編隊」「如果打輸了，艦隊指揮官肯定會被批評犯了不該犯的歷史錯誤，整個戰敗的責任會全部推到指揮官一個人身上」

　　「看來解放軍的腦筋的確是開竅了」想到這裡，鄭和心裡暗暗佩服緊跟在後的共艦指揮官。

　　「報告艦長，共艦透過 VHF 頻道呼叫，要求我艦離開！」副值更官忽然探出艙門向鄭和報告。

　　「你來負責！」鄭和走進駕台交代執更官後，便轉身進入駕台後方的戰情室，無線電頻道正傳來共艦呼叫「前方台灣 1103 號艦，我是中國海軍，正在執行任務，請立即轉向 270，不要妨害我軍行動！」

　　「不要理會老共，保持航向航速，繼續伴護美艦」鄭和不為所

動地指示著，戰情室裡的電話手立即對駕台複誦艦長指示。

「前方台灣1103艦，我是中國海軍，正在執行任務，現在要求你立刻轉向270，不要妨害我軍行動！」「這是最後一次警告！如不轉向，一切後果自負！」共艦再一次警告。

「繼續保持航向航速」「戰鬥準備！」鄭和從無線電的語氣察覺到跟在後面的共艦可能會有動作。

忽然間「咻」地一聲！砲彈落在鄭和艦左舷約300公尺的海面上！爆炸激起了巨大的水柱！

「艦長，要接戰嗎？」作戰長文浩緊盯著眼前幾個雷達螢幕。

「先不要，老共只是在警告」鄭和知道這是老共刻意的動作，目的在引誘鄭和艦回擊。鄭和艦的主艦砲是裝置在上層甲板主桅和煙囪中間的76快砲，由於位置過高，射界、俯仰射角都受到限制，無法對正後方射擊，最低射角相較於一般作戰艦主艦砲也要高的多，也無法針對近距離目標射擊。當時國軍在以美軍派里級艦為藍本建造成功級艦時，為了彌補主艦砲的限制，在第二層甲板左右舷側各加裝一門40快砲，可以射擊近距離目標，但同樣地受限甲板位置，也無法對正前正後方目標射擊。

如果鄭和艦要接戰，回擊後方挑釁的共艦，在不到3浬的距離內只能以艦砲射擊，但是鄭和艦就必須脫離與康乃迪克號縱向編隊，向側邊轉向至少30度，76砲和40砲才能對共艦方向射擊，但是這樣就會讓康乃迪克號直接曝露在共艦艦砲和魚雷的攻擊威脅下……

「這是調虎離山」「繼續保持航向航速」鄭和邊說著邊走出戰情室回到駕台……

在鄭和艦右後方的昆明艦艦艏的主砲砲管忽然間向左移動了半時同時壓低角度，接著轟的一聲巨響！整個砲塔猛然震動後砲管冒出了一縷白煙。

一陣巨大水柱在鄭和艦右舷外不到 100 公尺處炸裂開來！昆明艦射擊的砲彈準確地落在主艦砲電腦計算出來的座標位置，激起的水花噴濺到鄭和艦駕台右側瞭望手的望遠鏡上。

「如果這是警告射擊，052D 的艦砲性能果然先進，能夠在 7 級風浪下打的這麼準」「艦砲操作手的訓練也夠紮實」鄭和有點訝異共艦能夠克服海象進行這麼準確的艦轟。

鄭和艦仍然和康乃迪克號維持間隔 1 浬的縱向編隊，這樣的距離讓鄭和艦可以有足夠的空間應付後方共艦對康乃迪克號發動的攻擊。

「76 主砲射擊準備，射擊目標為我艦右後方共艦右舷 200 米，備妥後發射！」鄭和在共艦連續兩次砲轟後，認為再不動作就會被共艦認為示弱，決定以其人之道還治其人之身，也下令對共艦進行警告射擊。

「76 主砲射擊準備，方位 150，距離 7400 米，備妥即發射！」戰系長對著坐在武器控制台前操作 76 主砲的下屬傳達命令。

位在鄭和艦上層甲板中央的 76 主砲砲塔忽然向右舷後方轉動，砲塔就定位後，原本朝上的砲管向下調整角度，接著瞬間轟的一聲，整個砲塔隨之震動，砲管隨即冒出一陣煙霧。2 秒後尾隨在後的解放軍昆明艦右舷 200 米處突然碰地一聲炸出一輪巨大的水柱，只見昆明艦航向迅速偏左進入鄭和艦 76 主砲的射界死角，同時艦上甲板響起刺耳的警報聲。

鄭和站在駕台右側瞭望台上拿著望遠鏡訝異地看著，「老共連 76 砲的死角都知道」鄭和不禁擔心解放軍對國軍裝備性能的掌握。

「希望老共適可而止」鄭和心裡期盼後方解放軍昆明艦的艦長能夠理解，他剛才艦轟時沒有調整艦身方位，就是在向對方表達並無挑釁意圖……

「魚雷來襲！！」「方位 200，距離 3000 米，速度 65 節！」

戰情室裡突然傳來聲納士民毅的驚叫聲。

「拋出魚雷干擾器！比對音頻解算迴避路線！」作戰長文浩坐鎮在戰情室內沉著地指揮著。

「報告艦長，魚雷干擾器已拋出，已解算迴避路線，是否採取迴避？」文浩透過電話回報。

「剛才老共也對美國潛艦發射魚雷，但最後自行引爆，可見也是警告射擊，不是真的攻擊行動」「老共目的是在取得美國核潛艦，不是要挑起衝突」鄭和心裡評估著，「攻擊我們，等於挑起衝突……」

鄭和沉思了一會兒，抬起頭來說「不需要，維持既有航向航速」語氣中透露著堅定。

「1000 米……900 米……800 米……」民毅盯著眼前聲納螢幕大聲唸著不斷變化的數字，顯然鄭和艦的魚雷干擾器沒有成功混淆共艦魚雷的主動聲納，魚雷繼續高速接近鄭和艦。

「報告艦長，魚雷干擾器失效，再不迴避就來不及了」作戰長文浩在電話裡著急地請示。

「……解放軍作戰的戰略指導原則是掌握戰場主動權跟不打沒把握的仗」「意思就是老共不會在不是它事先計畫好準備好選擇好的戰場來作戰……」鄭和想起唸戰院時馮興台老師在課堂上講解解放軍必讀的毛澤東軍事戰略指導原則……

「老共不會讓這枚魚雷真的打中我們」「維持航線！」鄭和相信當初老師教的跟現在自己的判斷。

「300 米……200 米……」聲納士民毅絕望地讀著愈來愈少的數字。

「準備衝擊！」電話手聽見作戰長下令後立即按下警報鈴，瞬間全艦警報聲大作，早已進入戰鬥位置的的官兵聽見警鈴後，紛紛就地蹲低伸手抓住能夠固定身體的把手……

就在鄭和艦上一百多人低頭準備接受命運安排時，快速行進的魚雷在距離鄭和艦艦艉不到 100 米處突然自行引爆！爆炸激起的水柱衝出水面幾乎和鄭和艦桅桿一樣高，顯見魚雷的爆炸威力。在鄭和艦最底艙第三層甲板的輪機艙內，輪機長在爆炸當下感受到強烈震波從艦艉外旋轉的槳葉方向襲來，連著槳葉的推進器主軸都被震的尬尬作響。

「確認裝備損害情況！」鄭和在震波結束後立即下令。

「報告艦長，後艙推進器軸葉處出現滲透，正在進行堵漏」輪機艙回報。

「有無影響動力？」鄭和掩住心裡的焦急鎮定的問著。

「目前沒有影響，後續要看堵漏情況」輪機長在確認滲透程度後回覆。

「回覆共艦，我是中華民國海軍，現正在公海航行，勿再有舉動妨害我艦航行安全，否則我艦將全力回擊！」鄭和直覺此時必須要對老共表現出不惜一戰的強硬，讓他們不敢再輕舉妄動。

電信士用無線電向共艦傳遞了鄭和交代的話後，無線電頻道裡就處於靜默，再無接到共艦的回覆。鄭和艦和康乃迪克號維持著雙艦縱向編隊徐徐地向著東北方的巴士海峽前進，昆明艦和柳州艦也維持著雙艦橫向編隊在鄭和艦後方 3 浬處，像追蹤獵物的灰狼般緊緊跟隨……

廿

　　國強站在聳立於荒煙蔓草野嶺上的長城，臉頰被刺骨的北風吹得僵硬乾裂。這是八達嶺長城，離北京最近的長城段子，也是目前所有長城當中，維護狀態最好的一段。八達嶺上順著山脊建造的城牆，在每個山頭上串連著一座城樓，讓整座長城呈現出盤據山嶺的氣勢。八達嶺長城不僅是中國全境總長度達兩萬多公里長城的象徵，更已成為當今世上代表中國的圖騰。在中國最高領導人的辦公室裡，就懸掛著一幅八達嶺長城畫像，每回他坐在辦公桌前向全國人民發表電視談話時，身後雄偉的長城身影總是醒目地吸引所有觀眾的目光。

　　此時的國強對於踏在腳下的長城，卻無見證千年歷史般的感動。他瞇著眼睛專注眺望著北邊綿延群山之間只能約略看見高樓的城市，那是張家口。雖然唸中學時教科書裡介紹大陸主要城市時，並沒有提到這個北邊的小城，那裡卻是他從小耳熟能詳的地方。

　　國強的爺爺祖籍通州，但從小在張家口長大。小時候的國強爺爺家境富裕是大戶人家，國強以前常聽爺爺說他小時候的家是個大宅院，院裡可以停十輛大馬車。他的爺爺，也就是國強的太祖，是專門幫蒙古王爺看病的御醫，在地方上有錢有勢。當年在張家口開了全華北第一家無聲電影院，但是開不到半年就發生火災，整座樓燒個精光。事後太祖心想開不了戲院乾脆改開茶館，結果也是半年，竟遇上百年難得一見的黃河改道，年均降雨量不到三百公釐的張家口那年竟然鬧洪水，茶館被大水沖的一乾二淨。水火皆不容，國強太祖從此一蹶不振，整日躺在屋裡抽鴉片，家裡下人每個月都

要搬幾箱景德鎮瓷器出去換錢家用，家道自此中落。

後來日本人來了，徵用國強爺爺家的大宅院作為司令部，原本停大馬車的院子改停了軍用大卡車，國強爺爺就跟著父親離開張家口，最後輾轉來到台灣。國強爺爺是先跟著部隊到台灣的，留下唯一的弟弟照料雙親。大陸淪陷前，他們原本也要逃到台灣來，沒想到在廈門等船時被解放軍先解放了，全家遣返原籍。就這樣國強的曾祖、叔公被莫名其妙地送去祖籍地通州，而不是已經生活了三代的張家口。

國強前幾天被帶去通州見了從未謀面的姑姑叔叔幾個人，初見面時國強心裡實在沒什麼感覺，也不明白為什麼眼前的姑姑叔叔們像是見著自己失散多年的親生兒子般哭得不能自已。剛開始國強被大家的情緒感染也溼了眼角，但很快地一種突兀的感覺襲了上來。看著眾人一起哭的景象，國強實在無法理解他跟這幾位激動的大叔大媽之間究竟有何種緊密的關係，讓他們激動的哭成這樣⋯⋯

從長城下來，載著國強一行人的廂型車上了回北京的高速公路。這幾天國強除了被帶去通州見陌生的親人外，也被帶著在北京遊遍了紫禁城、天壇、近郊的頤和園和明十三陵，還被招待吃了北京有名的全聚德烤鴨和東來順涮羊肉。走著吃著，國強心裡不禁納悶，大陸這邊究竟是把他當成敵人還是客人，他被老陳幾個人帶著團團轉，幾乎快忘了他是被解放軍飛彈擊落的這件事。

「待會兒回北京有領導要見你，晚上請你吃大閘蟹」老陳在車上說。

「你們的情報不正確」「我祖籍根本不算是通州，是在張家口」國強想起剛才遠眺爺爺故鄉，忽然覺得可以調侃一下老陳。

「知道呐，所以才帶你來八達嶺」「這兒的長城上頭可以看見張家口，讓你瞧一瞧你爺爺的老家」老陳露出一抹自信的微笑。

「那為什麼不直接帶我去張家口呢？」「就跟去通州一樣」國

強驚訝著老陳竟然連他爺爺是在張家口長大的事都知道，心裡頭不由得佩服大陸這邊的情報工作做的這麼仔細。

「本來今天要的，但是上頭臨時通知晚一點有領導要見你，所以只能帶你到這兒看了」「反正那邊的人你一個都不認識，也沒親人，在哪看都一樣」老陳說著。

國強不再說話了，剛才從冷風刺骨的長城下來進到車裡，暖呼呼的空調讓國強被北風吹的凍僵的臉感覺逐漸融化，一股沉沉的睡意襲來，國強靠著椅背雙手縮在外套口袋裡很快進入夢鄉……

國強醒過來時天色已暗，車停在北京王府井飯店門口，老陳催促著他下車，一邊講著手機重複解釋著路上讓塞車給耽誤了。

國強走進包廂時，裡頭的人都已經坐定等待著。圍著包廂中央大圓桌十幾個人全都穿著解放軍空軍軍服，其中幾位被安排坐在國強身邊穿著軍服的年輕女孩，身材面貌都十分姣好。國強瞥了一眼身旁女孩制服上的臂章，是解放軍空軍文工團。

「歡迎歡迎！」國強坐定後，坐在主人位子上是一位身材微胖的中年男人，肩上掛著中將軍銜。

「他是中央軍委政治工作部副主任柳得維，待會兒不要亂說話」老陳在國強耳朵邊悄悄說著。

「馬國強同志歡迎你來到祖國北京，一路上辛苦了」「這些天你在這裡生活上還行嗎？有沒有什麼地方需要反映的？」柳得維滿臉笑容操著山東口音問著。

國強沒有答腔，心想眼前這位穿著解放軍軍裝的人對他這麼客氣，應該就是在對他進行統戰吧。

國強記得唸官校上大陸問題的通識課時，授課老師是飛米格19投奔自由的反共義士，他之前是解放軍北海艦隊海軍航空兵飛行員，到台灣之後一直待在司令部情報處，有時也會來官校講課。有一回上課時講到統戰，老師說統一戰線是中共聯合次要敵人打擊

主要敵人的手段，周恩來曾經說過統戰就是交朋友，「所以共產黨對你好，不是真對你好，只是因為那是他的工作，你們千萬不要上當！」這位曾經是解放軍飛行員的反共義士對著台下未來的國軍飛官們激動的說著……

「我不是你們的同志，我是中華民國空軍少校！」國強忽然大聲說出這句話來。

現場的氣氛瞬間凝結，原本堆滿笑容的軍人們突然間都安靜下來，臉上還留著來不及收斂、僵硬且尷尬的笑容，有幾位乾脆低下頭來啜飲著面前的茶水。

「兩岸本一家，不管國軍共軍都是中國軍」「這是你們夏瀛洲將軍說的」坐在主位的中將打破了沉默。

「你雖然是台灣空軍，但是在我們眼裡，只要認同一個中國不搞台獨，都是自家人」「就不分彼此都是同志」柳得維臉上恢復了微笑。

「但是你們說的認同一個中國是要台灣認同中華人民共和國」「這等於是要台灣投降啊！」國強索性把心裡話說出來。

「這你就誤解了，我能理解台灣這些年在民進黨當局操縱媒體之下，台灣民眾對大陸充滿了誤解」柳得維仍然維持著笑容。

「其實我們是完全尊重台灣人民當家作主的心願的」「所以願意和台灣一起探索一國兩制台灣方案，做出對台灣人民最有利的政治安排」從事軍隊政治工作多年的柳得維對於黨中央的對台政策內容耳熟能詳。

「那你們願意承認中華民國嗎？」國強直球對決的問著。

國強的尖銳問題讓柳得維一時語塞，臉上的微笑略顯僵硬……

「我們承認啊，但那是 1949 年之前」「1949 年之後共和國成立了，當然就沒有中華民國了嘛」坐在柳得維身邊的空軍上校見到副座沒有回答國強這個敏感的問題，趕緊主動插話答腔。

「可是中華民國一直存在到現在，我現在就是中華民國的空軍軍官啊，不然我是什麼？」國強覺得這些老共說的話還是沒有說服他。

「你也是中國軍人，一名優秀的空軍戰機飛行員」沉默了半晌的柳得維此時像是回過神般繼續說道，「今天在座的軍人全都是空軍自家人」

「我剛才說過，你們的空軍前輩夏瀛洲將軍在祖國大陸這裡，親口說兩岸軍隊都是中國軍隊」「只要是認同這點不搞台獨分裂，就是同志！」柳得維開始展現一名解放軍政治幹部該有的演說能力。

「中國人不打中國人，解放軍不打自己人！」「解放軍的槍口只會對著一小撮台獨分子，不會對著同志！」柳得維聲調開始拉高。

「你，馬國強，從現在起就是我們的同志」「大家一起為馬國強同志乾一杯！」眾人紛紛拿起酒杯，不管國強沒有反應，對著他一飲而盡⋯⋯

酒過三巡後，柳得維滿臉通紅地舉著酒杯「來，國強同志，難得你有機會回來見見故鄉親人，也算是一種團圓了，我們敬一杯！」。

國強有些迷惑了，眼前這位中將對待他的態度一點都不像是對待敵人，尤其是被俘的敵軍。從進官校第一天起，國強就不斷地自我心理建設，告訴自己是一名革命軍人，而反共正是作為革命軍人的思想基礎。這樣的想法不僅來自官校教育，國強爺爺也經常告訴國強，共產黨不可信，說的一套做的又是另一套⋯⋯

但是眼前的情境卻與國強認知的完全不同。這位解放軍副戰區級別的中將對待他一見如故的親切、席間其他解放軍對他的噓寒問暖，都讓他原本心中對於解放軍的想像徹底崩解。也許是因為同樣穿著空軍制服，國強逐漸感覺他跟他們之間的距離其實並不遙遠，

甚至有很多相似的地方，就像是許久未謀面的親人。

看著整晚一直面帶親切笑容的政治工作部副主任，國強不知不覺地卸下心防也拿起了酒杯……

廿一

　　興台快步走進華沙市中心一家飯店的旋轉門，大廳裡暖氣迎面撲來，把原本室外冷冽的空氣隔離在玻璃門外。

　　一個禮拜前，紹安寄了一份加密語音檔給興台，是鄭和艦聲納系統記錄下來的一段水下音頻。經過艦指部水下音頻資料庫比對刪除正常水下噪音後，將近 1 分鐘的錄音幾乎寂靜無聲，只有在第 6 到 13 秒、第 50 到 56 秒時出現相同的似有若無、非常輕微的水流聲，就像是一隻海龜無聲息地在水中緩慢游動一般。

　　興台直覺認為這個聲音應該跟 IDF 被擊落有關，他找了海軍司令部問有關潛艦聲納專業上的問題，結果幾個單位全都口徑一致拒絕回答。興台這才體會到為什麼大家都說潛艦是最神祕的單位，待過潛艦的老海軍都有一個不成文的默契，那就是跟潛艦有關的事就讓它留在水下艙裡，浮出水面出了艙就絕口不提。怪不得凡是曾經待過潛艦的人在網路跟臉書上寫文章公開談論潛艦，在海軍內部大多不被認同。

　　不只是海軍，整個國軍都是如此，各單位對於自己掌握的專業資訊都不願讓外界得知，動輒就搬出保密規定。很多資料其實在國際上已屬公開資訊，在網路上都查的到，但軍方卻仍列為機密，讓外界以為國軍真的掌握一些沒有人知道的情資。

　　興台認為這是國軍組織文化本位心態作祟，藉以凸顯自己單位的存在價值。這種本位心態不僅僅會讓外界想一窺究竟的人吃閉門羹，連軍內不同部門之間往往也無法分享彼此手中的資訊，造成很多單位都花費人力物力在做相同的事，結果事倍功半。

「這樣三軍怎麼聯合作戰？」「如果海軍肯告訴我，我就不用大老遠跑來波蘭了」興台想到不禁搖頭。

興台碰了海軍的軟釘子後，只能依據鄭和艦上錄到的爆炸影像寫了一份研析給府秘書長。在報告裡興台研判 IDF 應該是被從海面升起的飛彈擊落，當時雷達並未發現水面艦，因此飛彈由水面艦發射的可能性不大，由潛艦從水下發射飛彈擊落戰機的可能性較大。當時鄭和艦聲納雖未發現潛艦噪音，聲納士卻在 IDF 被擊落前 10 分鐘聽見水下有極輕微的異音，當時立刻查了艦上聲納音頻資料，都比對不出這個聲音。由當時鄭和艦的航向以及聲納異音出現的軌跡判斷，若是水下有潛艦，這艘不明潛艦航行方向應該跟鄭和艦相同，而且速度比鄭和艦快，因為兩段聲納出現的位置是第一段出現在鄭和艦艦艉後方，第二段則出現在艦艏前方。

「由於無法獲得海軍相關專業技術協助，僅能研析當時水下有潛艦的可能性甚大，但無法百分之百確認」興台在結論最後寫道。

報告送進府內隔天一早，興台就接到府秘書長電話，「我跟以前一個專門搞潛艦的朋友談過了，他那邊有一些東西也許可以讓我們把這件事情搞清楚」「你去找他談一談」秘書長簡短指示後就掛斷了電話。

隨後秘書長辦公室很快再打過來，「所長，我們已經把您這次出差的相關資料請秘書長駕駛現在送去您辦公室」「府裡會直接幫您跟國防部那邊說明，您可以不用循行政程序請假，直接去就可以了」興台聽著熟識的辦公室秘書在電話裡提到請假程序，感覺有些奇怪。

一個鐘頭後，一份密封的總統府牛皮紙袋送到興台面前。興台打開來看，有一張英文的電子機票、一張寫著住宿飯店名稱跟位置介紹、一位老外個人簡介跟聯絡方式、幾張經費核銷表格。興台仔細讀著電子機票裡密密麻麻的班機資訊，找到最後一段航班的目的

地……

「華沙！？」興台嚇了一跳，秘書長要他搭隔天的班機去波蘭……

班機抵達華沙時已是當地時間下午，外交部駐波蘭代表處派了政治組顧組長前來接機。府秘書長這次是運用了在外交系統的人脈，讓興台到了華沙後有人帶路，不致於像無頭蒼蠅一樣從頭摸索。

顧組長帶著興台上了代表處的公務車後，就直奔位於市郊的波蘭國防大學。抵達後兩人先到會客室換證，這裡的規定是訪客沒有完成換證前不得進入，包括會客室。興台和顧組長站在只有攝氏 6 度的門外等了足足半個鐘頭，裡頭的士兵才把會客證由門邊的小窗戶遞出來。興台的臉已經凍得僵硬，走進校園後還得再徒步走十幾分鐘，才進入一棟冷戰時期蓋的蘇聯式建築。

快 90 歲的奧列克教授在二樓轉角一個小房間裡等候著，見面後用不太流暢的英語開門見山地問著「東西帶來了嗎？」

興台從手提包裡拿出一個 USB 遞給眼前這位滿臉灰白絡腮鬍的長者，只見他拿了 USB 後直接插入桌上的電腦，再戴上耳機兩眼緊閉專注聽著，彷彿房間裡沒有其他人。老教授每聽完一遍就睜開眼睛操作滑鼠倒回來再聽一遍，就這樣來回聽了 4、5 遍後，才呼了一口氣拿下耳機整個人靠在椅背上……

「奧列克教授，您有什麼發現嗎？」興台忍不住地問。

「想不到中國人真的造出來了」老教授靠著椅背自言自語著。

「我不明白您的意思」

「你聽聽看這個」老教授打開了電腦螢幕上的檔案資料夾，點了其中一個影音檔後，把耳機遞給興台。

老教授等興台戴上耳機後，點了一下播放鍵，耳機裡傳出跟鄭和艦聲納錄下的音頻一模一樣的聲音，非常輕微、似有若無地像是

用手在水中輕輕划動的流水聲。

興台睜大眼睛訝異的看著老教授，心裡想著府秘書長果真找對人了！

原來奧列克教授在冷戰時代是華沙集團負責研發潛艦科技的工程師，被派駐在克里米亞半島挨著黑海的一個研究中心，負責主持用來協助蘇聯海軍研發下一代潛艦科技的研究計畫。當時他的研究團隊已經研發出一種利用水泵推進系統結合能夠吸收聲納音波的壓力殼，可以讓潛艦在水中行進時幾乎無聲無息不會被反潛聲納發現，等於在水中完全匿蹤。當時莫斯科正要批准用奧列克教授團隊研發的科技來建造一支潛艦艦隊的專案時，蘇聯突然瓦解蘇共垮台，奧列克教授的研究團隊就地解散，老教授於是回到華沙一直待在國防大學直到退休。波蘭軍方為了禮遇他，讓他保留原來的研究室，奧列克教授就在這裡繼續他的研究。

「蘇聯如果沒有瓦解，現在就有完全匿蹤的核潛艦了」興台感嘆的說。

「非也！當時的研究是要用在柴電潛艇上面」老教授從椅背上坐直了身體。

原來當時奧列克主持的研究計畫，是蘇聯為了發展可以取代基洛潛艦的下一代柴電潛艇，必須能夠滿足海軍在離岸一千公里的近海拒止美軍核潛艦接近蘇聯沿海地區的作戰需求。這種防禦性質的潛艦所需要的噸位，和蘇聯海軍萬噸以上級別的核潛艦完全不同。

「最適合用在 4 千噸級的柴電潛艇」

「當時莫斯科的考量是如果擊毀美國核潛艦，潛艇的反應爐輻射外洩會造成蘇聯近海受到核污染」「因此那時候我們奉命研發的潛艇除了匿蹤，還要能夠在水下用高速撞擊敵人潛艇，在撞擊瞬間會產生巨大撞擊力讓美國的核潛艦外殼受損，必須趕快浮出水面」老教授說著說著臉上出現了一絲光采，「所以她的外殼前端必須

夠硬」

「這可是我當年帶領團隊研製出來的獨門技術」教授驕傲的說著。

「那團隊解散後你們研發出來的技術呢？」興台想釐清這個先進科技是如何被解放軍掌握的。

「這我就不清楚了，也許是從烏克蘭那邊流出去的，當時我最得力的助手是一個烏克蘭工程師」「他後來去了中國，聽說是去幫中國人造船」

「但是他跟他帶去中國的人只掌握壓力殼消音跟水泵系統的技術」「艇艦壓力殼強化鋼板技術他沒有」老教授記的十分清楚。

在回飯店的路上，興台始終沉思著，不斷將鄭和號聲納錄下的音頻、IDF 被飛彈擊落、以及奧列克教授所說的，一一拼湊起來，腦海中對整個情況呈現出愈來愈清晰的輪廓。

當車子拐進各國駐華沙使館聚集的波尼佛特斯卡大道時，興台不經意抬起頭來，瞥見一幢暗灰色建築，那是中國駐波蘭大使館，就座落在波尼佛特斯卡大道 1 號，占地遼闊。館外圍牆上一幅幅燈箱秀著中國大陸著名的風景名勝，車子從馬路上經過時，一幕幕繽紛影像吸引著路過者的目光，讓看到的人想去中國旅遊。突然間一幅熟悉的 101 大樓映入眼簾，秀在圍牆最後一個燈箱上……

「靠！101 什麼時候變成大陸的」「老共連這個豆腐都要吃！」興台心裡著實不高興。

興台看著車窗外經過的中國大使館大門，大門後面隔著綠地是一幢外型簡約的主建築，屋頂布滿了各種形狀的天線。此時手機忽然響起，沒有顯示號碼，只有發話地點顯示華沙。其實興台下午在奧列克教授研究室時，手機就曾響起，也是一通未顯示號碼的來電。他在老教授敘述著冷戰時代的經歷時低頭看了一下，發話地點是華沙。當下興台心裡詫異著他並沒有朋友在這裡，怎麼這時候會

有從華沙本地打來的電話。工作上的警覺性讓他沒有接這通電話，但也沒掛斷，而是按下了靜音鍵，免得引起老教授的注意……

　　這次興台還是沒接，按下靜音鍵讓手機無聲地繼續響著，心裡思索著這是哪一方想要掌握他的行蹤……

　　突然間興台瞄見大使館一個窗戶裡有人坐在辦公桌前，雙手拿著檔案夾，一邊看著一邊歪著脖子夾著電話筒，似乎在等待電話接通……

　　興台低頭看著手機，沒有顯示號碼的來電繼續無聲地響著……

廿二

逸韋掀開紅漆木門上厚重的透明膠簾，一頭鑽進屋裡。這是北京什剎海胡同深處一家沒有店名的小店，門口沒掛任何招牌，但在老北京們口中卻是赫赫有名。這家店只賣烤鴨，一個四人小桌最多只能點一隻，桌上所有配菜全都是從這隻烤鴨身上料理出來的。逸韋進屋後環顧一下店裡，屋子不大只擺放了 5 個木頭方桌每桌配 4 把板凳，整家店坐滿也就 20 個人，這時候正是晚上用餐時段，早已經滿座。逸韋正尋思著，只見最裡頭角落一桌三人，坐中間的中年男子對著他招手，他大步走去把脫下的大衣掛在桌邊牆上的掛鉤再坐下來，不大的桌面上已經擺滿，正中央擺著一隻店裡的招牌北京烤鴨。

「吳總，好久沒見了」逸韋打著招呼。

這名中年男子就是吳西晉，環球時報前總編輯，前陣子才剛宣布退休。吳西晉是台灣耳熟能詳大陸對台鷹派的代表，但就在幾年前還名不見經傳。環球時報原本只是人民日報旗下的二線報紙，專門轉述新華社、人民日報等一線官媒的報導，在北京街頭報攤上整排琳瑯滿目的報紙中，環球時報是放在下層墊底只露出報頭作陪襯的小報。在它之上則是放著人民日報、北京青年報，甚至連香港大公報都擺得比環球時報顯目。

但是吳西晉當了總編輯以後就不一樣了，他高舉一中紅旗開始對台灣疾言厲色痛批台獨分裂，而且不斷叫囂著要武統台灣。吳西晉的重口味鷹派路線抓對了紅粉群眾的胃口，環球時報的銷售量開始節節升高，最終竟然輾壓過各大官報，在北京地鐵裡人手一份成

了最暢銷報紙。他又聰明的搭著網路興起的順風車，在新浪微博開設公開動態，更讓他的影響力跟地位水漲船高。「吳總」成了吳西晉的稱號，明說是環球時報總編輯，但眾人口中說的「吳總」卻有著弦外之音，暗指老吳是黨中央對台政策的總指揮。

黨中央對吳西晉的竄起看在眼裡，也樂得由他去喊打喊殺不必官媒出手。但是這幾年老吳卻硬是把龍套唱成了主角，中央對台政策還真成了他指點的對象，動輒出言要求中央對台灣動手。加上網路上有大批死忠支持他的紅粉跟著么喝，老吳漸漸地也成了黨中央眼中該拔的刺。於是吳總退休了，成了保留封號的閒雲野鶴。

退休後的吳西晉一派輕鬆，剛喝了兩杯二鍋頭讓他臉色變得更加紅潤。今晚是逸韋跟同樣在北京駐點的台媒記者作的東找吳西晉敘敘，他們知道每回跟吳總吃飯總能聽到一些外頭沒有的秘辛。逸韋有一回根據老吳說的寫了一篇獨家，把消息來源形容為「中南海圍牆內飄出來的」……

這家烤鴨店是吳總指定的，他說一般外地人吃烤鴨只會去全聚德，但其實全聚德的烤鴨又貴又難吃，吃的只是排場。這家店做的才是正宗北京烤鴨，主廚的老爺從前是慈禧的御膳廚，民國以後出了宮就一直住在這兒賣烤鴨，到現在傳了三代。老吳也不喜歡北京的五糧液，直說這酒的味道太艷了，他喜歡的是老北京每餐必備的四兩二鍋頭。他說二鍋頭的味道有種樸實感，喝著才有接近群眾的感覺。

「張又俠被軟禁了！」逸韋坐下時正聽見吳總說著號稱是第一手的秘辛。

「真假？他不是 20 大才續任軍委副主席？」「大大最信任的將領不是嗎？」逸韋聽了差點沒從椅子上跌落下來。

「什麼最信任，現在家監管！」老吳說完拿起扁瓶，嘴就著瓶口仰頭又唆了一口二鍋頭。

「這是我軍區大院的戰友前些天跟我說的」「上個禮拜中央警衛團直接去了張又俠家裡，當場宣布中央對他做了在家監管聽候發落的決定」老吳所說的極為勁爆。

「他犯了什麼嚴重的事大大會這樣幹？」逸葦急著想問清楚。

張又俠是大大從小認識的朋友，兩人算是世交。張的父親張宗遜跟大大的父親同為陝西人，國共內戰時曾經共事擔任西北軍的司令員跟政委，對抗前來剿匪的國民黨胡宗南的部隊。建政後兩家住在北京同一個幹部大院，到了文革時期兩人才各自發展不同際遇，大大下了鄉，張又俠參了軍。

中越邊境戰爭讓張又俠經歷了紅二代少有的作戰經驗。1979年懲越戰爭張又俠在最前線擔任一線部隊連長，帶兵衝鋒陷陣立下戰功，後來升到團長，一直待在中越邊界打了5年邊境戰爭。1984年大大的夫人隨著文工團到中越前線表演慰勞戰士，張又俠正在前線，兩人當時便認識了。

這樣的相識背景讓大大十分信賴張又俠，尤其在建軍備戰上，張的實戰經驗讓他的意見頗受大大重視。大大前幾年推動的軍改內容中，張又俠的建議占了很大的份量。他在接任中央軍委副主席後，最關心的事情不是航母殲20，而是解放軍士兵人手一把的步槍。懲越戰爭時，解放軍士兵配發的國產五六式步槍在戰場上的故障率太高，讓部隊吃足苦頭。張又俠因此認為部隊戰力不是靠一兩艘航母幾架殲20就上的來，而是要看基層士兵的武器裝備牢不牢靠。

對台軍事行動也是一樣。張又俠打過仗，知道在戰場上拼的是真刀真槍，不是光靠宣傳就能打勝仗。他認為解放軍眼前的作戰力量還不足以拿下台灣，況且後頭還有美國人的軍事干涉。因此張始終主張眼前不是對台動武的時機，解放軍應該要加快現代化建設，讓自己更有本事，再來解決台灣問題。

　　張又俠務實的觀點是大大上台後遲遲沒有對台灣動武的一項重要因素……

　　「大大為什麼要辦張又俠？他不是大大從小的鐵哥們？」逸韋想不透張都能打破年齡限制留任，還保不住自己的原因。

　　「聽說是跟他在總裝時候的事兒有關」老吳像是擠牙膏似的問一點答一點。

　　「總裝？不記得他在總裝備部的時候有出過什麼事啊」「海軍船下水跟下餃子一樣，航母、殲20也都順利出來啦」

　　「不是那時候出的事，是現在出的事跟那時候他在總裝有關」吳總繼續故作神祕。

　　「吳總你把我弄糊塗了，什麼叫做現在出的事跟那時候他在總裝有關？」「現在出了什麼事？」「那時候他在總裝又做了什麼事？」

　　「聽戰友說，最近有艘潛艇出事了」「是他在總裝的時候造的」原本大嗓門的吳西晉此時卻壓低了音量。

　　「潛艇出事？我怎麼沒聽說」逸韋聽了嚇了一跳。

　　「你當然不知道啊，別說你了，連大部分的解放軍都不知道」「這是絕密的事情」吳總露出得意的笑容。

　　「這艘潛艇聽說是用新科技造的，完全靜音跟匿蹤」「當今各國海軍的聲納都無法偵測出來」吳總終於透露了重點。

　　「這是當年張又俠當總裝部長時立的項，算是他全力支持推動的項目，一共造了兩艘」「但是前些時候聽說一艘在南海出事了，全艦官兵無一倖免」

　　「你說的是361潛艇事故吧，那是江澤民時期的事了」逸韋心想吳總是不是聽錯了，把361潛艇的故事拿出來說。2003年4月解放軍海軍一艘編號361潛艇在渤海發生意外事故，全艦官兵加上編制外人員共70人全部喪生。

「你沒聽懂，我說的事情就是前些天在南海發生的」老吳有些急的辯解。

「這艘潛艇當時在南海進行一些項目的試驗，結果因為不明原因失聯了，北斗衛星接收到這艘潛艇發出來的最後短信是『我艇艇艏撞擊破損！』」

「艇上有 50 個人，沒一個逃出來」

「如果有 50 名官兵殉職，外界應該會知道」「家屬一定會有聲音才對」逸韋憑著在北京多年駐點經驗，很清楚就算是網信辦封鎖的再嚴密，這麼大的事還是會一點一滴在網路上出現。只要有耐心等候，真相早晚都會浮現出來。

「這艘潛艇還在試驗階段，這 50 人都是簽了投名狀，出了事家屬是不能有意見的」「我相信黨中央也不會虧待家屬，一定會給家屬好的補償安排」「喪禮是一定會有的，可能是分別交由原籍地地方政府那邊去處理，化整為零淡化掉整件事情」老吳甚為了解黨中央的做法。

「如果是撞擊，那是意外」「跟張又俠有什麼關係？」逸韋愈想愈不明白。

「聽說是潛艇前頭用的鋼板有問題」「50 條人命吶！上面總得找一個負責的吧！」「難不成要大大來替這 50 個人的死負責任嗎」

「拿張又俠是一個姿態，告訴底下的人不管你離開位子多久，一旦出了事就是終身究責」「這樣大大的高度就超越了政策的成敗，他成為決定誰該為政策成敗負責的裁判」說到這裡，老吳又拿起二鍋頭的小扁瓶湊著喝了一口。

「也因為這樣大大就得六親不認」「不然他就會跌下自己搭起來的神壇……」吳總今晚不知是酒喝多了，話也跟著多了起來。

「橫豎張又俠是完了！」吳總又喝了一口……

今晚從吳總那兒聽到的消息太震撼了！在回程的出租車上，逸韋仍然感覺得到這個震撼帶給他的激動。「一艘潛艇在南海出事，50名官兵無一生還，大大在軍中最信賴的張又俠被軟禁……」這絕對是他被派到北京駐點以來最震撼的消息！

大大在對台政策上最信賴倚重的兩個人，一是汪毅夫，另一就是張又俠。汪張兩人一文一武，剛好可以讓大大在決定對台政策上掌握住和戰兩手之間的分寸。相對於張又俠跟大大從小就認識，汪毅夫則是在大大任職福建省長時，擔任副省長襄助大大長達十年，算得上是大大當時尚未在政壇得志時的得力助手。大大高升後，也安排汪擔任全國台灣研究會的會長，一方面讓汪毅夫在涉台政策上扮演更重要的角色，另一方面也算是對汪在那十年作為大大忠心耿耿副手的回報了。

汪毅夫因為家族淵源又長期在福建任職，是當前北京涉台圈子裡的知台派代表，一貫主張解決台灣問題只能順勢不能硬幹，兩岸融合才是實現統一的最佳途徑；張又俠雖然主張武力是解決台灣問題的手段之一，但是他很清楚目前解放軍的實力是不夠的，現階段不是對台動武的時機。因此汪張二人對於解決台灣問題實現祖國統一的看法是殊途同歸，都認為目前用武力解決台灣問題是行不通的。

「現在張又俠垮了，軍隊這邊就沒有人壓得住鷹派的聲音了，知台派只剩下汪毅夫……」「雖然大家都知道汪跟大大的交情深厚，但是汪畢竟是學歷史的文人」「遇到軍人講打仗的事，也不能多說什麼」

「大大拿張又俠開刀，究竟只是要找一個替罪羊來擋住50名殉職官兵家屬的壓力，讓火不要燒到自己身上？」「還是其實是大大的對台政策改變了，拿張來為他過去錯誤的主張負責？」逸韋不斷嘗試釐清大大真實的想法。

「究竟哪一個才是大大心裡真正想的，要看接下來汪毅夫會不會動」「汪如果沒動，就表示張又俠真的只是拿來給死難官兵家屬解氣用的」「如果汪也下來了，那就是大大接下來要改變對台政策了」

「如果大大要改變對台政策，現在是和平統一，那政策改變不就意味著放棄和平統一改為武統」想到這兒逸韋忽然心情沉了下來。

報社幫駐點記者安排的住處挨著北京四環邊，雖然已近深夜，四環路上依然車水馬龍地塞著。逸韋坐在出租車裡望著外頭的夜景，手機微信忽然響了一下，是北京新聞圈同業的群組，大家透過這個群組互通消息。逸韋點開人民日報朋友發來的信息，一看心頭猛然一驚！上頭寫著「汪毅夫被全國台灣研究會除名……」

廿三

　　他走進飯店大廳，港都國賓飯店的 Lobby 十分寬敞明亮，進門後向左轉走到底便是通往各樓層住房的電梯。他進了房間放下行李，聽見浴室半掩的門後傳來陣陣水聲，便抿了抿嘴角，迅速脫了衣服側身悄悄地溜了進去。

　　她正在淋浴著，熱水蒸氣讓淋浴間溼漉的玻璃蒙上一層霧氣，卻遮掩不住她凹凸有致的身影。他看了一會兒便忍不住拉開玻璃門跨了進去兩手從背後環抱住她，她嚇了一跳甩著溼髮回過頭來看見是他，嬌嗔著「你幹什麼啦……」，他已經一把攬住她，下身由下朝上地頂著她的兩股之間。她被他頂的整個人向前傾斜，雙手扶著玻璃兩腿被他撐開，臀部配合著他的進入不自覺地向後抬了起來。蓮蓬頭澆下的熱水不斷順著她的身軀匯合到兩腿之間沖著他的下身，他更興奮了……

　　她被他頂的嬌喘連連，慾熱的全身被熱水澆的發燙。忽然間她的嬌喘聲變的激昂起來，兩腿用力張直臀部抬的更高，他知道她快了，於是不捨地將手掌從她豐滿的乳房移開，雙手扶住她的腰加快挺進。她被他的力道不斷推撞著彩繪維納斯圖案瓷磚的牆，索性向後退了半步再彎下腰來兩手支撐著，讓她跟他能夠同時盡情地傾洩……

　　他擁著她躺在床上，方才在浴室裡的高漲情慾，讓他在最後關頭不顧她急著夾攏雙腿要把他推出她的身體，硬是抓著她下身把他的最後衝刺留在她體內……

　　「我們的關係我可不想要有小孩，除非你跟你老婆離婚娶我」

她開口了。

「好啦，每次妳生氣就說這個」「我們現在這樣不是很好嗎？」他想要安撫她。

「好個屁啦！你根本就只是想上我而已」「只顧自己爽，都沒想到萬一有小孩怎麼辦？」她愈講愈氣。「我跟你說，哪天我懷孕了你如果不處理跟你老婆的事」「我就上靠北長官把我們的事公開！」

「妳今天是哪裡不對勁了，一直提這個」「最近我是忙到爆，還特地喬時間來陪妳吧，妳都不領情」他被她唸到覺得委屈。

「你有什麼好忙的，手機裡你也不說」「我看你是玩我玩膩了不想陪我找理由而已」

「誰說的，我是真的在忙」他辯解著，「妳以為只有妳下基地忙哦」

「本來今天還有好幾個會要開，是妳說妳們營長的事讓妳很心煩」「我才趕快找人代理把會排開跑來陪妳」「夠有誠意吧」

「你可以不用來啊」她沒好氣地瞪了他一眼，「全天下就你最忙，你比較偉大就去忙你的不用理我啊！」「你只有想上床的時候才會來找我吧」

「好啦都是我的錯，我想辦法趕快把妳調回台北的單位，以後我就可以多陪妳，這樣可以了吧」他發覺自己說錯話，趕緊繞開話題，「妳說你們營長怎麼了？」

「就有人在靠北長官靠北他睡女兵啊！」「大概睡完了不認帳，女方就不爽了吧」她說著。

「旅主任有特別交代我們說要注意營長的事，找女兵來問一問」「看看是不是能找到一些證據」

「靠北長官不是都用匿名嗎？」「怎麼找證據？」他好奇的問。

「對啊，本來有反映上去說依規定匿名檢控是不處理的」「但

是旅主任說這種事再怎麼樣，鬧開了吃虧的還是女生，哪個女生會具名檢控啊！」「所以主任說這種事不能死板板的只依規定處理」「必須要私下調查了解，才能夠找出真相」

「其實我覺得就算把營長拔掉了又如何，這件事鬧開的話，這個女生在軍中也不要混了」她有些同情女兵。

「那就調單位啊！」「把她調到其他單位不就好了」他覺得這件事情很單純。

「你以為那麼簡單哦」「這種事一發生就會被列入軍紀案例宣教，是發到全軍各單位去的」「對當事人來說，事情一爆出來兩邊都會被汰除，女生就算吃虧也一樣，官官相護啦！」

「所以才會有靠北長官啊」「用匿名的就算上級沒有處理，至少同一單位的都會知道是誰幹的」「他的名聲就立刻臭掉，上去靠北的人也不會有事」

「所以規定是一回事啦，在軍中用匿名的方式來抹黑別人其實還蠻管用的」她很了解基層的心態。

「那妳有去蒐集營長睡女兵的資料嗎？」他追問著。

「沒有人會承認啦，誰會笨到承認是自己去上考北長官」「就算單位裡面有其他人知道，也一樣不會說」她說得很篤定。

「妳怎知，妳有去問嗎？」

「我私下有去找幾個比較有可能的女兵來問，但是都不承認有做這件事」「我就跟旅主任回報說沒有發現營長睡女兵的證據」

「結果你知道嗎，旅主任竟然跟我說，如果沒有找到營長睡女兵的證據，那就找找看營長有沒有其他違反紀律的事，尤其看有沒有違反三大天條」

「哇咧，主任要我去蒐集我們營長的黑資料咧！會不會太誇張」她故意裝出怪異的笑容。

「我看我們營長不知道是得罪哪個保防了，讓保防故意要蒐集

他的資料」「這下子他穩死呀！」

「妳還真的去當抓耙仔？」他驚訝的問。

「我是保防吔，不過我不會幹抓耙仔這種缺德事啦！」

「我知道有的保防只要看誰不順眼，就特別盯著這個人看有沒有什麼違反規定的事」「只要有就拿放大鏡把一些雞毛蒜皮的小事寫得很誇張變成嚴重違法違紀的大事」「然後寫成報告往保防系統裡面送」

「而且這種報告也不用經過求證，不用找當事人來問是否屬實」「就直接上去了」「然後這個人的各級長官就會收到這份資料，他從此就黑了，也不用再有什麼發展了」「這就是為什麼每次到了有占缺的時候就會黑函滿天飛」「這些黑資料大部分都是從保防系統平常就在蒐集的檔案裡面提供出來的」她很清楚保防的手法。

「那妳怎麼跟旅主任交差？如果妳沒蒐集你們營長的資料，萬一得罪主任呢？」

「我煩就是煩這個啊」「但是還是得想辦法啊，反正我就找一找營長平常說的話有沒有違反規定啊，譬如跟女生說話有沒有不符兩性營規的內容啊」「有的話我就把它湊一湊寫一寫交上去」「不然以後我的日子就不好過了」她無奈地說。

「哇靠羅織罪名吔！妳這樣不就跟其他的保防一樣嗎？」

「不會啦，我會故意寫得無關緊要，讓主任看了以後覺得無參用價值存參就好了」「我也要交差吧」

「不然怎辦？難道要我跟營長上床再來寫他違反兩性營規嗎？」「其實這樣也不錯，我也可以爽到」她開玩笑地說。

「爽妳媽的頭啦！要爽我現在就讓妳爽！」他突然翻身將她壓在床上，下腹頂住她的下身把她的兩腿撐向兩邊，頭埋在她的雙乳之間急促地用力吸吮。她試著推開他幾下後兩眼閉了起來，嘴角發

出愈來愈高昂的呻吟聲，被撐開的雙腿不自主地抬了起來，將他的下身緊緊夾住推入了自己的身體……

廿四

　　海面的風浪由點點浪花增強為高低起伏的排浪迎面襲來，康乃迪克號被浪湧頂著在水中載浮載沉吃力的緩慢前進。一路處於全艦備戰狀態的鄭和艦原本以 10 節的速度跟在康乃迪克號後方 1 浬編隊航行，看著愈來愈近的潛艦身影，也不得不減速到 8 節，尾隨在後的解放軍昆明艦和柳州艦也甚有默契地慢下來，始終維持在鄭和艦後方 3 浬的距離。

　　「到巴士海峽了」戴著灰色戰鬥頭盔的鄭和聽見陰暗雲層上方隱隱傳來戰機引擎聲，抬起頭來望著駕台窗外高低左右擺盪的地平線。從北緯 20 度跟康乃迪克號會合後北返到現在，一路並不平靜。緊跟在後的共艦每隔一段時間就會用無線電呼叫停俥，再開炮警告射擊，有一次艦炮還打到康乃迪克號前方不到 50 米，不知道是故意的還是風浪大射手沒瞄準好落點。鄭和心裡清楚這是老共想要拖延美艦前進的速度，好爭取時間讓其他地方的共艦趕過來。老美也很清楚老共在想什麼，航向航速一點都沒變，不像之前鄭和艦對昆明艦警告射擊時，昆明艦立刻閃躲到鄭和艦主炮射擊死角。

　　「老美不愧是實戰經驗豐富，這種場面見多了」鄭和心裡著實佩服美國軍人的膽量。「如果是其他國家的潛艇撞成這樣，艦長恐怕不敢冒險航行幾千公里回去，直接就宣布棄船了」

　　「報告艦長，發現共艦南昌艦、衡陽艦距離我艦正前方 20 浬」戰情官回報。

　　「我們的船呢？」

　　「子儀艦於我艦左前方 20 浬，方位 300，康定艦於我艦左後

方 40 浬，方位 260，逢甲艦於鵝鑾鼻南方 30 浬」「蘇澳艦於花蓮東方 20 浬」「另外艦指部指示，美艦霍華德號目前位置在新竹西方 30 浬，裴拉塔號在石垣島北方 30 浬，將前來巴士海峽接替我艦伴護康乃迪克號」「美軍卡爾文森號航母打擊群也已北移」戰情官將掌握的情況向鄭和回報。

「老美的船都在趕過來，後面還有航母，老共應該不敢輕舉妄動吧？」鄭和心裡想著等老美船到了接手以後，鄭和艦就結束這趟護航康乃迪克號的任務了。雖然不是真實作戰，但是他也算是親身經歷了共艦對他的艦轟跟魚雷攻擊，他也用艦炮轟了回去，雖然都是警告射擊，但是當下那一刻還是有著生與死之間的震撼。這是他官校畢業以來，第一次在海上經歷真實的炮火，「再過兩年沒占缺的話就報退，這次也算是軍旅生涯最接近實戰的經驗了……」

「報告艦長，前方共艦南昌艦無線電呼叫要求我艦改變航向脫離與康乃迪克號編隊，改由共艦伴護美國潛艇返航」通信官回報。

「改由他們伴護？」「這不是羊入虎口嗎！」鄭和哼了一聲。

「不要理會，保持既有航向跟航速」鄭和指示著，希望能夠盡快帶著康乃迪克號通過巴士海峽交給美軍。

忽然一陣排浪襲來！洶湧的巨浪衝向走在鄭和艦前方的康乃迪克號，瞬間將艦艏淹沒入水中！十餘秒後再浮出時，艦艏甲板僅略高出水面，明顯不再是正常的吃水高度。

「報告艦長，美艦無線電呼叫，之前炮擊的震波造成康乃迪克號前艙損害部位擴大」通信官報告。

「詢問美艦損害情況能否持續維持浮航？」「另外回報艦指部美艦情況，請示我艦應有作為」鄭和指示。

「報告艦長，美艦表示依目前 8 級風浪及航向評估，康乃迪克號無法持續頂浪航行太久」「目前該艦艦艏進水情況惡化」通信官急促回報著。

鄭和陷入沉思。康乃迪克號目前的情況無法繼續遠航，必須盡快進港才能確保安全，如果繼續走巴士海峽到菲律賓海，風浪只會更大，恐怕有沉沒的危險。雖然康乃迪克號最佳選擇是北上去沖繩，那裡有美軍基地又有美日安保條約，去那裡老共也沒皮條。但是南昌艦跟衡陽艦堵在前面，擺明著不讓美艦過去。之前幾次艦轟雖然是共艦警告射擊，卻震的康乃迪克號受損更嚴重沒辦法走太遠，唯一安全的路是去左營，距離不遠，路上又有海軍的船保護，空中也會有空軍，不必擔心老共會有什麼舉動。但是……

鄭和心裡猶豫著。這兩年對岸不斷警告對台動武的底線，其中一條就是美軍進入台灣，但這並不是指任何美軍進來都不行，而是指從事戰鬥任務的作戰部隊、作戰艦和作戰機。雖然這幾年美軍在台灣的人數有增加，但都是訓練單位而不是作戰單位，軍機雖然有C17來過，但那是運輸機不是作戰機種。美軍的船要進港，只要不是有武裝的作戰艦，就可以直接進基隆或高雄。雖然媒體會刻意渲染唯恐天下不亂，但其實各方都很清楚對岸的底線在哪裡。

康乃迪克號不一樣。她是美軍現役最先進攻擊力最強的核潛艦，艦上的靜音匿蹤科技是對岸長期以來想學但始終學不會的技術，到現在解放軍的核潛艇在水下的噪音值跟美軍比起來，還是像敲鑼打鼓一樣。當年解放軍從迫降陵水機場的EP-3上面掌握了關鍵電子技術，才發展出後來的電偵機和電戰機，現在康乃迪克號自己送上門來，這對解放軍來說是千載難逢可遇不可求的機會，絕對會想盡辦法不讓這塊到嘴邊的肥肉溜走。如果康乃迪克號進了左營，對老共而言這可不是單純一艘美軍作戰艦進入台灣而已，更意味著解放軍失去了一個可以讓它的核潛艇技術大躍進脫胎換骨的大好機會！

「報告艦長，艦指部來令，要我艦確保美艦安全繼續執行伴護任務」戰情官回報。

「回報艦指部美艦受損情況惡化，必須盡快靠港」「建議返回左營基地」鄭和必須要艦指部授權才能夠帶康乃迪克號回去。

「報告艦長，艦指部來令，命令我艦引導伴護美艦返回高雄港」「沿途密切注意敵情依戰時處置規定應處」鄭和終於得到艦指部的同意。

「為什麼不是回左營？」鄭和納悶艦指部怎麼要美軍核潛艦進入民用商船頻繁進出的高雄港。

「艦長，左營碼頭最深只有 10 米，康乃迪克號正常吃水深度就有 10.7 米，現在艦艦受損下沉吃水更深」「進不去左營」此時作戰長提醒鄭和，「高雄港有水深十幾米的碼頭可以讓康乃迪克號靠泊」

「嗯，通知美艦，左轉航向 270，航速不變，目標高雄港」鄭和下了明確指示。

康乃迪克號在 8 級風浪的巴士海峽中顛簸地向左航行，呈半浮半沉狀態的艦艦在海面上忽隱忽現。鄭和艦跟隨著康乃迪克號的尾跡左轉，再度經歷了一天前也在巴士海峽頂著同樣風浪迴轉的艱辛。只是這一次鄭和艦不是全速駛向南海，而是以 8 節的慢速，伴著受傷的康乃迪克號蹣跚地向高雄方向前行。

「不知道這次美艦進高雄，老共會怎麼反應？」鄭和一路上不斷想著這個問題，距離高雄愈近心情就愈沉重。

「報告艦長，前方即將進入我 12 浬領海」副執更官回報。

烏雲密布的天際忽然傳來陣陣飛機引擎轟鳴聲，「是 F-16」鄭和聽見 F-16 發動機特殊的鳴叫聲，「來了 4 架，大概有共機進來」鄭和擔心共機前來阻撓美艦進入台灣。

「報告艦長，1 架共機運 8 接近我艦，高度 8000 呎，方位 240，距離 40 浬」「另有共機 4 架快速接近我艦，研判為殲 16，高度 9000 呎，方位 240，距離 50 浬」「我空軍 4 架 F-16 在空應處」

「另外有美軍 P-8 海上巡邏機在空，高度 7000 呎，方位 120，距離 20 浬」戰情室回報。

聽到空中有 F-16 跟 P-8，鄭和心裡稍覺安穩，心想再怎麼樣這裡已經要到家門口了，在國軍眾多岸基飛彈的監視下，老共的船跟飛機應該不至於敢挑釁吧！

「報告艦長，共艦再度無線電呼叫要求我艦改變航向脫離與康乃迪克號編隊，改由共艦伴護美國潛艇返航」「並且說這是最後一次警告，如果不配合一切後果自負」通信官語氣略帶緊張地回報。

「不要理會，伴護美艦進入領海」鄭和冷靜的指示……

忽然間「轟」的一聲！康乃迪克號艦艏正前方約 100 米處落下一枚炮彈激起衝天水柱！是尾隨在後的昆明艦發射艦炮！被爆炸震起的浪湧衝向康乃迪克號原已載浮載沉的艦艏，前半個艇身被湧浪壓入水中，久久未見浮出……

「詢問美艦受損情況！」鄭和焦急的指示。

「報告艦長，美艦回報艇身進水嚴重，需盡快靠港」通信官回報。

「艦長，美艦現已進入我領海」作戰長文浩從戰情室雷達螢幕上確認了康乃迪克號已經進入 12 浬領海範圍內。

「終於進來了」鄭和心裡正想著接下來不必再擔心美艦被共艦攻擊，老共應該不敢在台灣的領海內擊沉美國核潛艦……

「有魚雷！方位 190，距離 2000 米，速度 65 節」戰情室裡的聲納士民毅突然摀著耳機瞪著聲納螢幕叫著。

雖然康乃迪克號已經進入台灣領海，但是在 1 浬後伴護的鄭和艦此時卻仍處在公海之上。共艦眼見台灣讓美國核潛艇進入領海，便直接對鄭和艦動手。

「拋出魚雷干擾器！解算迴避路線！」作戰長立即下令。

「報告艦長，是否迴避？」文浩在戰情室裡電話請示。

「上次魚雷干擾器騙不了老共的魚雷」鄭和心想，「萬一老共這次是來真的，我採取迴避，魚雷就會直接命中前面的康乃迪克號……」

「1000 米……900 米……800 米……魚雷干擾器失效！」聲納士驚呼著。

「維持航向，通知全艦衝擊準備！」鄭和果斷地下令，心裡已作最壞打算……

正當響遍全艦的警報器聲尚未停歇時，忽然「咻」地一聲！一枚反制魚雷（CAT）穿透厚黑的雲層由天而降急速射入鄭和艦艦艉 100 米處的水中！間隔 2 秒後水面突然隆起，像是火山爆發般「轟」地炸了開來！來襲的魚雷被及時趕到已下降到 1 千呎低空的美軍 P-8 機腹發射的反制魚雷命中！反制魚雷戰鬥部先引爆後造成共艦發射的魚雷彈頭跟隨爆炸，炸出兩波連續的水柱……

「飛彈來襲！兩枚！」後頭的昆明艦、柳州艦各發射了一枚鷹擊反艦飛彈鎖定攻擊鄭和艦，飛彈從置於甲板下的垂直發射器射出後筆直飛到設定的高度就直接對著鄭和艦俯衝而來！在空中留下兩條白色的弧形尾跡。

「抛出熱焰彈！防空系統接戰！」不待艦長指示，在戰情室裡坐鎮的作戰長文浩立即下令。只見鄭和艦兩側突然向天際拋出兩排如同照明彈般的熱焰彈，同時駕台前方的 MK13 發射架迅速調整角度後，架上的標準飛彈倏地射向天際迎向俯衝而來的一枚鷹擊飛彈！與此同時後甲板機庫上方的方陣快砲輪狀砲管突然抬高後快速轉動噴出火焰以每分鐘 4500 發高速向空中射擊！砲彈像潑灑出去般在空中形成彈幕，高速的砲彈擊發聲連在一起只聽到震耳欲聾的刷刷聲！忽然間剛衝上天際的標準飛彈準確地攔截迎面而來的鷹擊飛彈，兩枚飛彈撞擊瞬間的爆炸聲剛傳到駕台時，方陣快砲射向的空中也忽然轟地一聲炸開！另一枚來襲的飛彈撞進快砲灑出的彈幕

被炸的粉碎……

正當鄭和看著接連攔截成功的爆炸火球時，從鄭和艦艦艇前方天空忽然「咻、咻」兩聲飛來兩枚雄風二型飛彈掠過鄭和艦上方，衝向後頭的昆明艦和柳州艦！此時未見到兩艦的防空飛彈升空，應該是海上風浪已超過兩艦發射飛彈的極限……。只見兩艘共艦根本來不及作出迴避動作，只能接連向空中打出熱焰彈，同時甲板上的迫近防禦系統快砲射擊聲大作，空中映出兩門快砲射口連向天際的火光。飛向昆明艦的雄二飛彈「轟」地一聲被共艦迫近系統成功摧毀！正當柳州艦還在攔截另一枚朝向自己飛來的雄二時，突然間昆明艦艦身像是被撞擊般「碰」地抖動了一下，然後瞬間在艦身中央接近駕台位置轟然爆炸出一團火球！昆明艦被飛彈擊中！

是另一枚雄風三型飛彈以三倍音速和低於甲板的高度掠海飛行鎖定昆明艦，在最後時刻陡然爬升再俯衝而下攻擊！低於甲板的飛行高度可避免過早被共艦的防空雷達發現，在接近共艦時快速爬升再俯衝而下，則是利用迫近防禦系統的射界死角，共艦的防空系統在最後一瞬間就算察覺，也只能眼睜睜地看著飛彈襲來。三枚雄風飛彈是由海軍海鋒大隊機動部署在屏鵝公路岸邊的岸基型反艦飛彈車所發射，國軍 JOCC 在得知康乃迪克號將前往高雄後，立即展開岸置反艦及防空飛彈機動部署，以確保美艦和護航的鄭和艦安全。當共艦對鄭和艦發動魚雷攻擊時，JOCC 就下令已就位的機彈車發射兩枚雄二飛彈分別鎖定兩艘共艦，隨後再發射一枚雄三飛彈攻擊昆明艦。只發射三枚飛彈的考量是海上已達八級的風浪會讓共艦艦身搖晃程度無法即時發射防空飛彈，再利用兩艘共艦的迫近系統忙於攔截來襲的雄二飛彈，無暇顧及三倍音速掠海而至的雄三飛彈，這樣就可以確保雄三不會遭到攔截可以順利擊中目標！

遭雄三擊中的昆明艦艦身明顯出現傾斜，警報聲與甲板上水兵嘗試釋放救生艇的嘈雜奔跑聲，讓受創的昆明艦陷入混亂。此時柳

州艦已顧不得接戰，快速向右靠向昆明艦，甲板上拉出幾條水線瞄子，水兵們幾人一組端著瞄子朝著昆明艦剛才中彈爆炸時引起的大火噴灑水柱……

鄭和站在瞭望台上用望遠鏡眺看著這一幕，心中感觸萬千！在戰院上課時每當教官講到克勞塞維茲的戰爭之霧時，都會強調戰場瞬息萬變的特性。以往鄭和就跟大多數學官一樣，在欠缺實戰經驗下，戰場瞬息萬變這句話也只是期末考時寫在答案卷上的幾個字。直到現在鄭和看著中彈起火的昆明艦，才真正體會這句話的意涵。就在一分鐘前鄭和艦還面臨著遭受魚雷和飛彈攻擊的生死關頭，現在卻是剛才蠻橫攻擊鄭和艦的昆明艦中彈起火，衝上甲板的水兵們在燃燒的甲板就像是站在熱鍋上的螞蟻一般無助！鄭和明白 JOCC 只下令發射三枚飛彈的用意，是希望以戰止戰同時能夠盡量避免死傷，如果雄三也發射兩枚，那麼現在正在搶救昆明艦落水官兵的柳州艦勢必也在劫難逃，結果就是兩艘共艦三四百名解放軍全部葬身海底！擊中一艘，讓另一艘可以成為受創共艦官兵逃生避難的依靠，不致於全軍覆沒。看著昆明艦官兵的驚慌無助，鄭和內心忽然覺得佩服在衡山指揮所內坐鎮下達這個攻擊命令的長官，也希望對岸在西山指揮所內的對手能夠看懂……

廿五

　　一列車隊開進了北京市海淀區廂紅旗董四墓村西南金山上的西山指揮所。2015 年底軍改前這裡原本是總參謀部作戰部駐地，軍改撤銷了包括總參在內的四大總部，取而代之的聯合參謀部變成了中央軍委 15 個直屬辦事機構之一，只有類似美軍的聯參性質，不再擁有決策權。原本在總參之下最炙手可熱的一級單位作戰部也降編成為局級單位，西山指揮所也不再是作戰部所在地，它的正式名稱改為中央軍委聯合作戰指揮中心。

　　大大穿著一身戎裝走進中央軍委聯合作戰指揮中心總指揮辦公室旁的戰情會議室，兩位軍委副主席、四位軍委委員、五位軍種司令員、以及除了西部戰區以外的各戰區司令員，已經在座位上等待許久。

　　「同志們，讓大家久候了！」他表情嚴肅地打著招呼，「開始吧！」

　　「是！」聯合副參謀長徐起零上將站在電子講桌前，向坐在旁邊操作電腦的中校參謀點頭示意，隨即戰情室正前方 200 寸 LED 主螢幕放出一張衛星照，這是位在 645 公里上空近地軌道上的遙感 29 號合成孔徑雷達衛星拍攝的影像。照片座標範圍是北緯 21 度 30 分至 22 度 30 分、東經 120 度至 121 度，這是台灣西南角的位置。照片右上半部是台南以南到鵝鑾鼻的陸地，左下半則是深黑色的台灣海峽，在屏東外海離島小琉球位置正下方約 20 浬的海面上有幾個黑白相間的細長物體，邊緣呈現不規則的形狀。合成孔徑雷達衛星跟光學衛星成像原理不同，是藉由雷達波反射後成像，雷達波打

到水面會被完全吸收不會反射，因此在影像中呈現深黑色，金屬則是白色，與一般光學影像不同。

「報告主席，這是戰支部隊所屬遙感 29 號衛星拍攝的合成孔徑雷達微波成像照像圖，位置為台灣島西南部，北起台南市，南到恆春半島南端的鵝鑾鼻」「由衛星圖象上可看出，在北緯 20 度，東經 121 度 20 分，也就是屏東縣小琉球鄉正南方 20 浬的位置，有一艘美國海狼級核攻擊潛艇康乃迪克號，在其正後方距離 1 浬位置，有一艘台灣成功級巡防艦鄭和號，在鄭和號正後方 3 浬位置，有我軍昆明艦、柳州艦，兩艦間隔 1 浬」報告到這裡，徐起零抬起頭來示意操作員更換下一張投影片。

新的投影片的影像座標與上一張相同，但拍攝角度受衛星在軌位置不同呈現出的影像夾角較大，海面上幾艘艦艇的位置稍微向上移動了一點。

「這是間隔 5 分鐘後由遙感 33 號衛星合成孔徑雷達微波拍攝的影像」「美國核潛艇康乃迪克號已經進入台灣 12 浬水域」徐起零報告到這裡忽然停頓了下來，示意換下一張投影片，影像變得十分清晰。

「這是 20 分鐘後由遙感 30 號衛星利用雲層間隙拍攝的光學衛星照片」「昆明艦被台軍導彈擊中正在起火燃燒」「艦上官兵正在全力撲滅火勢」「柳州艦也正組織人員搶救昆明艦」

「這次台軍蓄意發動攻擊，造成我軍昆明艦官兵陣亡 21 人，輕重傷共 16 人」徐起零報告的聲調明顯變得沉重……

200 寸大螢幕衛星照片上幾個狹長的灰色影像當中，有一個在中央部位的深黑色向旁邊延伸，隨著照片裡的影像被操作員逐漸放大，可看出是昆明艦艦身中央中彈部位明顯冒著濃煙，且有點點火光向上竄出。甲板上官兵慌張奔跑將死傷者拉出火場的景象也被一覽無遺，一排 6、7 具已明顯死亡的水兵被放置在左舷甲板上，另

外有幾名傷者靠坐著，旁邊有人正在為他們進行急救包紮。衛星由上而下大角度拍攝雖然看不見官兵的表情，但從奔跑者雙手向前伸開兩腳大跨步的姿勢，可以想像當時艦上官兵的驚慌失措……

「昆明艦是被台軍的雄風三型導彈偷襲擊中，台軍一共發射兩枚雄風二型導彈，分別攻擊昆明艦和柳州艦，接著再發射一枚雄風三型導彈利用昆明艦攔截雄風二型導彈時襲擊昆明艦」徐起零語氣略帶艱澀地報告昆明艦中彈經過。

「台軍為什麼會攻擊昆明艦？」大大盯著銀幕皺了一下眉頭突然開口問。

「昆明艦是在阻止美國核潛艇侵入台灣 12 浬水域時遭到台軍攻擊！」聯合參謀長劉振立此時站起身來向大大說明。

「當時的情況是美國康乃迪克號要進入台灣 12 浬水域，台軍的鄭和艦尾隨，我軍昆明艦、柳州艦在後警告美艇未經中國政府同意不得進入台灣水域，並且表達我艦願意伴護美艇確保其安全返港，但美艇應該是在台軍催促下執意進入」劉振立側過身來直挺挺站立面對大大報告著。

「我艦在美艇進入台灣 12 浬水域後，為捍衛黨中央決策遏制台灣當局倚美謀獨，編隊指揮員立即下令對在後緊隨美艇的台軍鄭和艦進行警告射擊，當時鄭和艦正要竄逃進入台灣水域……」

「台軍此時趁著惡劣天候的掩護，發射機動部署在屏鵝公路的反艦導彈對昆明艦、柳州艦進行襲擊」「昆明艦受到海面風浪劇烈搖晃影響，無法發射防空飛彈，為了掩護柳州艦，艦長下令用艦上唯一的防空快砲對準攻擊柳州艦的導彈開火攔截，導致己艦遭導彈擊中」……

「美國人的核潛艇為什麼要進入台灣水域？」一直聆聽著的大大第二次開口問。

「報告主席，美國康乃迪克號在南海永興島外海惡意阻撓我軍

在該海域水下執行試驗任務的潛艇，因而發生撞擊，康乃迪克號艇艏受創，聲納罩破損，被迫浮出水面」原本站在一側停止報告的徐起零聽見大大的提問，立即提高音量回答。

「美艇浮出水面後就北上朝巴士海峽方向航行，研判是為了躲避我軍在永興島、黃岩島附近的船艦前往了解伴護」「之後在北緯20度位置與台軍鄭和艦會合，編隊進入巴士海峽」

「但是在穿越巴士海峽時可能因為海面風浪太大無法繼續前進，才改變航向前往台灣」「根據昆明艦截聽台軍與美軍無線電通信，康乃迪克號是要前往台灣高雄港」

「我軍當時依據中美兩軍簽署的海空相遇安全行為準則，使用約定無線電頻道呼叫美艇，表達我軍願意提供必要協助，但是美艇始終不予理會，並且加速朝台灣高雄方向竄逃」「最後造成我軍和台軍之間的衝突」徐起零作了總結。

「是台灣方面建議美國人的核潛艇去高雄」坐在大大右側的中央軍委副主席何衛東此時開口，何衛東在20大時被大大破格提拔任命為分管軍隊人事與政治工作的中央軍委副主席。

「台灣當局刻意製造美軍進入台灣12浬水域的事實」「這是典型的倚美謀獨！」

「過去我們三番兩次警告台灣當局莫要倚美謀獨，尤其不得讓美國人的機艦進入台灣，否則就是對中國主權的公然挑釁！」「如今台灣當局執迷不悟，別有意圖地安排美國核潛艇進入台灣港口，是仗著有美國人撐腰」

「這次台軍襲擊昆明艦的事情，在軍隊裡已經激起官兵強烈憤慨！戰士們紛紛向組織反映，願在黨中央一聲令下打第一仗，登上祖國不可分割的寶島台灣，粉碎台獨分裂！」何衛東說的激動起來。

「主席，我們是不是要先評估當前敵我形勢以及第三方可能的

軍事干涉」中央軍委政治工作部主任苗華對是否要採取行動語帶保留。

「美國肯定是會干涉的」「但是解放軍打從紅軍時期開始,就沒有啃不了的硬骨頭」何衛東過去從未在中央軍委會議上主動表達意見,這次卻清楚表達對台強硬的態度。

「兩位同志說的都有道理」「再聽聽大家的意見」大大平靜地聽著何衛東和苗華的發言,暫時還不表態。

「報告主席,過去十年我軍在主席和黨中央領導下積極練兵,時刻作好對台軍事鬥爭準備工作,堅決做到召之即來、來之能戰、戰之必勝的總要求」聯合參謀長劉振立看了一下左右後站起身來。

「這次台軍無視我軍善意,蓄意攻擊昆明艦造成 30 餘名官兵死傷,這是赤裸裸的軍事挑釁!」「我軍必須有所回應,否則台獨分裂氣焰將更加囂張!」劉振立像是背誦原先準備好的稿子般一口氣說完支持何衛東的立場。

負責對外軍事交流工作的國防部長李尚福此時起身發言,「報告主席,台獨分裂氣焰絕對要遏制,但是在遏制的同時也要避免台美進一步勾連,影響到中美關係大局」「我認為我軍應一方面採取具體作為遏制台獨,另一方面也要對台灣當局清楚表達只要放棄倚美謀獨,兩岸仍可共同推動和平統一」

此時大大坐直了上身,兩手交握放在桌前,在場的人很熟悉大大這樣的肢體語言,這代表著他要講話了。通常當大大擺出這樣的姿勢時,就是他對眼前的局勢已經胸有成竹心存定見……

「前些日子我在人民大會堂的講話已經夠清楚了」「兩岸統一的事總不能一代一代拖下去」

「軍隊也要為兩岸和平統一作出貢獻」「在祖國統一大業上,軍隊雖然不是唱主角,但也不能缺席」

「和平與戰爭,存在著辨證關係」「軍隊愈是決心為祖國統一

作先鋒，展現以武力解決台灣問題的決心和能力」「就愈能確保兩岸最終和平統一目標的實現」

「過去這段時間台灣問題變得嚴峻起來，俄烏戰爭爆發後，美國在國際社會蓄意操作反中同盟，想把我們搞成另一個俄羅斯，在台灣問題上加緊勾連島內台獨分裂勢力，想把台灣變成烏克蘭」「這讓台灣當局跟我們叫起板來似乎更有底氣了」

「台獨分子結合美國反中勢力意圖改變兩岸現狀的舉動愈來愈明顯！」

「現在還讓美國人的核潛艇進入台灣 12 浬水域，公然踐踏我們維護國家主權領土完整核心利益的底線，還襲擊我們的昆明艦造成 30 餘名官兵同志的傷亡犧牲」大大看著螢幕裡昆明艦甲板上死傷官兵的影像，眼眶泛紅停頓了幾秒。

「我們的忍讓是有程度的，我們的耐性是有限度的，人民子弟兵是不會白白犧牲的！」「雖然美國是強大的對手，當年抗美援朝我們軍隊的條件跟美軍根本沒法比，但是人民軍隊面對強敵，一不怕死二不怕難，我們最終還是跟美國人打了不相上下」「今日解放軍的作戰力量早已今非昔比」「我們還要因為擔心美國人干涉就不敢維護國家領土主權嗎？」

「我們必須向台獨分裂勢力和美國反華勢力展現中國軍隊捍衛國家主權和領土完整的堅強決心、堅定意志、強大實力！」

「為了因應這次的突變，我要求軍隊即刻完成必要部署，作好應急作戰準備，充分掌握這次台海變局的戰場主動權！」大大環顧全場，語氣堅定的下達命令……

廿六

　　總統府會議室裡，阿瑩總統眉頭緊皺，正在聽取老裘部長報告美軍核潛艦康乃迪克號進入高雄港、以及解放軍昆明艦遭國軍擊傷的衝突經過。這是層峰親自主持的緊急國安會議，除了國防部長、外交部長、陸委會主委、國安局長外，行政院長也率相關部會首長與會。

　　「目前美潛艦康乃迪克號停泊在高雄港 66 號碼頭，該碼頭周邊港區已封鎖，由左營軍區陸戰隊負責衛戍安全」「艇員由左營軍區派員依入境檢疫規定完成相關檢疫工作」「受傷艇員已安排至左營醫院救治照護」老裘部長唸著幕僚準備的書面報告，「AIT 也已派員至醫院探視傷員，也安排美方維修人員盡速來台搶修潛艦損壞部分」

　　「目前依照美方的說法，會盡快從關島派潛艦修理艦過來」「先對康乃迪克號進行損害管制處理，再做初級維修」

　　「美軍有全部離開潛艦嗎？」老古秘書長在老裘部長報告完畢後提問。

　　「美潛艦人員除送出傷員由我方轉送左營醫院外，其餘人員堅持留守崗位婉拒離艦」

　　「所以我們的人無法進入這艘潛艦？」

　　「依據國際法，軍艦屬於國家主權的延伸，其他國家的人未獲同意是不能登艦的」老裘解釋著。「再說康乃迪克號是核動力攻擊潛艦，並不符國軍作戰需求，進去看了也沒用」

　　「對岸目前有沒有什麼動作？」阿瑩總統抬起頭看著老裘部長。

「目前共軍作戰艦有三艘逗留在高雄外海 12 浬外緣，另外共軍東部戰區所屬東海艦隊、南部戰區所屬南海艦隊，都有作戰艦離港集結，分別聚集在台灣海峽北端、中段及南端海域，另有 1 艘作戰艦在蘇澳外海 13 浬處、1 艘在台東外海 20 浬處」「東部、南部戰區集團軍出現部分輜重向火車站移動跡象，可能會以鐵路運送到沿海集結點」老裘部長以眼神授意總長向總統報告。

「空域的部分，自從康乃迪克號進入高雄港後，共機已多批次逼進我北部、西部、南部領空」「目前共機最接近的距離是距離領空 5 浬」「火箭軍部分，東部戰區短中程導彈發射車已經展開機動進入發射陣地」總長繼續報告當前敵情。

「那國軍目前的戰備到哪裡？」老古秘書長再提出問題。

「國軍已提升戰備至應急戰備層級，所有部隊已處於戰鬥待命階段，官兵緊急召回，24 小時內完成全員全裝待命接戰」「全動署已經備妥後備動員計畫，待總統下令實施固安作戰計畫後即可發布動員令」老裘部長語氣透露出軍人的沉穩。

「報告總統，我駐美代表處急電，美方強烈要求我方務必要確保康乃迪克號的安全，若讓共軍奪取該艦，後果將極其嚴重」外交部長說明美方的態度。

「美軍華盛頓號航母目前正在西太平洋，會在這一兩天內進入台灣東方 1000 公里的西太平洋海域」「卡爾文森號也已經北上到南海北部海域」「雷根號也已經離開美國西岸趕過來，另外還有兩棲攻擊艦美利堅號已經離開橫須賀」「等美軍三個航母打擊群跟一個兩棲作戰群都到位後，共軍就更不敢輕舉妄動了」負責與美方溝通的國安會副秘書長此時向與會者說明美軍的動向。

「剛才部長說共機有飛到距離領空 5 浬，我們空軍怎麼處置？」律師性格的秘書長繼續追問。

「目前國軍維持廣播驅離、在空機監視、防空雷達追監來應

處」「我們也加強了在空機部署跟防空飛彈提升至接戰準備」

「這樣夠嗎？對岸的戰機都快飛到我們領空了，我們只是用這些不痛不癢的來對付，有沒有積極作為？」

「秘書長，維持既有的做法是為了避免防空飛彈射控雷達一旦開啟，相關電磁參數就會遭到共軍截取，等到開打的時候他們就可以用電子反制的手段癱瘓我們的雷達」老裘語氣平靜地解釋，「共機只要沒有進入到我們的領空，根據國際法我們不能採取任何妨礙共機飛行的行動」

「那這樣我們還整天廣播驅離幹嘛？」「我們應該要有積極作為把在領海領空外面的共軍機艦趕走，不能讓他們整天在台灣領空外面飛來飛去啊！」老古對部長的回答並不滿意。

「秘書長說的沒錯，現在老共飛機跟船都已經進到我們領海外面了，我們應該要有所作為」「而且有美軍在，老共說穿了也不敢做什麼」副秘附和著，「我們應該要利用這個機會主動出擊把老共的飛機跟船趕走，再把這兩年被老共霸占的 ADIZ 西南空域搶回來……」

副秘對於台灣西南空域被對岸搶走變成共機的訓練空域，一直耿耿於懷。前幾年共機第一次大規模侵入台灣防空識別區西南空域跟越過海峽中線時，整個國防部都在等待國安會的戰略指導，但是當時國安高層很擔心這是對岸要用武力解決台灣問題的開端，如果國軍採取具體反制行動可能就會正中北京下懷引爆兩岸全面軍事衝突。因此最後在國安會指導下，國防部用召開國際記者會的方式譴責對岸的鴨霸入侵。結果開完記者會後，共機照樣飛進來，完全不理會國防部的譴責。爾後共機不但侵擾台灣西南空域的頻率愈來愈高，而且飛進來的距離愈來愈接近台灣領空……

那次共機侵門踏戶的舉動惹得阿瑩總統很不高興，府秘書長為了這件事特別找興台寫一份研析報告。結果興台的報告開頭就指出

那次共機大規模侵擾台灣西南空域，最接近台灣時距離為 90 浬，其實是要試探台灣是否有決心捍衛長期以來宣稱的防空識別區，並不是真的要對台動武。當時國軍應該要將海空兵力前推部署到和共機共艦面對面短兵相接，明確表達不允許共軍再越雷池一步的態度。而共軍在未獲上級授權下，絕對不敢開火衝突，會自己找下台階退回去。

興台敢如此判斷是因為他深知當時北京的對台政策是堅持和平統一，軍事手段是為了遏制台獨，衝突是被動反應而非主動發起。雖然網路上盛傳大大準備要用武力解決台灣問題完成統一大業，但是從汪毅夫接任全國台灣研究會會長後公開講話「不得妄議中央對台政策」，以及主張解放軍實力尚不足以應對美軍干涉的張又俠擔任中央軍委副主席這兩件人事安排，就知道大大是以和平統一為主，武力是用來遏制台獨分裂而不是實現統一的主要手段。

因此興台在他的報告結論裡強調，對岸在仍然堅持兩岸和平統一的前提下，共機共艦大批侵擾台灣周邊海空域目的是在運用當年毛澤東「零敲牛皮糖」的手段，測試台灣軍方有無捍衛周邊海空域的決心。如果當時國軍應對手段是派出戰機前推到與共機直接遭遇而不退卻，軍艦前推阻擋共艦繼續接近台灣海域，海空兵力同時展現不惜一戰的決心，那麼共機共艦在並無獲得上級授權開火的限制下，不致於敢製造衝突，反而會避免跟國軍交火。爾後對於是否要派機艦更深入侵擾台灣周邊海空域，就會更加保守慎重。

興台當面把研析報告交給府秘書長時，也跟府秘直白的說，國軍海空兵力在國安高層畏懼爆發軍事衝突的擔憂下，沒有迅速前推以實際的行動遏阻共機共艦進一步接近並展現不惜一戰的決心，反而是召開對解放軍來說不痛不癢完全無感的記者會。原本解放軍對於國軍作戰決心和能力還顧忌三分，這次卻見到國防部僅敢動口不敢動手，必然認定國軍其實是畏戰，爾後對待國軍的態度自然更加

輕蔑不放在眼裡了⋯⋯

「以後共機共艦會更加囂張毫不避諱地侵門踏戶逐步蠶食台灣防衛作戰所必要的周邊海空域，直到台灣領海領空邊緣為止」「國安高層的決策造成已經失去的海空域再也拿不回來了！」興台最後憂心忡忡的對府秘書長說。

「那如果現在我們派海空軍出去把西南空域搶回來呢？」府秘書長當時問興台。

「現在西南空域已經變成共機的訓練空域，這已是既成事實」「如果我們派戰機去規復，就變成我們意圖改變現狀了」「共軍就會大肆宣傳是我們挑釁他們，他們就有動手的正當性了」「這樣反而對我們不利」興台不加思索地回答⋯⋯

「大家認為接下來對岸會有什麼行動？」阿瑩總統打斷副秘書長的話，拋出了問題。

「報告總統，依照共軍目前的動員和部署情況，可能會針對高雄港及附近海空域先進行局部封鎖，目的是不讓美軍的船艦再進港把康乃迪克號拖離」老裴部長看著手上的資料回答。

「封鎖高雄港？那包括左營嗎？」總統皺著眉頭追問。

「依目前共艦部署位置研判，應該會包含左營基地在內」部長不加思索地回答。

「那國軍打算怎麼應處？」老古此時打破沉默。

「目前國軍依戰備規定完成戰鬥待命，一旦共軍蠢動會立即接戰」「但目前還看不出共軍有升高擴大衝突風險的意圖」

「我的看法跟部長一致，依照共軍目前並沒有全面動員的情況來看，對岸應該不致於想要在這時候挑起兩岸之間的軍事衝突」副秘書此時又開口。「畢竟美國的核子潛艇在高雄，老美的航母也快到了，老共真的敢動嗎？」

「如果老共沒有要動手的意圖，我們就可以大膽採取攻勢作為，一方面把現在圍在領海外面的共艦趕走，另一方面空軍戰機出去把 ADIZ 西南空域搶回來」副秘胸有成竹地說著。

「如果國軍海空兵力前推出領海領空，就有可能跟守在外面的共機共艦爆發衝突」老裴部長回應副秘所提的建議，「對國軍來說我們不怕衝突，但是一旦衝突不論軍民都可能會有損傷，政府其他部門必須要做好準備，也要讓民眾理解」

「院長你的看法呢？」阿瑩總統看著一直保持沉默的行政院長。

「今天上午所有的媒體都大幅報導兩岸開戰的新聞，市面上已經出現民眾搶購囤積物資的情況，加油站跟充電樁車輛已都大排長龍，很多賣場衛生紙、食用油、米麵跟罐頭食品等都已經被搶光」「銀行有出現擠兌的人潮，股市匯市中午前因下跌幅度過大，為避免影響金融穩定已經緊急宣布暫停交易」行政院長唸著經濟部長跟財政部長遞給他的資料。「行政院在中午的時候也已經召開記者會宣布嚴禁廠商囤積商品跟哄抬物價，一旦查獲絕對嚴懲」

「治安情況呢？」

「目前已經要求全國警察機關派出警力駐巡街頭維持治安」「到目前為止只有零星的搶劫店面以及加油站排隊車輛駕駛鬥毆的情形，街頭上大部分商店都拉下鐵門停止營業，道路交通擁擠混亂，但整體社會秩序尚屬穩定」內政部長在院長授意下向總統報告。

「如果老共沒有要動手的意圖，那我們就要避免給對岸製造衝突的藉口，我們不要自亂陣腳」此時一直保持沉默的府秘書長想到興台的分析，開口提醒大家。

「如果擔心爆發衝突被老共衝進來，我們可以派新成軍的布雷艇在高雄港跟左營外面布雷阻止共艦」副秘書長在府秘一說完後，立刻迫不及待提出他想到的點子。用布雷艇布雷是因為阿瑩總統就

任後推動國艦國造政策，副秘就一直積極協調軍方和相關軍火產業，讓海軍編列將近 10 億元預算建造 4 艘快速布雷艇，成軍時還特別安排總統親自出席成軍典禮。此時如果能讓布雷艇露臉，對他在層峰面前的政治地位有絕對的加分……

「這時候布雷雖然會阻擋共艦進來，但是也同時會把我們自己困住出不去」老裘部長並不認同地說著。

「尤其高雄港的吞吐量是台灣最大的，如果在港外布雷，等於我們自己把台灣的生命線封起來」「對岸看到我們自己布雷，他們就不用派更多作戰艦來封鎖高雄了」「我們自己就把自己封鎖起來」

「現在共艦只在高雄外面，而且沒有進領海，表示對岸目前仍沒有想要全面進犯的意圖」「還不到需要布雷的階段」部長三言兩語就結束了布雷的話題。

「我覺得國軍需要採取一些積極的行動」「不是只守在領海領空裡面而已」副秘書長很堅持自己的主張，「如果怕引起衝突就只是採取守勢而無攻勢作為，會不會反而讓對岸更加肆無忌憚？」「何況美軍也會來幫我們」

「眼前馬上會面臨的是東南沙運補任務要不要依原計畫執行？」此時老裘部長忽然提到外離島的運補任務。

「還是正常啊！對岸沒有要衝突的打算，就應該不會阻擋我們的運補任務」「美國現在也有航母在南海，老共絕對不敢動手」副秘很篤定的說。

「那就這樣吧，國軍作好戰鬥準備，隨時反制共軍發動侵台行動；固安作戰計畫在共軍展開犯台行動時立即實施，在這之前國防部要盡快完成後備部隊動員」「必要時海空軍主動出擊驅離在領海領空周邊的共機共艦，規復遭共軍盤據的西南空域，讓這片空域重新由國軍掌控」總統隨即作出決策。

　　阿瑩總統頗為信任她的國安團隊，尤其是從她在野時就在她辦公室裡一路跟著她在總統之路上奮戰至今的夥伴所宣稱的專業深信不疑……

廿七

　　秀予跟隨營長搭乘悍馬車沿著台 26 線往南疾駛。這條屏鵝公路沿線海天一色的風光，是前往墾丁旅遊的必經之路，也曾經上過歐美專門介紹世界級旅遊景點的雜誌封面。只是現在公路右側的台灣海峽上空烏雲密布，海面失去原有的碧藍，只有令人望之沉重的灰黑一片。

　　一路上營長臉色凝重，不斷用手機跟幾個連長聯繫，提醒他們要盡快把部隊機動到上級指定陣地完成戰鬥部署，輜重裝備跟口糧的部分，營部會請旅部協調戰區支援盡快送去……

　　就在中午前，步三營突然接獲旅部緊急命令，要求全營立即停止一切演訓活動，就地轉換為真實作戰盡快機動進入指定陣地。整個營三個戰鬥連、一個火力連跟營部戰鬥支援連，要負責楓港溪以南到鵝鑾鼻的整個海岸線，而且必須在 4 個小時內進入陣地就位。

　　「便當？你他媽的共匪都快打過來了你只想到吃飯？先給我全部就定位再說！」營長忽然動了火氣對著手機破口大罵。

　　秀予在旁邊聽見營長罵人只能心裡乾著急。機步三營一早就在保力山訓場跟空軍、陸航進行聯合火力打擊訓練，正當各連用 155 榴砲、120 迫砲交叉射擊掩護推進到戰術位置時，統裁部忽然命令立即停止演訓，部隊轉為實戰必須在 1600 前緊急機動到指定陣地作好接戰準備。當下山訓場上跟著雲豹甲車和機砲車的官兵還丈二金剛摸不著頭腦一頭霧水時，只聽見營長拿起無線電大吼「各連連長你們耳朵聾啦？這是真實作戰！！還不趕快帶部隊離開到剛才命令各連的指定陣地！」「1600 誰沒就位我就辦你軍法！」這時才

見到整個山訓場幾十輛甲車發出轟隆隆的引擎聲從山訓場疾馳而出奔向不同方向。但是所有戰鬥需要的彈藥、輜重、以及官兵戰備口糧、飲用水付之闕如。各連趕在 1600 進入陣地作好戰鬥準備後已是傍晚，這才發現大家連中飯都還沒吃。

在營長用無線電叫副營長跟旅部聯絡，請旅部跟戰區協調先緊急供應他的營戰鬥必須的彈藥輜重時，秀予也忙著用手機跟旅部聯繫，要求旅部能夠緊急提供官兵急需的戰鬥口糧跟瓶裝水，因為部隊一旦進入指定陣地就等於是獨立作戰，伙房不可能每餐把熱食送到各個陣地，一定要在交戰前先把足夠的口糧和水送到官兵手中，這樣真的打起來至少第一線的部隊不會餓肚子。

「現在我的部隊甲車油箱都快乾了，油車必須要趕快來！不然接戰的時候車子就動不了了！」營長對著無線電愈說愈大聲。

「現在只剩一輛油車？其他的都待料待修？」「幹！這樣要等多久我的車才能全部加到油！」營長忍不住破口大罵！「我的彈藥也只帶訓練數量好嗎！早上各連已經射擊過一波，剩下沒幾發了！」

從沒看過營長這麼發飆的秀予，心裡很清楚營長的焦急，因為她也才接到旅部通知，口糧最快要明天早上才能送到營部，「再發到陣地裡都要到中午了」「這樣官兵整整一天沒吃飯」秀予心裡跟營長一樣急，但她沒跟營長說，不想再給他添壓力，只能一直想辦法找在八軍團的同學看能不能就近先幫忙。但是大多數的同學電話都沒接，秀予知道他們這時候一定也忙著動員各種作戰任務。幾位接了電話的同學聽到秀予的請求時，回覆的都很直接，現在各部隊全部動起來，所有武器、裝備、口糧、車輛全部管制，一切補保沒有上級許可誰也不准動，他們想幫忙也幫不了，更何況有些部隊自己根本都還缺的嚴重也在想辦法到處湊……

原本規定的三級後勤補保機制，忽然間因為進入戰時狀態，各

級主管單位變得更保守謹慎不敢隨便發放，反而統統不能運作了。補保單位深怕儲備的作戰物資發完後，萬一戰事延宕無法持續供應部隊戰鬥所需物資，就可能得背負影響戰局成敗的責任。

國軍作戰所需的彈藥、油料、口糧、瓶裝水都存放在彈庫、油庫、倉庫裡，依戰時補給規定，作戰部隊可就近向所處作戰區相關部門提出需求，由作戰區負責運送物資給正在從事戰鬥的部隊。但是現在面對真實的作戰動員，卻發現在沒有啟動固安作戰計畫全民動員徵用民間車輛之下，作戰區本身根本沒有足夠的彈車、油車、卡車能夠將彈藥、油料、口糧和瓶裝水及時送到前線官兵手中……

「演習的時候不是都驗證過沒問題嗎？怎麼會一遇到真實作戰就統統出問題！」秀予其實心裡很清楚平常演習時大家都是照劇本演，物資裝備數量都是寫在書面文件上，實際上卻是缺得一塌糊塗，都是參演部隊不同單位間互相借用應急才湊齊的。這種情況上級單位也很清楚，但是沒有長官願意真正面對和解決這個部隊沉疴已久的問題……

「秀予，我跟妳說，我阿姨現在恆春街上開便當店，我給妳她的手機，妳直接跟她聯絡看看能不能幫忙先應急？」秀予原本不抱希望地播了在八軍團政綜科的同學育瑄的電話，沒想到育瑄真的把阿姨的手機號碼給了秀予。

秀予二話不說立刻撥了過去，電話一接通秀予急切地說著，拜託阿姨能幫忙。原本擔心阿姨聽到馬上要打仗而且要幾百人的便當，最遠還要送到楓港溪之後，就會拒絕。沒想到她聽完後豪爽地一口答應，跟秀予說「沒問題啦！這些阿兵哥都是為了保衛台灣來打仗，我現在就做，你們部隊來拿」說完把店的地址給了秀予就掛斷了。

秀予放下手機後才發覺自己的眼眶溼了，她被這位素昧平生的阿姨所感動，阿姨連價錢都沒提就直接要她趕快去拿便當給阿兵哥

吃。秀予深呼吸一口氣平靜了情緒，轉過頭來對營長說「口糧明天才會到，我們現在先去恆春拿便當給弟兄們吃……」

「秀予妳知道嗎，如果解放軍現在打過來，我們整個營會完蛋！」「上級只叫我們緊急進入陣地準備接戰，卻沒有給我們作戰需要的資源！」「我的營忽然就要負責整條屏鵝公路將近 50 公里的防禦，只有我一個營！」營長放下沿路一直拿著的手機，扭過頭來氣憤的說。

「旅部叫我先跟聯訓基地要補給，媽的他們不知道聯訓基地是陸戰隊嗎？」「陸戰隊的東西跟我們一樣嗎？」

「1600 前完成接戰準備，可能嗎？」「我的營不用帶彈藥？不用帶油料？不用帶口糧？」「只因為我們正好下聯勇在這裡，只因為正好是為了打聯勇把裝備搞到妥善率最高的單位？」「就叫我們現地接戰？上面都忘了什麼叫做戰鬥攜行量！」

「平戰轉換對高司單位長官來說只是一紙公文一個命令」「對基層部隊來說有多複雜，上面長官知道嗎？」

「整個營擺在屏鵝公路上看起來雄壯威武，其實整個都是空的！」「槍管砲管裡面是空的沒有彈，甲車油箱裡面是空的沒有油，弟兄們肚子裡面是空的都在餓肚子沒吃飯！」營長掩不住心裡的氣憤。

「旅部那邊應該會盡快把這些後勤補給送過來，學長你不要太擔心」秀予試著安慰營長。

「旅部？旅部已經自顧不暇了根本不會顧到我們」「現在全陸軍都在緊急動員進入戰術位置，所有人員、裝備、車輛全部管制！」

「以前搞戰備下基地打聯勇打漢光都是一個營去，其他營就總動員支援它缺的東西」「槍、砲、車都一樣」「不然妳以為我們現在坐的悍馬車能動嗎？」營長瞪著秀予，「有時候還要支援人咧！」

「一輛悍馬車要 2 顆電瓶，電瓶有壽期時間到了就自動掛掉」

「我們也都依程序定期申請，可是很奇怪電瓶就是撥不下來！」「營裡的車永遠都在待料中！」

「這次下來打聯勇，我跟一營營長借了 10 顆電瓶，跟二營借了 2 輛悍馬車，因為我們自己的有兩輛根本動都不能動」「只能發動引擎應付上級檢查而已，根本沒辦法上路」「還跟一營二營各借了一些甲車零件」

「現在突然緊急動員作戰，一營二營就慘了！他們會有好幾輛車動不了，一定會被旅部處分，說不定監察官還會法辦他們，說他們盜賣軍品把電瓶零件拆下來拿出去賣……」說到這兒營長臉色暗沉下來。

「坦白說這都是我害他們的」「可是換作是他們下基地，我一樣會支援啊！」「誰知道兩岸這時候會打起來！」

秀予默默聽著營長發牢騷，其實她很了解營長所說的情況。國軍尤其陸軍長期無戰，原本以支援部隊作戰為最優先考量的後勤補保在長期無戰的情況下，逐漸演變成以行政程序當作唯一考量。為了管理上的方便跟責任釐清，申請後勤補保的行政程序變得愈來愈冗長繁瑣，基層部隊武器裝備缺料待料的情形也就愈來愈嚴重。每當遇到高裝檢或是下基地，中籤的部隊就四處商量透過學長學弟之間人脈借用其他單位的裝備。在平時這樣的模式還可以維持，有演訓任務時就用這種乾坤大挪移的手法來應付任務需求。但是當全軍總動員時，所有部隊同時都要完成作戰準備，這種挖東牆補西牆的做法就行不通了。因為每支部隊都要以自己的作戰任務為主，根本沒有多餘的力氣去支援其他部隊……

「營長你也不要太自責，這時候別說彈藥了，連戰鬥口糧都調不到」秀予安慰著營長，「你知道為何部長突然要下令緊急備戰嗎？」秀予今天忙到還沒時間打探部長命令三軍立即完成戰鬥準備的原因。

「我聽在國防部裡的同學說，今天上午部長下令全軍緊急備戰是因為有一艘美軍的核子潛艦進入我們領海，老共的船跟在後面還攻擊我們海軍，結果被雄風飛彈擊中，飛彈就是從這裡屏鵝公路打出去的」營長說到這裡忽然轉過頭伸手指向窗外。

「兩岸就這樣打起來了！」「說起來也很奇怪，以前都說如果台海爆發軍事衝突，美國會為了幫助台灣而軍事介入和老共打起來」「結果現在卻是台灣為了保護美國的核潛艦和老共打起來！」

「以前大家都是在討論美國人要不要為了保護台灣犧牲他們的子弟兵，現在我們是不是應該討論要不要為了保護美國核潛艦犧牲我們的子弟兵了吧？」「台灣終於可以在美國人面前揚眉吐氣，以後就可以跟美國平起平坐了」營長此時表情透露出自嘲式的無奈……

悍馬車開著忽然右轉拐進了往墾丁白沙灣的小路，直到萬應公廟前才停住。三連的雲豹甲車就停在路邊，連長、輔導長、還有幾個士兵全副武裝地站立在車身旁，旅政戰主任伴隨著軍聞社採訪小組攝影機正在對三連官兵進行採訪。

「主任這是在幹什麼？」營長看見旅主任和攝影機，不待悍馬車完全停住就一把開了車門衝過去，秀予只好小跑步跟上前去。

「我帶軍聞社來進行戰地採訪，連夜完成剪輯明天一早就可以發送給所有媒體了」旅主任愉悅的說，「還能夠製作一輯莒光日下週就播放給全軍收看」

「連長你的陣地是在這裡嗎？」秀予感覺營長有點按捺不住火氣了。

「報告營長，不是，是旅主任要我們開出來到這裡受訪」連長老實回答。

「主任，我的部隊忙了一整天才機動到陣地，到現在連中飯都還沒吃，甲車油料也快用完，你卻把他們叫到這裡來……」營長果

然開始發飆了。

「營長，我帶軍聞社來採訪是為了要讓全國民眾都了解國軍保家衛國的辛苦跟奮戰的決心」「這是在鼓舞軍心團結士氣」「也是在執行戰時認知作戰的任務」政戰主任打斷了營長的話。

「主任，你要鼓舞軍心團結士氣就應該帶口糧來，而不是帶攝影機！」「我知道秀予跟旅部聯絡了一下午要你們趕快動員送戰鬥口糧下來，我的營已經一整天沒吃飯了！」「主任你說你們都在忙，戰鬥口糧要明天才能送到」「結果你帶軍聞社可以這麼快就趕過來採訪」「那為什麼你下來的時候不順便帶幾箱口糧來給我的弟兄！」營長愈說愈大聲，秀予趕忙站上前去擋在主任跟營長中間⋯⋯

「戰鬥口糧撥補有一定的程序，我已經盡快在處理了」旅主任板著臉說。

「打仗還要講程序？那餓肚子沒力氣打仗陣亡要不要先報告照程序走完才能死！？」營長的情緒已經完全失控了！

秀予趕忙拉著營長回到悍馬車上，叫駕駛兵陪著他。她回到雲豹甲車旁跟旅主任說「報告主任，政戰幹部的職責是要照顧好單位的每一位官兵，讓他們無後顧之憂作戰」「我身為營輔導長必須要向您提出緊急戰需，請旅部排除萬難盡快在拂曉前將戰鬥口糧跟瓶裝水送到，讓堅守戰鬥第一線的官兵能夠填飽肚子」

「另外⋯⋯」秀予在轉身回到悍馬車前，再向旅主任補充報告，「戰地採訪當然可以鼓舞軍心團結士氣，但是絕對不得影響到部隊的作戰部署跟戰鬥準備」「連長，請你帶著你的弟兄立刻返回指定陣地，無營長命令不得離開陣地，否則依作戰期間擅離職守論處！」

廿八

　　興台走進美僑商會穿過狹窄走廊進到最裡頭的餐廳，這座餐廳傍著游泳池的一側是大片的落地窗，夏天時可以悠閒地坐在餐廳內啜著咖啡欣賞池畔穿著比基尼的金髮碧眼女郎，想像是在充滿異國情調的夏威夷 WAIKIKI 海灘旁的希爾頓飯店渡假。但在冬季的台北，泳池空無一人，久未打掃的池畔散落著枯黃的樹葉，一片蕭瑟景象……

　　興台要見的人已經坐在餐廳最角落的桌子旁，興台招了招手便走了過去。

　　「好久不見，馮教授」金髮微凸有著藍色眼珠的朋友打著招呼。

　　「好久不見，Karl」見到久未見面的老友，興台感覺親切。

　　Karl 是興台多年老友，早在十幾年前兩人便在國防部舉辦的解放軍研討會議上認識，當時興台針對美方人員提出解放軍在南海地區可能會採取軍事手段進行擴張的主張，提出不同的觀點。興台在會中強調中國人不會用硬碰硬的方式來面對強敵，而是會採取漸進的間接的手段，讓對手找不到理由跟方法反制，來逐步實現在南海的擴張，就像毛澤東當年說的「零敲牛皮糖」。當時參加會議的美軍跟智庫人員都笑說現在已經是 21 世紀了，興台不要再拿老掉牙毛澤東的古董來賣弄，只有 Karl 在會後走來跟興台說他講的東西很有意思，以後會再來請教他。

　　隔了幾年美軍調查船「無暇號」（Impeccable）在南海進行水文研究任務時，遭到大批中國漁船包圍干擾，還破壞了無暇號船尾施放的拖弋聲納。事情發生後沒多久，Karl 就來拜訪興台，一見面

就對興台說「你說對了，解放軍讓我們不知道該如何對付他們」

隨後興台就接到美軍太平洋司令部的邀請到夏威夷跟美軍分析解放軍的思維模式跟接下來可能做的事，興台接到邀請函當下就知道是 Karl 的推薦。興台在太平洋司令部足足對美軍中高階幹部講了一個星期的課，讓美軍負責東亞地區作戰行動的軍官們對解放軍的思維跟行為有了跟以前不同的認識。有一次講座時，坐在台下一位勃克級驅逐艦艦長問興台「如果一夜醒來發現我的船被中國漁船包圍了，what can I do？」，興台直接告訴他「You can do nothing!」「你要做的應該是晚上睜大眼睛不要讓自己的船被中國漁船包圍！」

後來 Karl 調回美國消失了好幾年，現在又回到台北，兩人闊別多年後再度見面。

「這些年你都跑去哪裡了？」興台好奇的問。

「都有啊，可以說中國話的地方我大概都去待了」Karl 的回答聽得出有所保留。

興台也沒多問，他知道跟美國人打交道的方式，就算是再熟的朋友，也不會多問工作上的事。

「你今天找我，不會只是單純老朋友見面吧？」興台開門見山地問。昨天突然接到 Karl 的電話，興台一開始還聽不出是他，後來 Karl 主動提說想今天見面聊。

「我找你一方面真的是想要見見老朋友，我太太珍妮還準備了一個小禮物要我請你轉交給夫人，謝謝當年我們離開台灣時你夫人送給她的絲巾」Karl 說的是真心話。

「另一方面呢？」興台心裡清楚老朋友急著見面一定還有其他目的。

「哈哈，教授你追根究底的態度真的一點都沒變」「另一方面是我想聽聽你對 IDF 墜海事件的看法」Karl 果然說出他的來意。

「IDF？」「國防部不是有公佈調查報告嗎？」「飛機墜海不外乎天候、機械、人為因素造成，要等飛安調查報告出來才能確認哪一個才是造成事故的關鍵……」

「你覺得有沒有天候、機械、人為以外的因素造成 IDF 墜海？」Karl 忽然打斷興台的話。

「我不明白你的問題……」興台裝著疑惑。

「Come on! Professor，我們是老朋友了，你還裝不知道」「我知道你前些天去了一趟波蘭！」

「你怎麼知道我去波蘭？是我們駐波蘭代表處安排我去跟他們的國防大學交流」興台心裡頭吃了一驚，Karl 怎麼知道他去波蘭的事？

「我們在華沙的人說你去國防大學見了奧列克教授」Karl 盯著興台臉上表情的變化。

此時興台盡量掩飾著驚訝的神情，沒想到老美會盯他盯這麼緊，連他去找老教授都知道。其實興台心裡明白美方這些年來一直在注意他，多年前有一次跟 AIT 的朋友吃飯，閒聊間他聊到以前在美國國會山莊當實習生的經驗，突然旁邊一位剛從華盛頓調來台北的女生開口問「為何我研究你過去十年的檔案裡沒有這一段？」興台聽了之後心裡嚇一跳原來美方蒐集他的資料已經十年，但表面上仍不動聲色，開玩笑地回答這個女生「因為這已經是 20 年前的事了，妳不知道我已經老了？」……

「你們對於我去見奧列克教授有興趣？」興台想了解為何老美會在意他跟老教授見面。

「因為你是為了 IDF 的事去找他」Karl 意有所指地說。

「So what？」

「你知道奧列克教授的背景嗎？」Karl 看著興台。

興台聳聳肩沒有答話，讓 Karl 繼續說。

「他是搞潛艇的，你卻是為了 IDF 的事去找他」「你告訴我，這有不有趣？」Karl 面露詭異的笑容。

「好吧，你先告訴我你知道什麼」「如果你真的在狀況內，我就告訴你我知道的」興台知道台美之間有時就是靠著這樣的互動方式相互獲得對方掌握的資訊。

「奧列克教授在冷戰時期是幫蘇聯研究潛艇科技的專家，參加過基洛潛艇的研製工作」「後來由他領導主持一個計畫，研發下一代匿蹤柴電潛艇」聽了興台這麼說，Karl 也不再繞圈子了，以他跟興台的交情和互信，他知道興台說話算話。

「奧列克領導的團隊在 1990 年底確實如期達成任務，研發出最新的潛艇匿蹤技術，他寫的成果報告最後還送到俄共總書記戈巴契夫桌上」「但是在中央政治局同意要用這項新科技來建造下一代潛艇時，蘇聯就瓦解了」「沒有任何政府單位願意負責這個案子，於是他的團隊就地解散」「後來奧列克教授就回波蘭的國防大學教書，一直待在華沙」Karl 很清楚奧列克教授的經歷。

「那又如何？你為何對這位老教授有興趣？」

「這個問題應該是我問你吧」Karl 笑著反問，「因為他研發的潛艇匿蹤技術」「我們相信他掌握的技術應該是到目前為止最先進的，至今各國建造出來的潛艇仍然無法比擬」

「那你們應該直接去找奧列克教授，要他提供技術給你們啊」興台不解地問。

「奧列克教授對美國人沒有好感，他以前曾在蘇聯紅軍服役過」「我們的人有去找過他，希望他能夠把這項先進技術提供給我們」「結果他從抽屜裡拿出一把手槍，我們的人說他被史達林時代的 TT 手槍頂著腦袋趕出來！」Karl 無奈地說。

「哈哈！你們的人當時一定很緊張吧？」興台開玩笑地問。

「是很緊張，不過不是緊張奧列克教授會不會開槍」「是緊張

那把槍年代久遠，不知道會不會自己走火」Karl 也笑著說。

「你們怎麼知道奧列克教授成功研發出新的潛艇技術呢？」興台追問著。

「CIA 在冷戰以前就成立了好嗎！」「CIA 當時知道有這個計畫而且知道奧列克教授是主持人」「但是蘇聯在 CIA 的人還來不及滲透進去奧列克的團隊前就瓦解了」Karl 兩手一攤說著。

「後來我們知道他的一個助手去了中國，名義上是獲聘去上海的江南造船廠當顧問」「實際上我們知道他是被中國人找去幫他們造潛艇」Karl 聲調忽然壓低著說。

「但後續我們就沒掌握了」Karl 說到這兒就停了。

「為什麼？你們應該有本事掌握這樣的事吧？」

「因為 CIA 派去裡面的人全被中國人識破抓走啦！就這麼簡單」Karl 搖搖頭說著。

「我已經把我知道的全部告訴你了」「現在換你告訴我你知道的」Karl 看著興台。

興台知道美國人的作風是強調實際利益的交換，朋友也必須是建立在互利的基礎上。不喜歡這種作風的人批評美國人現實，興台卻覺得美國人是務實，只要在互利基礎上，美國人是可以信賴的，但是如果脫離這個基礎，再好的美國朋友也會棄你而去。美國幫助過很多國家也背棄很多國家，看不懂的指責美國背信忘義，看得懂的就明白這是因為美國再幫下去已不符自己的國家利益，就像是商業投資必須要有停損點一樣，不能一直虧損下去。

「其實你剛才已經把我知道的說完了」興台一時之間不知該如何起頭。

「你去找潛艇專家是為了 IDF 的事，這表示你們掌握了一些東西，這個東西跟潛艇有關」「你們的船發現了什麼？」Karl 眼神銳利地盯著興台說著。

「鄭和艦聲納聽到了一種水下異音，但非常微弱又幾乎聽不到」興台覺得無需再迴避。

「這跟 IDF 墜海有何關聯？」

「鄭和艦看到疑似由海面出現的飛彈跟 IDF 爆炸的火光」「但是海面上沒有船」興台把頭湊近 Karl 低聲說著。

「所以飛彈是由潛艇發射的？」Karl 開始仔細聽著。

「鄭和艦聲納有進行水下偵搜，但是沒有發現有潛艦的蹤跡」「剛才說的那個聲納發現的異音是在 IDF 墜海前 10 分鐘錄下的」

「所以你去波蘭找奧列克教授想了解這個異音是什麼？」Karl 追問著。

「沒錯，結果奧列克給我聽了他存的一段一模一樣的聲納錄音」「然後他激動的說想不到中國人真的造出來了！」興台回憶在奧列克教授研究室裡的情況。

「奧列克教授說當年他研發出利用水泵推進系統結合能夠吸收聲納音波的壓力殼，讓潛艦幾乎無聲無息不會被反潛聲納發現，在水中完全匿蹤」

「結果他的助理帶著這個技術去中國給了中國人……」

「你聽到的是不是這個聲音？」Karl 忽然拿出手機點開一段音頻播放出來。

音頻裡幾乎寂靜無聲，興台抬起頭疑惑地看著 Karl，Karl 微笑著又點了一次重新播放，同時把音量調到最大。

重播的音頻先是音量放到最大時喇叭的沙沙聲，然後忽然有非常微弱的流水聲短暫出現了幾秒便消失，隔了十餘秒後又出現相同的聲音……

「就是這個聲音！你們怎麼會有這個音頻？」興台驚訝的問。

「這是康乃迪克號的聲納錄到的，就在艦艇遭到撞擊之前」「我們一直想不透這是什麼聲音」「你去波蘭解開了這個謎！」

「現在幾乎可以確定的是，IDF 被擊落，康乃迪克號受撞擊，都跟這艘中國人的神祕潛艇有關」「要對付它就必須解鈴還需繫鈴人」Karl 表情突然變得嚴肅。

「你都會說中國的成語了，看樣子你過去幾年待的地方很有趣」「你們打算怎麼辦？」

「反擊！」「美國人尊敬正面對決的對手，痛恨背後偷襲的小人」「美國人對偷襲者絕對不會寬恕，會反擊到他趴在地上為止」「就像當初一定要日本無條件投降一樣！」Karl 口氣十分堅決。

興台很清楚美國人這種性格，任何人若是把美國人真的搞火了，他就會天涯海角追殺非置你於死地不可，就像是在西部荒野騎馬追緝匪徒的騎警一樣，賓拉登便是典型的例子。

「我們會再去找奧列克，只有他知道該如何抓到這艘潛艇」「中國人這筆帳早晚要算！」Karl 說的很明白。

「你現在算是 DIA 還是 CIA？」興台開玩笑地問，以前剛認識 Karl 時，他是美軍軍事情報局（DIA）派駐台北的分析員。

「哦，我現在是 AIT，American in Taiwan，在台灣的美國人」Karl 笑著說。

廿九

逸韋跟著熟識的同業擠在記者席上，這是八一大樓裡的國防部新聞發布室。雖然是例行性的新聞發布會，但原本預定上午9點才開始的記者會，在8點不到的時候，媒體就把這個小房間擠的水洩不通，攝影機三角架多到無法像以往般只在座位區後方排一列，而是從後方挨著牆向兩邊延伸成為馬蹄狀，一直排到前方講台的兩側。幾個肩膀上掛著士官軍階的人員揮著手要記者把攝影機的三角架向後移，不讓鏡頭離講台太近。

兩岸開打的消息昨天下午就已在北京媒體圈群組裡炸開了鍋！逸韋從傍晚起就有接不停的電話，也不停打電話給北京的同業打探進一步消息。其實大家知道的都差不多，一艘美國核潛艇康乃迪克號進了高雄，一艘解放軍的驅逐艦遭到台灣導彈擊中，傷亡情況不明。後續的發展大家不用查證都心裡有數，這下子台海熱鬧了……

美國五角大廈只在昨天半夜發了一個簡短的書面聲明，指出一艘美國海軍核潛艦於結束訓練任務返回母港途中，在巴士海峽因機械因素必須緊急靠泊，經向台灣申請並獲得許可後，由台灣海軍在該海域的船艦伴護下，安全進入高雄港泊靠。美方並感謝台灣方面對確保該艦官兵安全所提供之人道協助。這份聲明稿是在華盛頓白天上班時間以電子郵件回覆記者詢問的形式發出，刻意用人道理由淡化核潛艦進入台灣水域的敏感性。

台灣則是由國防部發言人在臉書上發布消息，跟美國的聲明口徑一致，說明台灣基於人道理由，協助美方潛艦緊急進港靠泊，並提供該艦官兵相關必要協助，此舉完全是基於人道考量及台美邦

誼，該艦亦無肇生核輻射安全疑慮，請外界勿作無謂揣測。

台美雙方發出的聲明內容大同小異，都強調美國核潛艦進入台灣是人道考量，沒有其他動機。但是兩份聲明都沒有提到台灣導彈擊中解放軍驅逐艦的事，而且台美雙方雖然口頭上對整個事件輕描淡寫，美軍陸戰隊駐沖繩普天間基地從昨天下午起就明顯忙碌起來，MV-22魚鷹式垂直起降運輸機不停地起降。緊挨著普天間的是嘉手納基地，這是美軍駐沖繩空中兵力的大本營，也是美軍應對台海軍事衝突的第一線。跟普天間一樣，嘉手納基地也忙碌異常，F-18跟P-8不斷地在跑道上起降……

逸韋從駐京的日本媒體朋友那邊得到消息，美軍已經緊急動員剛改編完成的陸戰隊濱海戰鬥團，以連為單位，用魚鷹機投送到沖繩以南的南西諸島，包括最南端就在花蓮外海一百公里處的與那國島。日本自衛隊的水陸機動團也已登上佐世保基地的美軍兩棲登陸艦，在昨天晚上離港前往南西諸島，更不要提美軍駐印太地區兵力從昨天下午開始就陸續出現向台灣方向移動的跡象了。

這也是為何北京的媒體圈昨晚鬧烘了一晚，今天一早全擠進八一大樓的新聞發布室，等著聽解放軍的說法。

9點正時分，講台邊的棕色木門被打開，著大校軍服的國防部發言人跟以往一樣拿著講稿步上講台，原本鬧烘烘的會場像是空氣瞬間凝結了般，頓時安靜下來。

這位幾乎跟在場每位記者都熟識的發言人站定之後，先是抬頭環顧全場，再將目光掃向講台面前第一排座位，確認新華社、央視、人民日報幾個重要官媒都在現場後，彷彿知道大家心裡想的是什麼，開門見山就說「有關昨日我軍一艘驅逐艦在台灣海峽東南側遭到台軍導彈蠻橫襲擊事件……」

只見現場所有記者動作一致刷地全部豎直了身子頭向前傾，深怕漏聽了發言人嘴裡說出的每一個字。坐在後頭的有人乾脆站起

來從座位間隙向前擠，急的最後一排攝影記者大聲叫著「坐下！坐下！別擋住鏡頭！」

記者的吵鬧聲打斷了發言人的講話，他抬起頭來等待現場恢復秩序後，才接著剛才的話說「有關昨天中午我軍一艘驅逐艦在台灣海峽東南側遭到台軍導彈惡意襲擊事件」「整起事件的起源是我軍昆明艦、柳州艦編隊在巴士海峽正常航行時，發現在附近海域的一艘美國核潛艇遭遇險情」

「我艦編隊在知悉美艇需要緊急協助後，在中美兩軍既有的交流基礎上，以及相關國際法規範，任何國家船隻在航行時，對於遭遇險情的船舶均負有提供緊急救援之義務」「我艦官兵於是毫不遲疑地對處於緊急情況的美國核潛艇伸出援手」發言人看著桌上的稿子一字一字地唸著。

「正當我艦編隊對美艇實施救援，並且要護衛美艇安全返回我方港口以提供必要援助時」「一艘台灣武裝船艦突然闖入我艦與美國潛艇編隊之間，並且要求美艇改變航向往台灣島駛去」發言人此時停了下來看著全場，感覺像是給記者們足夠的時間把他講的話一字不漏地記下來。

「我艦編隊基於對美艇提供救援的急迫性，透過緊急通信頻道呼叫台艦勿干擾我艦執行人道救援緊急任務」「我艦前後共呼叫11次，但台艦都置之不理！」

「台艦在干涉我艦對美艇執行緊急救援任務時，竟無端以艦炮射擊我艦編隊！我艦立即採取迴避，並且對台艦實施艦炮警告射擊，讓其在我軍優勢火力壓制下不敢繼續蠢動！」

「就在我艦優勢火力成功壓制台艦時，突然從台灣島方向飛來大量反艦導彈，對我艦編隊進行飽和式攻擊！」「我艦編隊指揮艦昆明艦見情況危急，為保護編隊柳州艦，指揮員不顧己身危急，立即下令將己艦防空火力集中攔截攻擊柳州艦的反艦導彈，成功攔截

了數枚導彈，確保了柳州艦的安全」

「但就在昆明艦奮不顧身保護柳州艦的同時，自己卻遭到台灣導彈的卑鄙襲擊，造成艦上官兵共 30 餘人傷亡！」

「中國人民解放軍對於美國核潛艇未經中國政府許可，不顧可能對中國台灣地區民眾帶來核輻射污染的危險，非法進入台灣水域，表示強烈反對！並且絕不坐視！」

「對於台灣當局挾美自重倚美謀獨，竟然惡意襲擊正在執行人道救援任務的昆明艦編隊，造成艦上官兵傷亡」「人民解放軍強烈憤慨！絕不姑息！」

「台獨頑劣分子明顯低估了人民解放軍捍衛國家主權和領土完整的堅強決心、堅定意志、和強大能力」「解放軍很快就會讓台獨頑劣分子為他們挾美自重倚美謀獨的行為，付出應有的代價！」發言人在說到最後幾句時，是抬起頭來對著全場媒體說，完全沒有看稿，顯然在主持這場新聞發布會之前，就已經把講稿的內容尤其是結論背的滾瓜爛熟。

發言人說完後示意在場媒體可以開始提問時，逸韋很清楚現在還不是他提問的時候。在北京，只要是官方的新聞發布會，前三個問題一定是保留給新華社、央視和人民日報，其他媒體尤其是境外媒體，就算動作再快卡位再前，都照樣還是新華社、央視和人民日報先提問。通常等到這三個直屬中宣部的官媒問完以後，新聞發布會基本上就結束了。有時候主持人會繼續開放兩三個問題給境外媒體，那就表示黨中央有意藉著這場新聞發布會對境外、尤其是特定國家傳遞特定的訊息……

其實新華社、央視和人民日報記者提的問題，也都是事先由中宣部給的，記者提問只是把上面交代的題目唸出來，發言人的回應也是按照上頭的指示回答，問答雙方都是按照中宣部編好的劇本演出而已。

「請問發言人，台灣以導彈襲擊昆明艦，有無事先警告？我海軍有無向台灣表明正在執行人道救援任務？」新華社總是發言人第一個點名發問的官媒。這位打扮入時的女記者其實是慢吞吞地舉起手來，但是發言人無視坐在後面的外媒記者手早已高高舉起，還是等待她舉手後就示意她發言。

「台灣本島武裝力量是突然對昆明艦編隊發動襲擊的，事先並無任何警告」「昆明艦曾經 11 次透過無線電呼叫，向台方表明我艦正在執行人道救援任務，請其不要干擾我艦行動」「但是台軍還是用艦炮和導彈襲擊昆明艦編隊，這種背棄民族親痛仇快的行為亟其卑劣！」

「美國人的核潛艇進入台灣港口，會有什麼樣的後果？」接著第二個被點名的官媒是央視，今天央視特別派了一個女主播親自來現場，感覺得出來待會兒在記者會結束後，這位面貌皎好但濃妝艷抹的女主播是要專訪國防部發言人，應該是要製作一個專題報導在央視四台聯播。這大概也是中宣部下的指導，要對國際社會傳遞中國對這次兩岸衝突的立場了。

「中國台灣地區是屬於無核地區，中國軍隊負有保障台灣地區民眾不受任何核威脅的責任」發言人像是背稿子般流利的說著。

「中國軍隊早就說過，絕不允許和絕不坐視任何一方在台灣地區發展核武器或者是部署核武器」「任何要改變台灣屬於無核地區地位的企圖，中國軍隊都會堅決遏制！」「任何要改變台灣屬於無核地區地位的行為，中國軍隊都會以具體行動加以粉碎！」發言人說著激動起來，同時伸出右手指向坐在央視主播旁邊的人民日報記者。

「這次台灣用導彈襲擊昆明艦造成 30 多名官兵死傷，解放軍要如何回應？」這位人民日報資深記者算是北京媒體圈裡的老大哥了，逸韋跟他聚了幾次，酒過三巡後，這位老大哥就會開始抱怨中

宣部那邊對他們管的太嚴了什麼的，也曾說過他最不喜歡參加官方的記者會，因為上頭都會先交代他要問的問題，他曾經故意把問題作了修改，結果現場發言人講的內容還是照著原先安排的題目，根本就沒有回答他現場提出的問題⋯⋯

逸韋一聽這位老大哥的提問，便知這肯定是中宣部交代問的，看來就算是資深記者也無法挑戰中宣部的權威了。

「⋯⋯軍隊的忍讓是有程度的，軍隊的耐性是有限度的，人民子弟兵是不會白白犧牲的！」「我們會向台獨分裂勢力展現人民解放軍捍衛國家主權和領土完整的堅強決心、堅定意志、強大實力！」聽到這兒，逸韋感覺兩岸之間這件事很難善了了⋯⋯

「台獨頑劣分子的末路就在眼前！」發言人講到最後一句時，抬起頭來兩眼炯炯有神充滿自信。

發言人在回答完人民日報記者提問後，不顧現場其他記者的提問要求，面無表情地轉身走下講台步出房間，這場記者會就這樣結束了，留下滿場錯愕的外媒記者。

逸韋很習慣這樣的模式了。「話講三分，讓子彈飛一會兒」，駐京多年，逸韋深知北京官衙門裡的講話方式，只說三分，放個風向球，看風往哪邊吹，再來決定接下來要怎麼說跟怎麼做。

逸韋剛步出記者室，手機微信提示音響了一聲，是台北總社傳來央視剛發布的一段視頻。逸韋點開視頻連結，臉上表情瞬間變得驚訝。手機視頻裡是墜海失蹤的 IDF 飛官馬國強，跟一群解放軍空軍圍著一個大圓桌吃飯的畫面，搭配央視主播旁白的聲音「台灣飛行員馬國強返回祖籍地北京市通州區與親人團聚，並且在北京王府井飯店與戰區空軍一齊舉杯高呼『我們都是中國軍人⋯⋯』」

三十

馬國強在北京跟解放軍一起吃飯的視頻同時在台北跟華盛頓炸開了鍋!五角大廈在央視發布這段視頻沒多久,就通知台灣暫停原本馬上要交付的 66 架 F-16V。美國雖然表面上說是依據不對稱作戰原則重新審視台灣購買 F-16V 的必要性,但是明眼人皆知這是老美擔心台灣軍方洩密,把 F-16V 上面的高科技洩漏給對岸,或者甚至像馬國強一樣,可能把 F-16V 直接飛到對岸去。另外美方雖然沒有公開說,但軍方已經私下接獲告知,原本美國同意提供國造潛艦的紅區裝備,也決定取消。這讓台灣執行已久的潛艦國造計畫立刻陷入停擺,已經接近完工的船體只能空蕩蕩地擺放在台船廠房內。

台北輿論一面倒地指責馬國強叛逃去大陸,網路上有網紅發起要立法委員立法禁止祖父母、父母親來自中國的年輕人報考軍校,現在服役的軍官如果籍貫是大陸的,必須立刻退伍,尤其是空軍飛行員,在退伍前必須立刻停飛。這個想法很快在網路上得到大批網友支持,電視評論節目名嘴們也開始附和這樣的說法,有的更加碼要求台灣必須仿效美國在二戰期間將日裔美國人關進集中營的做法,把屬於外省第二代、第三代的軍人全部關起來,以免他們繼續出賣台灣。更有身分不明的民眾逗留在大雅路旁的 CCK 職務官舍附近,趁著馬國強的妻子帶著小孩出門買菜時,對著她們母子丟雞蛋洩憤……

立法院裡更是砲聲隆隆,尤其是幾位曾經在委員會質詢時嗆過老裴部長強硬軍人脾氣的立委們,更是如同撿到槍一般,毫不留情

地用馬國強叛逃事件來修理老裘部長，更質疑部長自己就是外省人第二代，有更大的嫌疑出賣台灣！

平時在立法院面對立委跟媒體時總表現強悍的老裘部長，此時像是洩了氣的皮球似地，面對立委們的輪番砲轟，表現的垂頭喪氣。在 IDF 墜海失蹤之初，就有立委質疑有無可能是 IDF 飛官叛逃飛去中國，當時老裘部長還火氣很大地對著立委拍桌大聲反駁說這是污衊國軍，國軍不可能叛逃，還要求提出這種說法的立委道歉。現在，老裘面對立委的叫罵，也無話可說了⋯⋯

立法院外交國防委員會很快通過決議，要求國防部必須盡快提供一份屬於外省第二代跟第三代、以及母親是大陸籍配偶的軍官名單，符合這些條件的國軍空勤人員、飛彈部隊正副主官、海軍潛艦和水面艦軍官、陸軍各級部隊正副主官管，必須立刻停職，改派非戰鬥單位的非主官管職務。

老裘部長抵擋不住來自四面八方的政治壓力，對於立法院的決議，只能遵照辦理。各單位呈報上來的名單，幾乎占了全軍軍官人數將近半數。空軍各聯隊能夠執行任務的飛行員只剩一半，海軍水面艦跟潛艦軍官編現比降到 60% 以下，陸軍各級主官也有超過三分之一遭到停職。外界這才發現，國軍軍官竟然大部分都是外省第二代和第三代，愈高階的軍官外省人的比例愈高⋯⋯

一時之間，台灣社會出現了許久未見的省籍情結。網路上愈來愈多網紅跟網友直接把國軍和解放軍連結，作出馬國強和解放軍共同舉杯畫面的梗圖，嘲諷原來國軍就是中國軍在台灣最大的臥底；更有民眾直接在國防部大門口聚集抗議，要求中國軍滾回中國！中國軍部長下台！抗議民眾並在國防部大門旁的人行道上搭建帳棚，打算長期抗爭⋯⋯

鄭和沮喪地癱坐在艦長室辦公桌旁的椅子上，狹窄的艙間除了床鋪，就只有這把椅子能坐。剛才掛掉艦指部指揮官打來的電話，

指揮官在電話裡痛罵他將近 20 分鐘，掛上電話前跟鄭和說「要不是現在缺人嚴重，我就立刻辦你謊報敵情欺瞞上級！」

指揮官針對的是鄭和在 IDF 失蹤那晚所作的報告。在這份報告裡鄭和清楚描述他看到疑似飛彈的火光把 IDF 擊落，當他趕到現場搜救時，並未發現飛行員蹤跡。隔天鄭和跟隨指揮官進府跟層峰報告事件經過時，也是重複同樣的說詞。雖然當場老裘部長明顯不認同鄭和的報告內容，海軍司令在會後也把指揮官跟鄭和叫到辦公室痛罵一頓，但是在回左營的高鐵上，指揮官仍然安慰鄭和，說他相信鄭和說的話，因為鄭和是他帶過的老部屬，不會騙他⋯⋯

「我這麼相信你，結果你用自己編的故事來呼攏我！」「你說你親眼看到 IDF 被飛彈擊落，只找到降落傘沒找到人」「我們還依據你的報告去安慰飛官家屬」指揮官在電話裡愈說火氣愈大。

「結果呢，馬國強人好好的活生生在北京！」「這不是叛逃是什麼！」「你說 IDF 被飛彈擊落，馬國強是他媽的游泳游過去的嗎！」指揮官罵人的嗓門讓鄭和震耳欲聾。

「我告訴你，要不是立法院通過的什麼鳥決議，搞得我現在艦隊裡一半的人不能上船，我馬上拔掉你！」「算你運氣好，你是本省籍！」

「等我人手補齊了，你就給我立刻打報告退伍！」指揮官一直到掛上電話前氣都沒消。

鄭和坐在椅子上久久無法回過神來。他拚命回想那天晚上看到的景象，海面突然出現的神祕光影，像是飛彈尾焰一樣快速上升，在雲層裡來回晃動，最後像是爆炸般散成點點火光落入海面。鄭和想了又想，始終想不出 IDF 除了被飛彈擊落以外的其他理由⋯⋯

「除非⋯⋯」鄭和腦袋像是被東西敲了一下，突然清醒過來。他跳起身來步出艦長室轉身快步走上駕台。

鄭和沒進駕台，直接走入駕台後方的戰情室，找到戴著耳機的

聲納士民毅。民毅正專注聽著耳機，冷不防有人從後面突然拍了他一下肩膀，嚇了一跳回過頭來，見到鄭和，連忙摘下耳機站起身「艦長好！」

「船又沒出港，你在聽什麼」鄭和示意他坐下。

「報告艦長，我在練習聽水下聲頻」民毅在艦上士官裡資歷算淺，但是做事相當認真，擔任聲納士不到兩年，不管船有無出港，只要一有空他就會坐在位子上戴上耳機專注地聽著各種聲頻資料檔。

「你現在聽的是哪一個檔？」

「報告艦長，我正在聽 IDF 事件那天晚上的水下聲檔」民毅回答。

「嗯……」民毅的回答和鄭和預料的一樣。自從大陸那邊公布了馬國強在北京的消息後，鄭和艦全艦官兵私下都議論紛紛，大家共同的反應都是「怎麼可能！」

那晚鄭和艦是全艦動員在 IDF 墜海的海面上搜救飛行員的，水面上散落的殘骸、隨浪漂浮的降落傘，搜救官兵皆有目共睹，怎麼可能是馬國強開著 IDF 叛逃去大陸？如果是這樣，那海面上漂浮的殘骸跟降落傘又該怎麼解釋？

「有發現什麼嗎？」鄭和問著。

「報告艦長，那天晚上在 IDF 墜海前 15 分鐘，我聽見的水下不明音訊，有可能是潛艦發出的」民毅把心裡的想法說出來。

「潛艦？怎麼說？」

「艦長有沒看過《獵殺紅色十月》？」「史恩康納萊演的」民毅忽然提起電影。

「當然看過，以前這部片子很紅」鄭和有點訝異的看著民毅，獵殺紅色十月是三十幾年前的老片了，描述一艘蘇聯新型潛艦艦長叛逃的故事。這部片子上映時，蘇聯都還沒解體咧，史恩康納萊更

是好萊塢上一代的演員，現在也已經過世了。民毅這個年輕人竟然知道這部片子，實在不容易。

「你發現什麼？」鄭和單刀直入的問。

「報告艦長，在獵殺紅色十月這部片子裡面，前蘇聯用美國沒有的新科技製造出 Red October 這艘潛艦，在水下潛航時幾乎靜音，美國現有的聲納技術根本無法偵側到它」民毅興致勃勃地說起電影情節。

「因為它是用水泵推進的……」民毅說到這裡突然停頓下來，雙眼睜大看著鄭和。

「你是說那天晚上你聽見的水下不明音有可能是用水泵推進的潛艦？」鄭和追問。

「是的，艦長」「我為了搞清楚這個聲音是什麼，放假的時候還跑去找在台船的學長，他跟我說這個聲音很像是水泵噴射水流的聲音」「學長說水泵如果是在水裡頭運作，水碰水基本上不會有聲音」「除非是大股的噴射水流才可能會有這樣的聲響」民毅篤定的說。

「但是當時從你聽見這個聲音，到 IDF 爆炸墜海，前後大概十來分鐘」「你第一次聽見時，聲音在鄭和艦後方，第二次聽見的時候是在艦艏前方」「這表示這艘潛艦是從鄭和艦後方超越鄭和艦」鄭和若有所思自言自語著。

「IDF 墜海位置距離鄭和艦 10 浬」「如果是潛艦，那這艘潛艦的速度在 10 分鐘內就超前鄭和艦 10 浬」鄭和回憶著那晚的情景。

「當時鄭和艦航速 15 節，潛艦要在 10 分鐘超前 10 浬，速度至少要到 70 節以上」鄭和換算著。

「這怎麼可能」「就算再快也不可能在水下跑到 70 節」鄭和覺得一定有哪個地方弄錯了。

「如果這艘潛艦其實並不是從鄭和艦後方向前超越，而是從右

前方移動到左前方呢？」民毅嘗試著解答。

「鄭和艦裝的 AN/SQS-56 聲納有效偵測距離是 5 浬」「如果這艘潛艦在我第一次聽見時的位置其實是在鄭和艦右前方 5 浬，第二次是在左前方 5 浬」民毅解釋著。

「就表示它距離 IDF 墜海位置只有 7.5 浬」「鄭和艦距離 12.5 浬」民毅面露認真的神情。

「等到 10 分鐘後，潛艦跟鄭和艦的距離已經拉開到 10 浬」「換句話說，這艘潛艦的速度每 10 分鐘就比鄭和艦快 5 浬……」講到這裡，民毅抬起頭來直視鄭和。

「這艘潛艦的速度是每小時 45 節！」民毅作出了結論。

「45 節？現在世界上最快的海狼級也只有 35 節！」鄭和驚訝的說。

「那是用槳葉推進系統」「為了降低噪音值維持匿蹤，不能夠轉動得太快」「不然槳葉四周因為高速旋轉產生的真空氣泡，會出現明顯的噪音」民毅頗為專業的分析。

「那就會讓潛艦喪失匿蹤性，敵方的聲納就可以輕易的偵測到」「用水泵就沒有這個問題，水泵就像噴射引擎噴出氣流一樣在水裡噴出水流」「在水裡面水碰水是不會有聲音的」「潛艦用水泵推進就沒有因為推進系統的噪音值而必須限制速度的問題」民毅聚精會神地的說著。

「水泵推進的潛艦就可以提升水下航行的速度，達到一般槳葉推進無法達到的速度」民毅完整說出了他對 IDF 事件當天晚上水下不明音源的想法。

鄭和返回艦長室後坐在椅子上沉思著。剛才聲納士民毅的分析讓他對那天晚上 IDF 究竟遇上什麼麻煩，有了更清晰的輪廓。IDF 遇見了一艘老共用水泵推進的潛艦，幾乎完全匿蹤，速度可以快到 45 節，這艘潛艦從水下發射潛射防空飛彈擊落 IDF，並且在

鄭和艦尚未趕到現場的 20 分鐘內浮出水面救起落海的飛官後再下
潛……

　　「這樣子就說得通了！」鄭和豁然開朗般站起身來在狹窄的艦
長室裡興奮地舉起拳頭在空中揮舞著……

三十一

國強疲憊地靠著椅背，昨天傍晚他就被蒙著眼睛帶到一間沒有窗戶的房間，幾個看起來像是國安部的人接連審問他有關台灣飛彈部署跟佳山基地裡的情況。國強已經整整 24 小時沒闔眼也沒吃東西，中間只喝了幾口放在他面前桌上的水，審問他的人他全沒見過，這些天一直陪著他的老陳和老李此時也都不見蹤跡。

「馬國強，我先對你做一下思想工作」剛走進房間審問他的中年男子一進來就面無表情的對他說。

「台灣打了幾顆導彈襲擊我們的船，造成了官兵 30 幾人死傷」「我們知道你跟這件事無關，但這是台灣先動的手」男子坐下後點了一根煙。

「大陸方面對這件事肯定是要追究到底的」「我們的目的並不是針對台灣人民，而是針對發動這次襲擊的台獨頑劣分子」說到這兒男子目光炯炯地瞪著國強。

「如果你是真心希望台灣好，就坦白交代我們的問題」「這樣才能夠讓台灣免於遭受到大陸方面的軍事打擊」「台灣民眾不要為了台獨分子點燃的戰火而付出慘重代價」「包括你的家人」男子的雙眼依然瞪著國強。

「台灣的雄風導彈沒有衛星終端導引，是如何追蹤鎖定海上移動目標？」男子拋出了第一個問題。

國強努力克服心中對於接下來他可能會面臨何種狀況的恐懼，一言不發地維持著臉上的冷漠。

「馬國強，我想你完全不了解目前的情況」男子等了一分多

鐘，見國強毫無反應，又開口說。

「我們很清楚台灣的雄三導彈沒有你們說的那麼有本事」「雄三純粹就是速度快而已」「你們打雄三前會輸入目標座標，這是所有導彈都一樣」

「但是視距外導彈要的是精確，飛到預定座標後，還要再靠衛星作最後攻擊位置的導引」

「台灣沒有自己的衛星，沒法提供導彈最需要的末端導引」「你們的雄三超音速視距外，只是虛有其表而已」

「上回雄三誤射打到一艘漁船，就被你們宣傳的多了不起」「說什麼連這麼小的漁船都打的到，解放軍的遼寧艦絕對逃不了」男子語氣變得輕蔑。

「真是笑掉專家大牙」「大家心裡明白雄三就像近視眼一樣，飛到座標區以後就完全是看見哪兒有影子就往哪兒衝」「能不能打到目標完全是碰運氣」

「除非……」「是美國人的衛星提供雄三末端導引！」男子表情嚴肅地盯著國強。

國強其實並不清楚雄三飛彈的末端導引是依靠哪一種系統，畢竟雄三是反艦飛彈，IDF 根本就無法掛載。對飛行員來說，他只會知道跟他飛機有關的武器系統，其他不相關的，飛行員一般都不會多問，以免踩到洩密紅線。

「我不知道」國強突然出聲，打斷了男子的話。

「你不知道什麼？」

「我不知道雄三用什麼末端導引系統」國強直接回應。

「你會不知道？你當我是傻子？」男子瞪著國強。

「IDF 又不能掛雄三，我怎麼會知道」國強說的很坦白。

「你們的 F-16 都可以掛魚叉飛彈了，你會不知道雄三的系統嗎？」

「那你們就再去打下一架 F-16 然後把飛行員抓來問啊！」國強不干示弱地對著男子的臉吼叫著。

男子楞了一下，他沒想到國強會有這樣的態度。他站起身來轉頭走出房間，留下一臉茫然的國強。

此時國強只感到絕望，這是他從在青島醒過來後沒有過的感覺。當時國強原本作好會被關押在黑牢裡的準備，就像當年飛 U-2 到大陸遭到解放軍飛彈擊落被俘的張立義、葉常棣等空軍前輩一樣，被關押了將近 20 年。沒想到接下來大陸對待他的方式完全不把他當成被俘的階下囚，國強彷彿是到訪的貴賓，受到尊榮般的禮遇。漸漸地國強也淡忘了他是被擊落的 IDF 飛行員的事實，認真地以為中共對待台灣被俘軍人的方式改變了，可能是因為當前北京對台政策是以推動兩岸融合促進和平統一的關係，好爭取台灣民心。

但是國強知道現在大陸對他的態度有了 180 度的改變。老陳老李不見了，換成另一批人將他帶到這個一看就知道是審訊室的房間開始審問他。雖然國強心知肚明自己是被俘的身分，但是之前老陳老李等人對他的友善，讓他心裡其實產生了一絲幻想，認為大陸最後會安排他回台灣，把他當作是宣傳兩岸和平統一的樣板。

現在這個幻想破滅了。國強開始深呼吸設法讓自己恐慌的心平靜下來，他不斷重複自言自語告訴自己，「馬國強，空軍前輩們能夠吃的苦，你一定也可以，最壞的情況也不過如此吧！」……

「軋」地一聲房間門被打開，剛才出去的男子又走了進來，隔著桌子坐在國強對面。坐定後他沒有開口，而是從外套口袋裡掏出一個手機，滑了幾下螢幕後，把手機遞給國強。國強看著手機裡的視頻，是台灣媒體報導馬國強在北京的消息，當主播在播報時，螢幕上出現馬國強跟中央軍委政治工作部副主任一起乾杯的畫面，下方標題幾個斗大的字：「IDF 飛官馬國強叛逃中國！」……

「這是假新聞！是你們偽造來騙我的！」國強表情驚訝張著

嘴，不敢相信這段視頻是真的。

男子笑了笑，從國強手中拿回手機，又低頭點了幾下，再遞給國強。手機裡頭出現了群眾在立法院和國防部大門口抗議中國軍滾回中國的新聞報導剪輯，剪輯的最後一段，是民眾在清泉崗的飛官職務官舍院子門口，朝著一對站在大門口撐傘遮掩的母子丟雞蛋的畫面，這是國強的太太和兒子……

「靠！這些人在幹什麼！」「幹！」國強看到太太跟兒子被民眾雞蛋丟中一身狼狽的畫面，強作鎮定的情緒瞬間崩潰！

「媽的！他們怎麼可以這樣對待我太太跟小孩！他們憑什麼！！」「幹！怎麼可以這樣做！！」國強忍不住趴在桌上嚎啕大哭！

男子默默地關上手機裡的視頻，面無表情看著國強，靜靜地等待著。

國強依舊趴在桌上抽搐著，男子從口袋裡掏出一包面紙，輕輕地遞到國強手裡。

「國強，身為軍人必須效忠軍隊效忠國家，這是天經地義的事」男子看到國強抬起頭，便緩緩的說著。

「軍人執行任務出生入死，忠孝不能兩全，無法照顧家人，只能化小愛為大愛」男人繼續說著，「我也是軍隊幹部轉業，對於你現在的心情，我完全能夠理解」

「從你被我們這邊救起到現在，說句公道話，我們沒有虧待過你」男子邊說邊注意著國強的反應。

「就是因為覺得你雖然是台灣的飛行員，但也是一名重氣節知榮辱的軍人」「對於像你這樣的正直軍人，不論敵友，解放軍向來是尊重的」男子察覺國強臉上表情出現些微變化。

「但是老弟啊，我問你，台灣方面對待你跟你家人的方式，你能接受嗎？」

「台灣方面一開始說你是墜海失蹤，可找了幾天就宣布停止搜救」「卻又對你的家屬說，依規定現在不能發撫卹金給他們」「因為你是失蹤不是殉職」

「你的老婆小孩要拿到錢，不知道還要等多久」「實在無法想像孤兒寡母接下來生活要怎麼過」男子講的刻意帶著一點情緒。

「這也就算了，大陸這邊公開你在北京的消息，是打算跟台灣協商，根據兩岸金門協議把你送回去」「沒想到台獨勢力卻想利用這個機會進一步破壞兩岸關係」「用犧牲你跟你家人來製造台灣民眾對大陸的敵意」

「虧你對台灣一片忠誠，卻換來如此不堪的回報，妻兒遭到這麼野蠻的羞辱」「你覺得值嗎？」男子意有所指的說。

此時國強腦海中還映著剛才手機畫面裡太太兒子被雞蛋砸中滿身蛋汁的影像，兒子稚嫩臉頰上滿是驚恐神情……

「我不是要你變節，而是要讓你好好想想，你在這裡堅持對台灣當局的忠誠，可台灣當局現在是台獨勢力掌握」「你效忠的不是一個真心為老百姓著想的當局，而是一群整天痴心妄想著倚靠美國就可以實現台灣獨立這個春秋大夢的台獨分子啊！」

「這些台獨分子根本就沒有把老百姓的死活放在心上！」「反正他們有美國這個乾爹可以撐腰」「真的打起來他們腳底抹油就溜去美國啦！」

「老弟，聽哥一句，我在軍隊幹到正團級才轉業，軍人的氣節我懂的不比你差」男子語氣明顯變得溫和。

「兩岸都是中國人，都是自家人，是一家親」「你效忠的應該是包括兩岸在內的中國」「不是只有台灣，也不是只有大陸，是我們共同的祖先所創建的中國」男子愈說聲調愈高亢。

國強心裡一陣陣痛楚，他已經無法分辨男子講的話是真是假。剛才看到的視頻是台灣的電視新聞報導，螢幕上出現的畫面對他而

言再熟悉不過。國強太太一手撐傘一手牽著兒子的手,無助地站在村子門口遭到群眾丟雞蛋羞辱的畫面,深深烙印在他的心裡,讓他感受到從心底發出的強烈痛苦!這個畫面不可能偽造,因為他太太手中撐的傘,是國強出事前一天晚上陪她去逛大雅夜市時,遇上下雨,臨時在夜市裡幫她買的⋯⋯

三十二

　　他把頭埋進她的雙乳之間用力吸吮著乳頭。她雙眼緊閉，皺著眉，偶爾從微張的雙唇間發出模糊不清的嬌喘聲。隨著喘息聲愈來愈急促，她忽然睜開眼睛，環抱著他的雙手從他背上向下游移到他的雙臀。他感覺到靠在她兩腿之間的下身被推擠著向前頂去，此時她已完全張開的雙腿讓他能夠滑順的長趨直入，挺進的更深更猛。兩具炙熱的肉體撞貼在一起時發出的啪啪聲，伴隨著她愈加急促高亢的喘叫聲，讓他的抽動更有節奏感。

　　他忽然停止動作，坐起身來兩手用力扯下還穿在她身上但是已經被他解開扣子的迷彩服，脫掉被他掀到她脖子上的內衣和胸罩，再把脫下的迷彩服和內衣揉成一團墊在她的頭底下，接著他抬起她的雙腿，把勾在腳踝上的迷彩褲連著三角褲剝下來扔向一旁……

　　10分鐘前，她全身還穿著整齊的戰鬥迷彩服，現在她凹凸有緻的性感肉體已經全完裸露在他面前，迷彩服上衣墊在她的頭頸下、迷彩褲褲管一長一短地斜掛在前座的椅背上，她的戰鬥靴一隻躺在腳踏板上，另一隻在剛才的激情中不知何時被扔到駕駛座裡……

　　她蹺著雙腿橫躺在像是沙發般的椅墊上，大7休旅車後座有足夠的空間讓兩具飢渴的肉體交纏在一起。他跪坐著把她的雙腿向前高高舉起，讓她的臀跟著被抬高，再順勢將自己用力頂入她的兩腿之間抽動了起來。他一邊動作著，一邊貪婪地抓著她被頂的上下晃動的乳房，墊在她肩頸下面的迷彩服上印著「陸軍」字樣的布條也跟著上下晃動……

　　她今天不知怎地特別敏感，才剛開始便感受到從下腹傳來一陣比一陣強烈的酥麻感，不由得連連發出嬌喘聲。他察覺她的身體開始興奮起來，知道她很快了……

　　「抱我……」她忽然睜開眼兩手向上勾住他的脖子，把他的頭拉到自己胸前，他趴下來貼著她的身體繼續動作著，她環抱著他的雙手愈抱愈緊……

　　他跟她幾乎是同時結束。結束後她一反常態地沒有推開他，反而是緊緊地抱住他，兩腿也維持著最後的姿態，讓他繼續停留在她的身體裡。

　　「要我起來嗎？」他在她耳際輕聲問著。

　　她閉著眼搖了搖頭，環繞著他的雙手抱的更緊。「不要起來，想再感覺一下現在的感覺」她說話的方式完全不像她。

　　他沒再多問。以往兩人在一起時，她總是會在他一結束就推開他，理由是他的身體壓著她上身會不舒服。現在她橫躺在車子的後座裡，跟床比起來其實更不舒坦，她卻沒急著推開，反而緊緊抱住他……

　　「你穿迷彩服的時候好性感」他看著她忍不住說。

　　「身材全遮住什麼都看不到，有什麼性感的」

　　「看不到才性感啊，充滿想像空間」他貪婪地盯著她的裸體說著。

　　「男人都這麼死變態！」她翻了一下白眼。

　　「我剛下部隊的時候分發到外島，有一次部隊要上軍卡，等我爬到一半時突然有人從後面用力摸我屁股，一隻手還從屁股中間伸進去……」

　　「我嚇一跳立刻回頭看，是我連長，看見我瞪他，伸進去的手才抽出來」「嘴裡還罵我動作慢吞吞的怎麼帶兵」她眼神帶著委屈地說。

「你有沒有跟上級反映？」他不可置信地看著她。

「我才剛下部隊剛去外島吧，嚇都嚇死了，哪敢反映」

「以後每次上軍卡，我一定要確定我後面沒人才爬上去」「那陣子每天晚上睡覺前，我都會檢查寢室的門有沒有鎖好」「鎖好以後再拿一把椅子頂在門後面」「我才敢睡」她抱他抱的更緊了。

他心疼她在軍中的遭遇，年輕漂亮的女生處在屬於男性崇拜陽剛的組織裡，辛苦可想而知。他了解她的個性跟外表截然相反，她的外表漂亮性感，像水一般的嬌柔；但其實她的個性卻是剛強不服輸，尤其是在面對男人時。

但眼前，她的剛強不見了，只感受到她屬於女性特有的溫柔……

「你覺得這次兩岸打起來，我們會不會死？」她突然睜開雙眼看著他。

「放心不會啦，我們應該都會活得好好的吧！」他笑了出來。「台灣跟烏克蘭又不一樣」

「俄羅斯還沒打烏克蘭之前，烏克蘭老百姓也覺得有美國跟北約支持，俄羅斯的軍事威脅沒什麼」「結果真打起來以後，烏克蘭人才發現原來的生活都不見了」「過去只有在講二戰歷史才會出現的血腥戰場，現在都活生生出現在面前」她的身體維持著原來的姿勢，兩腿依然夾著他的下身。

「烏克蘭沒有其他的選擇啊！除非認命繼續讓俄羅斯當它的老大」他的注意力開始從她的肉體轉移到烏克蘭。

「那台灣呢？台灣也跟烏克蘭一樣沒有選擇一定要有戰爭嗎？」「兩岸真的要用戰爭才能解決問題嗎？」「是哪一邊有問題啊！」

「你們在上面的用嘴巴打老共很輕鬆，真正打仗死的是我們」「你們最多只會來這裡沾一下醬油而已」她把這些天心裡緊繃著的

情緒一股腦地說出來。

「我怎麼是沾醬油？」「我是擔心妳才專程下來，現在外面交通大亂，根本沒有高鐵票，高速公路也一路塞」「我開了快十個鐘頭車才到這裡就為了看妳妳知道嗎？」他說的有些生氣。

「你神經啦！幹嘛跑來……」她不捨地把他拉到胸前緊緊抱著。

「其實我心裡很害怕，害怕這次大家都會死」她在他耳邊輕輕的說。

「不要看我在上莒光課的時候都跟弟兄講我對國軍的戰力很有信心，我們一定可以打敗共軍保衛自己家園什麼的」「但其實我心裡真的很害怕，害怕真相不是這樣的」

「其實我根本不在乎兩岸是誰作主，只要大家生活過得好就好了」「大陸要不要統一、台灣要不要獨立，干我屁事啊！」她有點激動起來。

「又不是我們主動要打的」他不認同她的說法。

「那就不要去惹對岸啊！」「不要整天拿棍子戳老共，然後自己再裝無辜！」

「可是不去惹大陸，大陸還是會來逼我們跟他們統一啊！」他伸手抓捏著她的胸。

「你不去惹他們，台灣問題就沒有那麼急迫啊」「老共就不會急著想要出手解決台灣問題了」她把他的手從胸前撥開。

「妳們真的不懂，老共的盤算沒有這麼簡單」「他們本來就有解決台灣問題的時間表，剩下的只是和統或武統而已」

「兩岸關係好就和平統一，關係不好就武力統一」「不管台灣要不要，都要統一」他篤定的說，兩手又游移到她的雙峰。

「台灣要擺脫被大陸統一的宿命，就要面對大陸的武統」「贏了，從此台灣就可以當自己的主人了」他一邊抓著她的胸一邊看著她。

「如果輸了呢？」她反問。

「如果輸了那就認了，至少我們為自己的未來努力過，沒有遺憾了」

「那犧牲的老百姓呢？老百姓的死傷就沒有遺憾嗎？」「烏克蘭的老百姓至少還可以跑去波蘭匈牙利」「台灣四面環海怎麼跑」「只有高官跟有錢人能跑吧」她瞪了他一眼，用力將他的手撥開。

「放心吧，反正我也跑不了」「要死也會陪著妳一起死」他開著玩笑。

「你說的，到時候你不能自己跑掉」「要跑也要帶我一起走」

「靠妳要當逃官哦，陣前逃官是什麼罪？」

「唯一死刑啦什麼罪」她沒好氣地說。「反正打也是死啊，乾脆跑，搞不好還有活命的機會」

「其實我底下的兵很多人都有這樣的想法，只是不敢說出來而已」她的表情忽然變得嚴肅。「表面上大家都說要保衛自己的家園，實際上我很擔心一打起來會有很多人跑掉」

「不是只有高官跟有錢人想跑而已」「你以為我們不想跑啊」「只是看怎麼跑和跑去哪而已」她很清楚底下的人的想法。「一開始濱海決勝灘岸殲敵的階段大家都會用全力打啦，但是等到共軍上來了以後就不一樣了」「會有愈來愈多人跑掉，部隊就會散掉了」

「為什麼？都打一半了為什麼會跑掉？」他不解地問。

「因為打不贏了啊！其實國軍很清楚這場仗的勝負關鍵在灘岸殲敵啦！」「把共軍堵死在灘岸上不讓他們上來，國軍就贏了」她篤定地說。「如果共軍還上得來，就表示國軍最強的防線也無法擋住共軍」「等到共軍上來以後就更擋不住了」「再打下去也是無謂犧牲而已」

「這時候大家想的就不是怎樣堅持到底跟共軍打城鎮戰游擊戰」「而是怎樣回去保護自己的家人不受到戰火的傷害」

「老美說要讓台灣全民皆兵家家戶戶有槍,派出所要有刺針飛彈,用焦土策略跟老共周旋到底」「鬼咧!老美是要把台灣變成伊拉克還是阿富汗?」她頗不以為然,「老美只是想利用台灣當砲灰來削弱大陸而已」「根本就不管台灣老百姓的死活」「就像利用烏克蘭來削弱俄羅斯一樣!」

他沒再多說,只是趴在她身上撫摸著,他知道迫在眼前的戰爭和死亡的陰影讓她承受巨大壓力變得歇斯底里起來……

掉在踏板上被她脫下的戰鬥背心蓋住的手機突然響了一下,他伸手撿起瞄了一眼簡訊,沒說什麼就順手將手機扔向前座。尚未關閉的手機螢幕還顯示著剛剛傳來的簡訊內容……

「海軍康定艦執行南沙運補任務,在東沙島東方海域遭不明魚雷擊沉!全艦官兵生死不明……」

停在防風林裡的休旅車龐大的灰色車身沒一會兒又開始自後方上下規律地晃動起來……

三十三

秀予接到旅部通知，台中憲兵隊在台中火車站抓獲兩員陣前逃亡士兵，是她營裡面的人。自從國防部下令三軍部隊進入戰鬥準備階段，各個部隊就有傳出逃兵的情況，剛開始只有個別士兵趁著半夜站衛兵時棄械逃亡，都是把身上武器裝備丟下跑掉。不帶武器的原因很單純，因為帶著武器裝備離開陣地，很容易招人耳目，尤其搭乘大眾運輸工具時就會曝露出自己是逃兵。

但是自從康定艦在東沙島東方海面遭到共軍擊沉的消息傳出來以後，逃兵的情況就愈來愈多，部隊裡開小差溜走的人開始增加，而且不止士兵，軍官也有擅離職守陣前逃亡的。更嚴重的是，還有幾個原來部署在灘岸陣地據點的整班士兵一夕之間全部消失，武器裝備也全部不見，讓灘岸防線出現了可被共軍突破的間隙⋯⋯

秀予帶著亭莉跟四名全副武裝的士兵，搭著兩輛悍馬車趕到車城的三軍聯訓基地，這是國軍第四作戰區在恆春半島設置的聯合作戰前進指揮所，旅部已經將兩名逃兵從台中憲兵隊那裡領出來送到指揮所，等待秀予的營部派人領回。這兩個逃兵是亭莉營部連裡的兵，亭莉知道他們兩人被憲兵抓到後，不但沒有高興，反而很憂心的跟秀予抱怨說能不能不要讓他們回來，因為怕他們回來以後再跑。

「再跑還是小事」「我還要整天擔心他們回來以後，萬一想不開做出什麼可怕的事怎麼辦？」亭莉憂心忡忡地說。

秀予其實心裡很清楚亭莉擔心的事，但是她也莫可奈何。現在部隊對逃兵一點辦法也沒有。因為平時的軍事審判權早在洪仲丘案

以後就回歸一般司法，軍中不服從命令、以下犯上甚至逃兵，就軍事法庭看來屬嚴重罪行，為了維繫部隊紀律和領導權威，都會重判嚴懲；但是一般的檢察官和法官只會以一般民眾肢體衝突或未履行職務的微罪角度來看，往往輕判或緩刑，而且審判過程曠日費時，早已經造成基層幹部管理部隊的困擾。現在兩岸雖然已經劍拔弩張，但是因為政府還沒有正式宣戰，總統也還沒有發布動員令，國軍依法還不能恢復軍事審判權來約束部隊，就變成部隊抓到逃兵送交地檢署，檢察官大都諭令交保候傳，逃兵反而可以大喇喇地合法回家。等到正式起訴開庭，戰爭可能都結束了。

國防部眼見逃兵事態嚴重卻無法有效約束，現在部隊又急需兵員，只能下令各地憲兵隊恢復民國 70 年代以前戒嚴時期抓逃兵的做法，在各個鐵公路車站跟巴士轉運站巡邏盤查行跡可疑的官兵，只要發現身上沒有帶出差洽公單或請假證明者，一律帶回憲兵隊，直接通知所屬部隊前來領回。這項措施剛開始確實對官兵產生很大嚇阻力，但當大家發現逃兵被抓到除了送回部隊挨一頓罵之外，沒有任何處罰，更不會關禁閉，就一點用也沒有了……

秀予走進聯訓中心一間臨時改裝的拘留室時，兩個逃兵雙手被束帶綁在背後靠坐在椅子上，其中一個兵正低下頭來把嘴湊近水杯，咬著插在上頭的吸管喝水。秀予見到這兩個讓她大老遠從恆春一路吹著落山風趕過來的兵，心裡不由得冒出一把無名火。「你們還有臉在這裡！」「有本事逃怎麼不跑遠一點還會被抓回來！」

「營輔仔，我也不想回來，啊就遇到憲兵啊！」「算我卡衰啦！」斜坐在椅子上的兵見到秀予，一副無所謂的模樣。

「營輔仔，我不跑要在這裡等死嗎？我才不要咧！」剛在喝水的兵抬起頭來。

「什麼叫在這裡等死！」「大家努力保衛自己的家園就不會死！」「會死的就是像你們這種膽小鬼！」「打仗愈膽小的人死得

愈快！」秀予火冒三丈地罵著。

「嗟攔騙啊啦！營輔仔」「這是真的打仗又不是在上莒光日」斜坐著的兵直起背來。

「莒光日說國軍多厲害，一定可以打敗共軍，結果咧？」「IDF飛去大陸，康定艦被打沉！」「啊是多會打？」兵瞪著秀予。

「上面要我們打仗，我們就傻傻的守在灘頭」「等到解放軍來了呢？幹！死的是我們吧！」兵的臉露出憤怒的表情。

「我才剛結婚，我老婆才剛懷孕」「恁爸才不會這麼笨去當那些大官的砲灰咧！」「幹！判軍法也一樣啦！」兵愈說愈激動。

「營輔仔，我不是故意要逃，是我家人要我回去」另一個剛在喝水的兵神情緊張的看著秀予。

「我媽打電話來說電視新聞有報對岸發布消息，說武力不會針對台灣老百姓，只會針對台獨分子跟他們的同路人」「我媽說只要我不要打仗離開軍隊回家，就不會有事」喝水的兵眼神顯露著害怕。

秀予聽著兩個逃兵的抱怨，頓時語塞不知該如何罵下去。兩個逃兵，一個要回去照顧新婚懷孕的妻子，一個要回去守護家人。如果是在平時，這樣的理由只要跟單位說一聲請個假就可以了。如果不想繼續待在部隊，也可以打報告退伍說明理由，單位通常都會同意不會刁難。但現在要打仗了，這樣的理由對急需士兵的部隊是不可接受的，但是對懷孕的妻子、高齡的父母來說，此時此刻卻是更迫切希望自己的丈夫、兒子能夠回到身邊……

「如果每個人都像你們這樣，那國軍就不用打啦！」「國家還養軍隊養你們這些米蟲幹什麼！」站在一旁的亭莉見秀予沒說話，便手指著自己連上的兩個兵罵著。

「都怪我平常對你們太好了是不是？」「還是你們看輔仔是女生好欺負，才會有膽子跑，蛤！」亭莉平時在連上講話都很溫柔，

兵從沒見過她罵人的樣子。

「要打仗了，我是女生都沒跑，你們兩個大男生跑去當逃兵讓憲兵抓」「你們丟不丟臉啊！」亭莉罵起兵來頗具架勢。

「我要是你老婆，一定跟你離婚！」「有你這種老公丟臉死了！」亭莉指著斜坐著的兵罵著。「將來怎麼教小孩？告訴他說他老爸打仗的時候是逃兵？」

「還有你，你是要回家當媽寶是不是？」「你都幾歲了還沒斷奶嗎？」亭莉指著剛在喝水的兵。「怪不得你到現在還交不到女朋友，整天只會抱怨當兵薪水太少沒辦法交女朋友」「我要是女生見到你這種媽寶，根本就不會想跟你在一起！」

秀予驚訝的看著亭莉。從亭莉來營裡報到那天到現在，她從來沒見過亭莉對人講話大聲過，更沒見她罵過兵。每回跟亭莉聊天時，她都還會提醒亭莉，帶部隊對兵不能太客氣，該兇的時候就要兇，尤其是女官，不然兵就會爬到她頭上。

亭莉每次聽完秀予的提醒，都會搖搖頭說沒辦法，她從小說話就是這樣子，學不來。「學姐，我實在很羨慕妳，站在部隊面前講話的樣子好有威嚴哦」「兵都不敢不聽妳的」亭莉總是會這樣說。

亭莉剛來時確實遇過兵不聽她的還以下犯上。那個兵晚上跑出去跟朋友喝酒，喝到半夜醉醺醺的騎車回部隊，路上被警察臨檢酒駕帶回派出所，亭莉半夜接到通知趕到派出所把人領回來，折騰了一整夜。等到第二天這個兵酒醒以後，亭莉將他叫到輔導長室打算勸戒他以後不要再酒駕，結果這個兵不知道是酒還沒全退還是怎樣，竟然惱羞成怒對亭莉動手動腳起來，還把亭莉壓倒在沙發椅上。還好當時門外的安官聽見亭莉的呼叫聲急忙跑進來，見到這個情況立刻叫其他兵來把這個兵架住。等營長跟秀予接到通知趕到連部時，這個兵已經鼻青臉腫地被綁在椅子上，是連上幾個班長看不過去亭莉被欺負，幾個人趁著上級還沒來時就先動手教訓了這個

兵……

從此以後亭莉就不再單獨約談連上士兵了，而且平時在連上愈來愈沉默。秀予看在眼裡著實心疼，就經常找亭莉過來營部聊天，也藉此了解她連上的狀況。

沒想到亭莉今天像是變了一個人似的，罵得兩個逃兵低著頭不敢回嘴。秀予索性不開口就讓亭莉罵個夠，秀予感覺亭莉不止是罵這兩個兵，像是在罵所有在這場戰爭面前變成窩囊廢的男人……

悍馬車奔馳在黃昏的屏鵝公路上，夕陽把整片大海灑成金黃色。秀予注視著遠端地平線上逆光的幾個黑點，那是海軍的船。在康定艦被擊沉後，海軍就緊急採取傍岸戰術，將所有前推部署的作戰艦後撤到離岸不到 5 浬的水域。希望利用陸地地形的掩蔽，在雷達波上形成雜訊，來保護戰艦不被共軍反艦飛彈的雷達鎖定攻擊。

海軍戰艦後撤的舉動，讓陸軍部署在灘岸的部隊用肉眼就可以看見海上的船，也真實感受到戰爭的威脅就在眼前。陸軍自從兩岸之間停止外島相互砲擊後，已歷經 40 多年沒有在第一線遭遇過解放軍，海空軍每天在台灣周邊都在累積接敵經驗，只有陸軍對於可能遭遇的戰場景象只能夠完全憑想像，這也讓陸軍對於戰爭的態度跟準備，不如海空軍務實。

現在防守灘岸的部隊看著海軍作戰艦撤退到目視距離內，康定艦一百多名官兵又生死不明，加上解放軍在台灣四周集結的船跟戰機愈來愈多離台灣本島愈來愈近，這都讓士兵之間耳語不斷。不管上級再如何說明這是海軍的戰術運用，並不是怯戰，但是防守灘岸的戰鬥部隊裡依舊人心惶惶。

看著海天一色的風景，秀予心情卻是愈顯沉重。她始終搞不清楚兩岸之間這次是為了什麼打起來？就為了一艘美國潛艦？美國不是應該要保護台灣嗎？怎麼現在卻變成是挑起兩岸衝突的原因！對岸不是一直主張和平統一嗎？也沒聽說中共中央將和統改成武統，

怎麼就動起手來了！

「台灣更是無辜吧」秀予心想，「台灣又沒有主動招惹對岸，沒有宣布台獨也沒有踩反分裂法紅線」「美國核潛艦又不是台灣要它來的，對岸怎麼把這筆帳算在台灣頭上了？」

「怪不得這麼多人想逃兵」秀予看著車外的風景自言自語。「究竟是為誰而戰為何而戰？」

亭莉從跟在後面的悍馬車裡傳了一條新聞連結過來，是媒體報導對岸人民日報和新華社以中共中央的名義，聯合發布了一分聲明。聲明裡除了譴責台灣卑鄙襲擊昆明艦外，還提出了台灣必須在48小時內接受大陸「道歉、懲兇、賠償」的要求。倘若台灣沒有在期限內接受這三項要求，大陸中央就會依據反分裂國家法採取必要行動，讓蓄意製造這場衝突嚴重破壞兩岸關係的台獨分子得到應有的懲罰……

「道歉、懲兇、賠償，這三個條件台灣都不可能接受」秀予心裡很清楚，「真的要打仗了……」

悍馬車回到恆春的營指揮所時已是傍晚，持槍的士兵押著這兩個逃兵到營長面前，營長正在召集五個連長開會討論怎麼加強陣地防禦工事。

「……你們不要以為老共行政下卸前，只有輕武器沒有重裝備就沒事了」營長低頭看著桌上的恆春半島作戰圖。

「要小心他們的無人機！」「俄烏戰爭已經證明無人機是坦克跟甲車的天敵」營長看著他的連長們。

「戰車跟甲車要先找好掩蔽，最好在防風林裡，這樣才能發揚灘岸火力」「找好隱蔽後先清除射界障礙……」營長這時扭頭見到秀予帶著兩個逃兵走進來，直接從腰間掏出配槍指著兩人。

「你們還跑不跑？還想跑的我現在就先槍斃你！」營長火冒三丈地吼著。

　　秀予連忙拉住營長的手撥下他的槍，「營長不要衝動，要槍斃他們也要等開戰吧」秀予勸著營長。

　　「如果開戰了他們還敢逃兵，不勞您費心，我會直接幫你斃了他們！」秀予不慌不忙地看著兩個兵。

三十四

晚上八點，內湖民權東路六段國防醫學院對面巷口停車場，一輛黑色休旅車駛入，停在另一輛休旅車右側的位子上，駕駛座下來一個戴著紅色棒球帽的男子。男子手插褲袋走向停車場旁邊的星巴克推門進去，約莫十分鐘後，男子手裡端著兩杯咖啡走回停車場。

男子回到黑色休旅車駕駛座門邊，向四周張望了一下，迅速打開停在旁邊的休旅車車門，鑽入副駕駛座……

興台坐在駕駛座上，手就著方向盤扭頭看著鑽進來的男子，男子將咖啡遞給興台，摘下棒球帽，露出微凸的金黃色頭髮，是Karl。

「幹嘛搞得跟 007 一樣？」Karl 一進車子裡就唸著。

「我記得你家鄉在阿拉巴馬，怎麼會戴國民隊的帽子？」興台端詳著帽子前方斗大的白色 W 字樣，那是華盛頓國民隊的隊徽。

「我在五角大廈待很久啊！每個周末無聊都跑去巴爾地摩看球賽」Karl 露出驚訝的表情，想不到興台竟然認識這頂帽子。

「我特別愛巴爾地摩棒球場，那是全美國唯一一個在本壘板後頭跟右外野可以看到古典暗紅色磚牆的球場」老美只要是白人，一談到棒球就興高采烈。黑人就不一樣了，美國黑人對棒球沒什麼興趣，只對籃球有興趣，這可能跟棒球明星多是白人，而籃球明星大部分是黑人有關。

「後來我就變節啦，變成國民隊的粉絲」Karl 笑著說。「我在阿拉巴馬的親友們很不能諒解。

「你特地找我來，應該不是為了問我是哪一個棒球隊的粉絲吧」

　　興台沒說什麼，直接從上衣口袋掏出一張折了 3 折的 A4 紙，打開來攤在排檔桿前面的平台上，再用手機上的燈光湊近在紙上照著上面的圖案。這樣子從車外便看不見裡頭的燈光。

　　「這是什麼？」Karl 瞇著眼看著畫在紙上的奇怪三角形。

　　A4 紙最下方中間畫了一個圈，裡頭寫著 A，上來一點的位置畫一個寫著 B 的圈，A、B 之間用虛線連著寫著 2.5；B 的右上方也是用一個圈標了一個 C 字，下面潦草地寫著 6-13；B 左上方比 C 略高一點點的位置則是標了一個 D，底下寫著 50-56，然後在 A4 紙的上方，B 的 11 點鐘方向，則是一個圈裡頭寫著 E。

　　C、A 跟 D、A 中間各用虛線連起來，寫著 5；A、B 之間的虛線寫著 2.5；B 跟 E 之間也用虛線連著，寫著 10，20。

　　「這是鄭和艦」興台右手拿著手機湊近照著，伸出左手食指指著 A。

　　「在錄音檔第 6-13 秒的時候，奇怪的水流聲第一次出現在這裡」興台指著寫著 C 的圈。

　　「在第 50-56 秒時聲音跑到這裡」興台左手食指移向 D。

　　「IDF 最後的雷達光點在這兒」興台再把手指向 E。

　　「光點消失時鄭和艦在這裡」最後興台指向 B。

　　「根據鄭和艦當時聲納跟目視發現，配合不同時間點的航速，可以合理推論水下有一艘不明潛艦」「從鄭和艦的右前方 5 浬處向 10 點鐘方向航行」興台左手食指從 C 滑向 D，「在穿越鄭和艦艦艏前方後再改向 11 點鐘方向離開」

　　「為什麼是 5 浬？」Karl 果然提出問題。

　　「因為你們賣給我們的 AN/SQS-56 主動聲納最遠偵測距離只有 5 浬！」

　　「你的推論不可能！」「從 B 點到 E 點有 10 浬，鄭和艦用全速 29 節跑，花了 20 分鐘以上」Karl 露出質疑的眼神。「但是你說

這艘潛艇只花了 10 分鐘就比鄭和艦先到」「等於速度比鄭和艦快一倍」

「有潛艇可以快到 60 節？」Karl 睜大眼睛的神情一看便知他不認同興台的推論。

「當然不可能，又不是好萊塢電影」「你沒把鄭和艦原本的航速算進去！」興台指著紙上的 A 跟 B。

「鄭和艦原本是以 15 節速度航行，10 分鐘後見到爆炸光影，然後全速跑了 20 分鐘趕到現場」

「這表示一開始鄭和艦距離 IDF 現場是 12.5 浬」「潛艦距離現場只有 7.5 浬」興台像教學生數學一樣地解說著。

「等到過了 10 分鐘 IDF 出事的時候，潛艦跟鄭和艦的距離已經拉開到 10 浬」「這等於是這艘潛艦的速度每 10 分鐘就比鄭和艦快 5 浬……」講到這裡，興台抬起頭來看著 Karl。

「所以潛艇的速度是 30 節？」

「果然美國人的數學很差，一點都不假」興台笑著虧 Karl。

「如果中國人造的神祕潛艦速度只有 30 節，就不用我們大費周章在這裡談了」「你沒把鄭和艦原本的航速算進去」「鄭和艦當時航速 15 節，加上 30 節……」興台說到這裡停下來看了 Karl 幾秒。

「這艘潛艇的速度是每小時 45 節！」Karl 忽然意會過來，驚訝地叫出聲！

「怎麼可能！我們的海狼級是目前世界上最快的潛艇」Karl 不可置信地說，「也只有 35 節」

「而且中國人的核潛艇用的反應堆技術沒有我們的好」「根本不可能跑的比海狼級快！」

「這艘潛艦應該不是用核動力」興台搖搖頭。「奧列克教授提到過當年蘇聯研發的潛艦是 4 千噸級的」「核動力不會那麼小」

「而且用水泵推進系統也沒必要用到核動力」「用噴射機引擎

的原理就可以」

「Turbofan!」Karl 恍然大悟。

「速度愈快，進水愈多，就會愈跑愈快」興台點點頭，「超越槳葉推進系統的速度」

「解放軍怎麼會有這麼先進的技術？」Karl 不解地問。

「波蘭的老教授啊，你忘了？還是明知故問？」「是他主持的團隊在蘇聯解體前研發出來的」興台心裡清楚 Karl 應該知道這個技術的來源。

「你是說奧列克教授？」「他們那時候真的弄出這樣的東西？」

「別裝了好嗎，你們早就連好萊塢都知道了」

「好萊塢？什麼意思？」

「獵殺紅色十月啊！Red October！史恩康納萊主演的電影」興台有些不耐煩，「電影裡那艘蘇聯潛艇就是用水泵推進系統啊！」

「如果不是用核動力，那麼這艘潛艇再怎麼樣跑的快，續航力就很有限了」Karl 自言自語思索著。

「她的設計本來就不是要跑遠啊」興台想起奧列克教授在木頭地板踩在腳下茲茲作響的老舊研究室裡告訴他的，蘇聯研發這款潛艇是為了取代基洛級潛艇擔任近海防禦任務，阻擋美國海軍接近蘇聯的海岸線。

「你怎麼會知道這些？」Karl 忽然抬起頭看著興台。

興台楞了一下，沒有馬上回答……

幾天前興台突然接到以前在戰院教過的學生鄭和打來的電話，說有事想當面向興台報告。興台本想要他休假有空上台北時再跟他約，但鄭和直說現在整個艦隊都在備戰，走不開，但是他覺得這件事必須早點讓興台知道……

興台一聽便懂了，上次鄭和將 IDF 被飛彈擊落的視頻跟聲納

錄下的可疑音頻，透過紹安拿給興台，興台為此還飛到波蘭去找奧列克老教授，請教前蘇聯時期研發的潛艦科技。興台返國後把跟老教授的談話寫了一份報告上呈給府秘書長，後來 AIT 海軍的人也去左營找了鄭和，鄭和心裡便清楚，當時決定把視頻跟音頻給老師是對的。

興台特地開車南下，此時台灣交通已大亂，高鐵票一票難求，高速公路也塞車，興台開了 7 個鐘頭才到左營見到鄭和，鄭和便交給興台這張 A4 紙，上面用手畫了興台剛跟 Karl 解釋的這些內容⋯⋯

「是我一個在海軍的學生發現的」興台沒再多說。

「我想起來了！」Karl 眼睛忽然亮了起來。

「幾個月前我們的衛星照到武漢造船廠有一艘潛艇，全身用帆布蓋住」「當時我們的專家說這艘潛艇樣子很奇怪，帆罩的高度特別矮，體積也比一般潛艇的帆罩小」

「研判的結論是這艘潛艇可能是因為在改裝東西還沒裝好」「所以帆罩還沒裝上」

「我記得當時我收到的報告是要我們持續蒐集有關這艘潛艇的後續資訊」「而且報告把這艘潛艇暫時命名為 039C」Karl 已經完全想起來，「說可能是 039 的改良型，會在帆罩裡加裝一些裝置」

「沒想到卻是完全不同檔次的潛艇！」

「你們打算怎麼做？」興台把 A4 紙折好交給 Karl。

「當然是要先找到她」「再讓她不再具有威脅性」Karl 接過來再折了一下放進自己口袋。「但是說實話，茫茫大海並不好找」

「可能在南海」興台突然轉過頭來對 Karl 說。

「康定艦應該是被她幹掉的！」「艦指部的通信紀錄當時聲納發現魚雷時，只有 500 米不到的距離⋯⋯」興台想起在艦指部作戰處的紹安看不過去上面封鎖康定艦的消息想粉飾太平，冒著被查辦

洩密的風險私下給他的訊息。

「這表示康定艦聲納根本沒發現潛艇就匿蹤在她旁邊！」

「所以她在南海北部？」Karl 睜大眼睛看著興台，「這個消息太有價值了！我會盡快讓夏威夷那邊知道」

「有件事我要提醒你」興台表情變得嚴肅起來，「這個訊息向上傳遞時，在台灣不要經過別人的手……」

「你覺得台灣不安全？這是你今晚這樣安排的原因？」

「我去波蘭時，手機裡一直有當地打的不明電話」興台忽然放低了聲調，「我在波蘭根本不認識任何人，台灣也沒幾個人知道我去找奧列克教授」

「了解，其實我們也一直在懷疑你說的這點」「這是為何不敢賣太先進武器給台灣的原因」Karl 點點頭，「你自己也要小心些」

Karl 戴上紅色棒球帽，向著車窗外張望了一下，見四下無人便打開車門跨了出去。

「嘿 Karl」Karl 聽見興台叫他，便回過頭來。

「巴爾地摩是金鶯隊，不是國民隊……」興台似笑非笑地看著 Karl。

Karl 驚訝地看著興台，他沒想到一個台灣人竟然這麼熟悉美國人的做事方式，看來他這位台灣老友真不是簡單的料。Karl 對著興台笑了笑狡獪地眨了眨眼，心想自己 20 年前奉命在台灣找有潛力的軍事專家，不是只會附和美國人或中國人的，果然沒找錯人……

三十五

　　總統府第一會議室裡阿瑩總統眉頭深鎖，環視著坐在長方型會議桌兩側的國安團隊，被她目光觸及的部長、局長、諮委們，都略顯尷尬地低下頭來……

　　「道歉、懲兇、賠償！你們告訴我要怎麼做？」總統看大家都沉默無聲，不由得有點火氣上來。

　　「你不是說有美國人在，對岸就不敢動手嗎？」總統瞪著坐在右側的副秘書長。「聽你建議的結果就是康定艦上面一百多名官兵生死不明！」

　　「現在我們連康定艦是被飛彈還是魚雷擊沉的都不知道！」總統愈說愈大聲，「怎麼面對一百多名官兵的家屬？」

　　阿瑩總統停了下來深呼吸了幾口，調整自己的情緒，盡量不讓底下的人看見她的焦慮……

　　「康定艦被擊沉加上 IDF 飛官叛逃，這兩件事對我們民心士氣影響很大」沉默一會兒後，阿瑩總統臉色凝重地看著她過去幾年來深信不疑的國安團隊。

　　「國軍必須主動出擊，不能只守在領海領空裡」「尤其海軍，現在船都退到岸邊 5 浬內」總統轉頭看向坐在右側的老裘部長。

　　「報告總統，海軍退到離岸 5 浬是採取傍岸戰術……」坐在部長後面挨著牆一排椅子裡的海軍司令急忙站起來解釋。

　　「不讓海空軍出去是不想讓官兵作無畏犧牲」老裘部長回過頭來瞪了司令一眼後，望著總統不徐不緩地解釋，「貿然派船出去，等於是給共軍當活靶」「海軍作戰艦前推出去作戰的風險太高」

「另一方面，海軍採取傍岸戰術退到 5 浬內」「這也是保存戰力」「在對抗共軍船團從海上發起兩棲登陸作戰時用得上……」

「都是你們國防部在說！」老古秘書長忽然插嘴進來，他之前才被阿瑩總統指派，帶著國防部軍政副部長等人去美國參加蒙特瑞會談，和國務院及五角大廈官員討論台灣的防衛政策。

「老美要我們專注在不對稱作戰，是你們說必須要維持軍種常規主戰兵力的基本戰力」老古在美國開會時承受來自美方很大的壓力，「說這樣國軍才能確保台海周邊海空域防禦作戰需要的戰略縱深」

「我在老美面前拚命幫國防部講話，還說希望 F-16V 跟 M1A2 趕快交貨」「你們在要預算的時候就口口聲聲說養兵千日用在一時」

「現在真的需要用了，你們又說要保存戰力，出去只是作無畏的犧牲」老古雙眼直瞪著老裘。

「秘書長，上兵伐謀、其次伐交、其下攻城」老裘部長頗不認同老古的說法，「國軍隨時準備打仗」「但是這場仗必須打的有價值和值不值得打！」

「現在共軍集結在台灣外海，如果只是為了要讓民眾有感，沒有全盤計畫就冒然讓海軍的船或空軍的飛機出去」老裘部長不甘示弱，「只是給共軍當活靶而已！」

「如果共軍把我們的船被攻擊、飛機被擊落的畫面公開」「對民心士氣的打擊會更大」

「但是現在民眾只看到解放軍的飛機跟船在台灣四周晃來晃去」「看不到國軍自己的飛機跟船」阿瑩總統眼神銳利的看著老裘部長。

「我們的飛機跟船再不出去，大家會質疑花那麼多錢買這些武器有什麼用」「國軍如果得不到社會的認同支持，以後就不需要再買戰機戰艦了！」

「打仗又不是作秀，戰機戰艦也不是買回來表演給大家看的」老裘部長臉上露出不能認同這樣說法的表情。

「不管是不是作秀，國軍都必須要有具體作為」「必須向全國民眾展現出國軍不畏戰的態度和能夠保衛台灣的戰力！」

「否則不要說你這個部長不要幹了」「我這個總統都有可能下台」總統表情嚴肅瞪著部長，「你們認為該怎麼做？」

「報告總統，國軍不是龜縮」老裘部長維持著一貫的語氣，「如果總統認為這場仗非打不可，就要先有周詳的準備」

「報告總統，參謀本部已經奉部長令擬定作戰計畫」坐在部長旁的總長在老裘示意後立即開口，「先請執行官報告當前敵情」

阿瑩總統點點頭，看著坐在靠左側牆邊飛幻象出身不擅言辭的副總長兼執行官。

「報告總統，目前共軍水面艦在台灣本島南北兩端集結較密集處，北端約為北緯 27-28 度、東經 123-124 度之間的東海海域」「是以山東艦航母及 075 型兩棲攻擊艦廣西號為雙核心之作戰編隊」曾負責督導情報業務的執行官在部長點頭示意後立刻站起身來唸著手中準備的資料，「南端約為台灣西南方北緯 21-22 度、東經 117-118 度之間」「也就是在巴士海峽西方、台灣淺灘西南方、東沙島東北方之間海域」

「該海域集結之共軍船團，是以 075 型兩棲攻擊艦海南號為核心的作戰編隊」「南北共軍船團沒有接近台灣本島應該是考量避免遭到國軍岸置反艦飛彈的打擊」執行官唸著聯二蒐整的資料報告時，緊張地轉頭望了一下部長。

「根據美方提供即時衛照，海南艦編隊的共艦目前都只在該座標區域內移動，並未出現離開的跡象」「研判應是等候目前在西沙群島海域的福建艦航母編隊北上會合，再對台發動攻擊」執行官繼續讀著手中資料，「目前福建艦編隊受到美軍卡爾文森號航母打擊

群的牽制，正在南海中部與卡爾文森號對峙……」

「所以福建艦一時之間還無法向北移動？」剛才槓上老裘部長的老古秘書長此時抬起頭來。

「是，卡爾文森號在黃岩島海域，讓福建艦無法向北移動」「否則從永興島到海南島都會曝露在卡爾文森號的直接打擊威脅下」執行官不敢怠慢地回答這位下一步可能成為文人國防部長的秘書長。

「其實對我們威脅最大的不是福建艦，而是海南艦」「075兩棲作戰編隊才是從海上發起攻台行動的主力」「我們必須在海南艦還沒跟福建艦會合前設法摧毀海南艦的戰力」「如果等到這兩艦會合聯合編隊，我們就動不了她了」總長表情嚴肅地分析。

「但是要怎麼動海南艦？」「離台灣太遠海鋒大隊的雄二跟雄三也打不到」老古顯然對總長所言感到興趣。

「報告秘書長，空軍可以派F-16掛魚叉前推向共軍船團進行打擊」空軍司令主動請纓。

「你怎麼打擊？F-16一飛出去就會遇上對岸多幾倍的戰機，你能飛多遠？」「就算給你突圍，一路上還有老共水面艦的防空飛彈在等著你」部長面露慍色瞪著剛接掌空軍兵符沒幾個月一心想有所表現的司令，「別說用魚叉了，你根本連飛都飛不到那兒！」

「要幹掉海南艦，只能用突襲」「必須用老共無法察覺的方法悄悄接近」「再突然攻擊讓她猝不及防！」

「這種事空軍是做不來的」「必須讓海軍來做」老裘部長語畢直視著阿瑩總統。

「但是我知道目前海軍256戰隊僅有海虎艦戰備」「海龍艦入塢歲修尚未結束」會議一開始就吃了總統一頓排頭的副秘書長聽見部長點名海軍，馬上插話進來，希望在阿瑩總統面前展現出他在軍事上的專業。

「我不是說潛艦，你沒看到整個西南空域老共的反潛機隨時在空？」老裘部長一向看不起這位副秘書長號稱的專業，在幹了幾十年軍人的老裘面前，他的專業只是外行人班門弄斧而已。

「而且海南艦編隊裡有兩艘054A，不能小看反潛戰力」「要利用水面艦！」「大家覺得愈不可能的，就愈有成功機會」

「你已經有計畫了？」阿瑩總統感覺老裘部長似乎胸有成竹，「海軍要怎麼動？」

「只要總統下令，海軍全軍官兵一定誓死達成任務！」海軍司令聽見總統提到海軍，立刻坐直身子回應。

「用不著全軍啦」部長回頭瞪著司令，表情有些不耐，「這件事不能大張旗鼓，否則只要被海南艦編隊或是沿路的共軍發現」「就達成不了」

「你是說用單獨一艘船而不是作戰支隊出去攻擊海南艦？」老古秘書長瞪大眼睛，「這怎麼可能！」

「上回鄭和艦伴護康乃迪克號進來高雄，就是單艦啊！」老古質疑的顯然就是老裘部長心裡想的……

「那時候兩岸還沒有像現在這麼緊張啊！」「老共的船並沒有真的要攻擊鄭和艦吧？」老古並不認同老裘部長的想法。

「誰說沒有！」「康乃迪克號一進我們領海，鄭和艦還在後頭1浬，共艦就開火了」老裘部長不客氣地說。

「先是魚雷再是飛彈」「對鄭和艦來說那都是致命的攻擊！」「當時要不是艦長沉著應戰，鄭和艦可能就在我們的領海外面被擊沉！」

「作戰就是生死攸關！」「這是坐在辦公室裡的文人不懂的！」老裘部長最後這句話說的很重。

老古聽完部長的話後，臉上一陣青一陣白，正要開口反駁時，阿瑩總統抬起手來揮了一下，示意他不要再說。

「所以國防部已經有了周延的作戰計畫？」總統開口問道。

「不敢說周延，但是參謀本部會擬定反擊共軍的作戰計畫」老裘部長維持著一貫的表情。

「那就趕快去做！」「我們需要提振台灣的民心士氣！」阿瑩總統在 IDF 跟康定艦事件後就一直沒有像此時這般堅定的眼神。

「總統說的沒錯」沉默了一會兒的副秘書長此時又開口，「美軍印太司令部一半以上的兵力都在台灣附近」「有美國的支持，國軍可以大膽的採取攻勢的打擊作為」

「至於對岸要求我們道歉、懲兇、賠償」副秘頗顯自信地看著阿瑩總統，「講來講去都只是空話而已」「有美軍在他們也不敢做什麼……」

三十六

夏威夷美軍印太司令部聯合作戰指揮中心，印太司令強納森上將、參謀長瓦特斯中將領著一干將領走入戰情中心會議室內，會議室正前方是一面寬 12 米、高 3 米的弧形螢幕，螢幕上已經分割為三個視訊視窗，分別顯示著基薩普（Kitsap）、關島（Guam）、橫須賀（Yokosuka），三個視訊現場裡的人都已經坐定等待著。可以容納 80 人的會議室坐滿了 J2、J3 高參、穿著暗綠色飛行裝的反潛機指揮官、以及全身深藍色工作服的攻擊潛艦艦長們，見到強納森上將走進來，很自動地起立站定。

Karl 穿著阿羅哈衫跟在司令身後走進會議室……

「坐下吧，Gentlemen」上將走上講台用目光環視了一下全場，再轉身望向後面的視訊螢幕。

這是美軍保密級別最高的軍事衛星通訊系統，訊號是用數位封包亂碼方式傳遞，接收端在收到封包後，必須先解開每毫秒就會自動更換的亂碼才能還原內容，因此透過視訊討論時，會存在比正常視訊會議更久的秒差。藉由這個系統，印太司令可以隨時和他的下屬召開視訊會議，不管下屬們是在聖地牙哥、關島、橫須賀、或是印度洋的迪亞哥加西亞（Diego Garcia），也不管他今天早上 9 點開會時，基薩普是中午 12 點，關島是清晨 5 點，橫須賀則是半夜 4 點，天都還沒亮……

「今天找大家來，是因為必須要讓各位了解一個嚴肅的情況」「我要你們給我把耳朵洗乾淨聽仔細！」司令說完轉頭將麥克風遞給站在一旁的 Karl。

「康乃迪克號遭受撞擊事件跟台灣空軍 IDF 墜海失蹤事件，可能都跟中國人發展出來的一款新型潛艇有關……」Karl 步上講台拿起強納森上將遞給他的麥克風後，他感覺到台前幾十雙眼睛像銳利的鷹眼般全部盯著他。

「這型潛艇可能運用前蘇聯時期研發出來的水泵科技，加上匿蹤性更佳的壓力殼」「海軍現有的聲納系統幾乎無法察覺」

「但是康乃迪克號在遭到撞擊前，艦上的聲納曾經偵測到一種非常輕微的水流聲」「就像鯨魚在水裡漫遊一般」「台灣的 IDF 在遭擊落前，有一艘在附近的台灣巡防艦，聲納也聽見相同的聲音」「根據這艘巡防艦錄下的音頻時間、IDF 遭擊落位置距離、以及巡防艦的航速推算」Karl 一字一字說明，深怕自己說得不清楚，「這艘潛艇的速度高達 45 節！」

聽到這裡，台下坐著的美軍們露出不可置信的神情開始交頭接耳起來，整個戰情室響起一片嗡嗡聲……

「這艘潛艇是超級核動力嗎？怎麼可能跑那麼快？」底下有人舉手發問。

「不是核動力，而且這艘潛艇應該只有 4 千噸級，也裝不下『超級核動力』」Karl 舉起雙手做出雙逗號的手勢。

「如果中國人的潛艇這麼先進，為什麼還會撞上康乃迪克號？」有人接著提出質疑。

「這是一個非常棒的問題！」Karl 眼睛為之一亮，「因為中國人雖然掌握了先進的水泵推進技術，讓潛艇跑的比我們的海狼級還快」「但是他們的聲納技術並沒有革命性的突破」「還是用一般的聲納」Karl 耐心解釋著，「偵測距離有限，但是速度太快」

「就像是一個大近視開著保時捷在路上飆，你覺得會不會出事？」Karl 說完突然覺得自己形容的非常貼切。

「既然這艘潛艇撞上了康乃迪克號，而且她只有 4 千噸級」「撞

上康乃迪克號就像是 Toyota Prius 撞上悍馬車一樣」「把康乃迪克號撞的那麼慘，自己應該也掛了吧？」康乃迪克號的姐妹艦海狼號艦長在標示著基薩普海軍基地的視訊視窗裡舉手發言，「那麼這艘神祕中國潛艇的威脅就不存在了，不是嗎？」「我們還擔心什麼？」

「沒錯，撞上康乃迪克號的這艘潛艇已經掛了」「艇內 50 名解放軍無人生還」Karl 說完這句話時，現場蹺著腳聽著的美軍們有人嘴裡發出清晰的口哨聲。

「但是證據顯示這款潛艇不只一艘，可能有兩艘」

「前幾天中國人公布台灣 IDF 飛行員在北京的消息，大家都知道吧」「IDF 飛行員在遭到飛彈擊落後，被這款潛艇救起，應該是先送到青島北海艦隊司令部，再轉送北京」Karl 心中浮現興台那晚在車上跟他說的⋯⋯

「⋯⋯對岸的視頻在介紹對這個飛官的接待過程，是先提到泉城」興台告訴 Karl，「泉城就是濟南，山東省會」「飛官有可能是先被送到青島」「不然在行程安排上，沒有理由去濟南」「青島要去北京，如果是搭高鐵就會先經過濟南」興台跟 Karl 解釋著老美不可能了解的行程安排原因⋯⋯

「康乃迪克號是在 IDF 被擊落後兩天遭到撞擊的」「救起 IDF 飛官的那艘潛艇，以航速 45 節計算，最快也必須是在 IDF 被擊落 24 小時以後才能抵達青島基地」台下的美軍們開始聚精會神地聆聽著。

「她不可能在回基地後馬上又出港，然後在一天之內就從黃海趕到南海帕拉塞（Paracel）海域去撞康乃迪克號」Karl 看著台下的美軍們，「在座各位很多人都去過黃海、東海跟南海，應該知道這中間的距離跟航行需要的時間」

「換句話說，目前我們部署在台灣周邊跟南海的水面艦隊底下，

至少還有一艘中國人的這種神祕潛艇躲在深處」Karl 作出結論。

　　強納森上將在 Karl 結束報告向他致意後，起身步上講台看著他的下屬，「都聽清楚了嗎？Gentlemen」

　　「剛才我跟 J2、J3 次長討論過，目前從沖繩到呂宋島一帶，都是我們的船」「卡爾文森號也在南海南部」上將指著螢幕上剛顯示出來的第一島鏈海空域作戰地圖。

　　「中國人的神祕潛艇不太可能冒險進入我們艦隊所在的水域」「雖然這艘潛艇的匿蹤性能先進」「但這是中國軍隊組織文化的問題……」司令笑了笑。

　　「比較有可能待的地方只有南海北部跟巴士海峽」「介於卡爾文森號和雷根號之間」上將用雷射筆照著螢幕，紅色光點在巴士海峽到東沙島之間來回晃動。

　　「如果她要出第一島鏈進入西太平洋攻擊我們的船，以走巴士海峽的可能性最大」雷射筆的紅色光點在台灣本島的正下方停住不動，「但她沒有能耐跑太遠，因為不是核動力」

　　「我們的水面艦都過去了，現在我要你們……」上將拿著雷射筆的手指著坐在左側的幾個潛艦艦長，又回過頭來指著基薩普跟關島視訊畫面裡也穿著潛艦工作服的美軍。

　　「我要你們這些潛艦給我在最短時間內潛過去進入戰術位置」司令開始下達作戰指示。

　　「不管中國潛艇藏在哪兒」「在礁石縫裡、在水草林裡、在海底火山口裡」司令用十分堅定的口吻說著，「你們必須找到她，就算把整個西太平洋翻遍了，也要把她像藏在沙堆裡的海龜一樣給我翻出來！」潛艦艦長們跟反潛機指揮官們神情嚴肅地聽著司令的命令。「聽清楚了就給我趕快幹活去！解散！」

　　「Hooya！」在場所有美軍同時喊出像美式足球般的隊呼後紛紛起身離去……

Karl 如釋重負地癱坐在椅子上。那晚跟興台見面後，他就整晚沒睡連夜把興台說的加上自己這些日子蒐集的資料，寫成一份完整的報告，隔天一早就帶著報告進辦公室，用保密衛星電話聯絡在夏威夷的印太司令部。Karl 直接打給老朋友已經官拜海軍中將的印太司令部參謀長瓦特斯，再由瓦特斯直接面報印太司令強納森上將。隔沒幾分鐘 Karl 便接獲老友轉達司令的指示，要他盡快飛去夏威夷⋯⋯

「是什麼原因讓你堅持不能在電話裡講，必須大老遠飛來這裡當面談？」司令在 Karl 飛了將近 13 個鐘頭到夏威夷後，一見面開門見山便問。「AIT 新的館不是我們自己蓋的嗎？」「會有問題嗎？」

「因為在台灣用電話談或是讓別人轉傳訊息，洩密的風險太高」Karl 記得興台的提醒。「我們已經無法分辨哪些台灣人是可靠的？哪些可能會洩密給中國？」「中國人在台灣的滲透已經到了全方位無孔不入的程度了」「連台灣的總統府、國安部門都有可能洩密！」

「唉！你說的一點也沒錯，我們也覺得台灣幾乎被中國人全面滲透了」強納森上將邊搖著頭。「那給你這份情報的台灣人可靠嗎？」「你不懷疑他？」。

「我認識他 20 年了，他應該是我認識在台灣值得信賴的少數人之一」「包括他的專業」Karl 對興台很有信心⋯⋯

在印太司令召開完這場橫跨太平洋東西兩岸的作戰會議之後，在美國西岸華盛頓州基薩普海軍基地（Naval Base Kitsap）停靠的兩艘海狼級核攻擊潛艦海狼號、吉米卡特號，在夏威夷珍珠港內的 5 艘維吉尼亞級核攻擊潛艦德克薩斯號、夏威夷號、北卡羅萊納號、密蘇里號、密西西比號，全部靜悄悄地自停泊的碼頭消失；原本停靠在關島的 3 艘洛杉磯級，也同樣不見蹤跡。而且，這些潛艦都是

在一夜之間消失，利用夜色掩護離港，避免被太空軌道上的偵察衛星追蹤航行的方向……

三十七

　　興台出了電梯間便熟悉地向左側的階梯走去，再上一層階梯後，便是這家五星級酒店最頂樓的餐廳。這是一家採會員制的 VIP 會所，電梯不能直達，進出多屬政商名流。

　　服務員將興台領到一間典雅的包廂，一進門便看到最裡頭整面落地窗外的夜景。從 21 樓往下看，台北街頭依舊人群熙攘燈火通明，絲毫嗅不出台海戰雲密布、兩岸隨時可能爆發全面戰爭的味道……

　　府秘書長已經坐在桌邊等候，見興台走進來，便向服務員揮了揮手，年輕的女服務員甚有默契地轉身離開將門關上。

　　「你覺得現在兩岸快打起來了，軍方的立場是什麼？」秘書長不待興台坐定，開口便問。

　　「我不明白秘書長您問的問題……」興台一時之間丈二金剛摸不著頭腦，不知道秘書長想知道什麼。

　　「前幾天的大軍談，原本定的是由國防部長跟總統報告當前國軍作戰準備」「結果部長臨時跟府裡請假沒出席」

　　「參謀總長也沒來」「你知道是誰來嗎？」秘書長看著興台。「軍政副部長！」

　　「軍政副部長是管政務的，根本管不到作戰！」秘書長愈說愈大聲，「他來幹什麼？」

　　「這倒是有點奇怪，照道理如果部長、總長都沒來，應該是執行官跟軍種司令來報告才對」興台聽了也納悶，「但是要談作戰，部長跟總長至少會來一個吧」

「就是說啊！大老闆剛開始還不覺得怎麼樣，就開始問副部長國軍現在的防衛部署情況」

「結果副部長一問三不知，搞得大老闆也很不高興」「直接就問副部長你什麼都不知道，那你來幹什麼！」

「那副部長怎麼說」興台感覺秘書長還餘怒未消。

「副部長一句話也不敢吭，就低著頭」秘書長搖著頭嘆氣，「堂堂一個軍政副部長，就跟小兵一樣杵在那兒動也不敢動」

「我覺得應該是副部長有苦難言吧」興台感覺秘書長說的狀況確實不尋常，「否則依他的個性，他不會一句話都不說的」

「這就是我找你來的原因」秘書長看著興台，「這幾天我們有得到消息，說是軍方有很多人不支持跟對岸打起來，對於作戰準備態度消極」「你覺得呢？軍方對兩岸要打仗這件事究竟是採取什麼樣的立場？」

「其實軍方態度消極是可預期的」「這大概是國軍將領裡頭的主流觀點」興台不加思索的回答。

「大部分將領認為兩岸如果真的打起來，除非美國軍事介入，否則台灣是撐不住的」興台說的很坦白，「他們覺得兩岸軍力懸殊，台灣沒辦法跟大陸對抗」

「甚至還有人認為，就算美國介入也打不贏」「因為解放軍的戰力已經超過美軍」

「你說的沒錯」秘書長點點頭，「其實今天找你來，是有一個狀況，大老闆想聽聽你的看法」

「昨天大老闆特地找你們部長來府裡，問他為什麼現在國軍海空兵力都只守在領海領空裡？」「海軍的船還退到沿岸 5 浬，連領海一半都不到」秘書長看著興台，「層峰認為是不是應該要前推出去？」

「結果部長回說我們有防空飛彈，空軍飛機用不著飛出去」

「海軍離岸 5 浬,是因為採取傍岸戰術,利用地形來干擾雷達,這樣才不會被解放軍的反艦飛彈擊中」秘書長略感無奈地說。

「大老闆聽了就很火啊,直接就說那買這些海空軍的戰機跟軍艦有什麼用?」「有飛彈就好啦!」秘書長模仿著層峰的語氣。

「結果你知道你們部長怎麼回答嗎?」秘書長看著興台,「你們部長竟然回說不是沒有用,而是不想要國軍作無謂的犧牲!」

「他說現在解放軍的海空優勢兵力集結在台灣周邊,我們海空軍的機艦一出去,遭到摧毀的風險太高」「國軍的武器裝備落後解放軍太多,出去只是作無畏的犧牲而已」秘書長一幅不可置信的神情。

「這跟軍方平常說的都不一樣!」「國防部在爭取買武器的時候,都說這些武器可以有效強化國軍戰力」秘書長面露不解的神情,「現在又說沒辦法打」「那幹嘛買那些武器?」

「那是因為每個軍種都想要自己的夢幻武器啊」興台半開玩笑地說,「其實這些夢幻武器就是美軍現役的主戰裝備」「陸軍要M1A2、海軍要神盾艦、空軍要 F-35,都一樣」

「但是每一任部長提出來向美國買的武器,可能三軍都有啊」「這不能說他只是為了自己的軍種利益吧」秘書長依舊不解。

「大家都知道國防預算有限,不可能讓三軍同時採購想要的武器,那就要排優先順序」「這時候就看哪個軍種出身的人來幹部長了」興台甚為了解軍購的決策考量。

「陸軍出身的部長,M1A2 跟 M109A6 自走砲就被放到建軍需求最前面」「海軍出身的那就是潛艦跟神盾艦」「不管是對美採購或自製」「空軍出身的,當然就是 F-35」「但我們都知道老美現在不可能賣」「所以就退而求其次換 F-16V 了」

「秘書長您可以回顧一下,這些年來國軍對美重要武器採購,各軍種要的主戰武器都是在哪一個軍種出身的部長任內定案的,就

很清楚了」

「對軍人來說，自己出身的軍兵種利益絕對是他最優先考量的」「你當上司令、總長、部長，如果沒有幫自己的軍種爭取，就會被自己的同學、學長學弟視為背叛本門」「以後你就不要混了！」

「其他軍種也不會因為你幫他們爭取而感激你」「因為他們永遠不會把你當成自己人」說到這兒，興台語氣變得沉重，「軍中文化裡本位主義太重……」

「所以國防部提出來的軍購案，只是滿足軍種需求而不是滿足實際的作戰需求？」秘書長看著興台追問。

「應該說兩者兼顧是理想，兩者不能兼顧的話……」「哪個軍種出身的人當部長，那個軍種的需求就會被說成是整體防衛作戰需求」

「秘書長您覺得 M1A2 符合國軍整體防衛作戰需求嗎？」

「不管是軍種需求還是作戰需求，既然給你們買了這些武器，而且這些武器都是你們說很重要的」「那為什麼現在都還沒正式打起來，就說打不贏呢？」秘書長仍然直視著興台。

「你們部長竟然還跟層峰說現在兩岸局勢緊張隨時可能打起來，但是這個局面是可以避免的」「國軍本來就是為了打仗而存在，可是這場仗必須打的有價值」

「部長還把孫子兵法搬出來，說上兵伐謀、其次伐交、其下攻城」「要層峰三思」「這是什麼話！」

「他是國防部長，卻跟層峰說軍隊不想打仗……」秘書長瞪大眼睛顯得有些生氣。

「那是心態問題，不是武器問題」興台打斷了秘書長的話。

「軍人從官校教育開始，就一直被灌輸大中國的歷史觀」「所以軍人大多數骨子裡是反台獨，主張兩岸統一的」興台表情變得嚴肅起來。

「以前是主張反攻大陸用武力統一」「現在則是主張和平統一」「雖然表面不說，骨子裡還是一樣反台獨」

「這是為什麼很多將領在位子上的時候都說要為台灣生存而戰」「退役以後就馬上變成統派，主張兩岸統一了」

「所以軍方說台灣擋不住，一方面是因為軍人都是武器決定論，認為解放軍的武器比國軍先進，這是不能打」「另一方面則是軍人心態上根本不想為台獨打這一仗，這是不想打」

「如果軍人的想法真如你所說，那你認為國軍還能信賴嗎？」秘書長聽完興台的分析後略顯沮喪地問著。

「還是可以信賴的，尤其是基層戰鬥部隊」「戰機的飛官、作戰艦的艦長、聯兵營的營連長，這些戰鬥階層的年輕幹部是在戰場第一線」興台想起了他教過的學生們，「生死之間就比較不會考慮政治，絕大多數都會願意為保衛台灣奮戰到底的」。

「但是秘書長可能要提醒層峰關於亞美尼亞的經驗……」

「什麼經驗？」

「亞美尼亞在跟亞塞拜然打仗的時候，一開始軍方高層是支持總理宣戰的」「可是因為亞塞拜然利用無人機戰術打的亞美尼亞軍隊死傷慘重無招架之力，民眾也開始質疑軍方高層」「亞美尼亞軍方就開始把戰敗責任甩鍋給總理」「軍方在仗打到一半時，就對外宣稱政府不應該發動這場戰爭，還表達內閣應該為死傷這麼多官兵請辭……」興台十分熟悉這場雙亞戰爭的發展。

「哇塞！這是政變啊！」秘書長瞪大著眼睛。

「沒錯，但沒有成功」「亞美尼亞總理馬上就跟亞塞拜然達成停火協議，然後解散國會重新改選」「再把軍方高層全部撤換掉！」

「秘書長，請您提醒層峰，要慎防軍方對兩岸這場戰爭可能的政治表態」「但也請層峰放心，國軍基層作戰部隊是可信賴的，絕對會為保衛自己的家園奮戰到底」興台看著秘書長很謹慎地說

著……

　　興台目送秘書長的座車離去後，轉身步向地下停車場的電梯。等待電梯時，口袋裡的手機響了一聲，興台掏出手機滑開螢幕，一則新聞簡訊通知吸引他的注意。

　　「300名退役將領聯署致總統公開信，呼籲政府必須以人民生命財產為最高考量，盡速跟對岸進行協商，以和平解決眼前爭端，避免台海戰爭。公開信並且要求政府不要甘做美國人的砲灰，不要為了美國人的核潛艇而不是台灣人民的福祉來跟對岸打仗，讓台灣變成像烏克蘭一樣的廢墟……」

三十八

一架 F-35B 戰機從甲板幾近垂直地起飛，朝向下方的赤色噴焰和煙霧幾乎籠罩半個甲板。升空後的戰機與在空中等待的 3 架僚機會合後便向西直奔而去，伴隨著引擎轟鳴聲，很快消失在夜幕逐漸低垂的海面上……

這是美國海軍最先進的兩棲攻擊艦「的黎波里號」（USS Tripoli, LHA-7）率領的遠征打擊群，甲板上滿載著 18 架最先進的 F-35B 戰機。

的黎波里號剛從位於加州的聖地牙哥母港趕來，經過夏威夷時和從珍珠港出發的提康德羅加級巡洋艦「皇加港號」（USS Port Royal, CG-13）、伯克級神盾驅逐艦「柯蒂斯魏伯號」（USS Curtis Wilbur, DDG-54）會合，一路直奔到巴士海峽東側。現在她的艦隊陣容又增加了一艘神盾艦、兩艘船塢登陸艦、一艘綜合補給艦，以及從日本岩國基地飛來的另外 18 架 F-35B，是一支完整的遠征打擊群。這批從岩國飛來的戰機隸屬美軍陸戰隊第 121 和第 242 戰鬥攻擊中隊（VMFA-121、VMFA-242）。

的黎波里號不是唯一趕到台灣周邊的兩棲作戰艦。她的姐妹艦「美利堅號」（USS America, LHA-6）率領著另一支遠征打擊群，早已離開佐世保基地進入到東海，監視著解放軍東部戰區海空軍的一舉一動。

短短一周內，美軍在東海、南海、沖繩東方、台灣東南方聚集了三個航母打擊群跟兩支遠征打擊群。康乃迪克號在西沙群島東方海域出事時，卡爾文森號（USS Carl Vinson, CVN-70）正在南

沙群島西南水域，立刻北上進入黃岩島海域；雷根號（USS Ronald Reagan, CVN-76）剛結束跟日本的出雲號（JS Izumo）在南海及菲律賓海的聯合演訓回到橫須賀，隨即緊急離港趕至巴士海峽東方海域；華盛頓號（USS George Washington, CVN-73）完成在西太平洋和印度洋長達 6 個月的巡弋任務正要返回珍珠港，還沒進入夏威夷水域就調頭直奔沖繩東方海域；日本出雲號的姐妹艦加賀號（JS Kaga）也加入華盛頓號打擊群編隊，出雲號則是進入東海，和美利堅號共同編隊。在出雲號和加賀號的甲板上，也都停滿了 F-35B。

夕陽斜照的巴士海峽海面上浪花點點，在吹著東北季風的季節裡，此時的四級海象稱的上是風平浪靜。

但在 300 米深的水下，並不如水面般平靜……

剛從基薩普趕來的康乃迪克號姐妹艦海狼號，率領著一艘維吉尼亞級跟一艘洛杉磯級攻擊潛艦，靜悄悄地穿過巴士海峽，鑽進了解放軍作戰艦密布的南海。三艘潛艦的聲納音頻比對資料庫中，都植入了一個新的水下音頻檔。艦長、作戰長、反潛官和聲納士官長們，在離港前的任務提示中都被告知，一旦聲納偵測到水下出現這個音頻檔裡像鯨魚在海洋深處漫遊的水流聲，全艦必須立刻進入戰鬥狀態。因為這條大鯨魚在水下 300 米漫遊的速度，可以達到 45 節，一旦被撞上，下場就會像康乃迪克號一樣……

映著晚霞餘暉的台灣西南空域忽然熱鬧起來。原本在台灣鵝鑾鼻南方巡航的美軍 P-8A 和 P-3C 都朝著相同方向飛去。一架 P-8A 不斷地在北緯 20 度、東經 118 度座標點半徑 10 浬的圓形區域內兜圈子，高度下降到 300 呎，從機腹下方開啟的艙門接連投下聲納浮標。一架 P-3C 跟在 P-8A 身後 20 浬處，也同樣投下相同的裝置。幾分鐘內這片長寬各 5 浬略像正方型的海區水面上就分布著用來偵測水下不明物體的反潛浮標，彼此間隔著約 200 米的距離，P-8A 跟 P-3C 在這片海域持續來回低空飛著。

　　兩架反潛機機組員屏氣凝神地望著機窗外的大海，海面依舊平靜，只有四級風浪尖上的白色浪花點綴著，不見任何異樣。

　　正當反潛機專注搜尋水下目標時，在東沙島附近空域的 4 架殲16 突然改變航向，對著 P-8A 和 P-3C 所在位置加速向東飛來。雷達幕上 4 個由西向東快速移動的光點，讓原本在鵝鑾鼻正南方北緯 20 度左右擔任空域警戒的 2 架 F-18A 超級大黃蜂也緊急打開後燃器全速朝西趕去。P-8A 和 P-3C 的位置，就在中美雙方戰機距離的正中央……

　　殲16 是先抵達的一方，對著已爬升高度到 3000 呎的 P-8A 直衝而去。P-8A 在殲 16 距離仍有 5 浬時，採取迴避動作向右迴轉朝東飛，企圖縮短與正在趕過來的 F-18A 距離，P-3C 則在早 1 分鐘前就已脫離轉向台灣鵝鑾鼻方向飛去。

　　但是 4 架殲 16 很快追上 P-8A，一架殲 16 追上後突然加速逼近到 P-8A 左側，距離 P-8A 左翼翼尖只有不到 20 呎，P-8A 的機組員都能清楚看見殲 16 駕艙裡一前一後戴著頭盔的飛行員。另一架殲 16 飛到 P-8A 右側稍遠處，剩下兩架殲 16 則保持在 P-8A 機尾後面 200 米略高處，這是發動攻擊的絕佳位置。

　　此時貼在左側的殲 16 忽然降低高度從 P-8A 左側翼尖消失，正當機組員納悶是不是因為中國人發現 F-18A 快到了的緣故時，剛才消失的殲 16 忽然間自 P-8A 左翼前端由下向上竄出，逼得 P-8A 緊急壓向右側飛離。

　　「Fuck！中國人想重演 EP-3 事件嗎？」P-8A 機長坐在駕駛座上盯著近在咫尺的戰機罵著。

　　2001 年美軍一架 EP-3 在南海上空與解放軍一架 J-8II 發生擦撞，造成 J-8II 墜海，飛行員死亡。EP-3 則是機鼻和左發動機嚴重受損，緊急迫降在海南陵水機場，機上 24 名機組人員被扣留，直到當時美國小布希總統公開表達歉意後才獲得釋放。

正當機長嘴裡罵著時，4架殲16忽然加速甩開驚魂未定的P-8A向前飛去，衝向即將趕到的兩架F-18A。F-18A機翼下方掛載的響尾蛇飛彈已經解開安全鎖，處於隨時可以鎖定目標發射的狀態。兩邊戰機很快逼近到彼此目視可及的距離內，形成4對2的局面。

正當殲16解除機上的霹靂-9短程飛彈保險，準備鎖定F-18A時，這兩架超級大黃蜂忽然同時向左右兩側爬升拉開距離！這個動作讓殲16急忙兩兩分開各自追逐著目標。就在殲16後燃器全開加速追上時，被緊咬著的F-18A突然又同時轉向對著彼此俯衝而來，在後方緊咬的殲16就像老鷹追逐獵物般也跟著轉向俯衝。F-18A在接近到彼此目視距離時，其中一架突然向左大角度急轉脫離，跟在後頭的兩架殲16還來不及反應，驀然發現另一架大黃蜂正對著他們迎面直衝而來！此時殲16座艙內突然響起遭敵機飛彈鎖定的警報聲，尖銳的聲響即便飛行員戴著耳機仍然震耳欲聾……

忽然間轟地一聲！強烈爆炸讓海面上衝出一道高達20米的巨形水柱！水柱回落時四周激起洶湧的浪花，一圈圈地向四周擴散……

正在空中纏鬥腎上腺素狂飆的飛行員們都被遠處海面直沖上天的水柱所震懾跟疑惑，是哪一方被擊中？被誰擊中？

交纏的戰機瞬間默契十足地脫離相互鎖定狀態，拉開距離後在空中繼續盤旋對峙著。雙方對於水下爆炸的震懾和疑惑，舒緩了頃刻前在空中生死攸關的緊張……

此時潛航在水下300米處的海狼號剛關閉艦艏兩根魚雷發射管的水密艙蓋，迅速轉向090，向東側的巴士海峽悄悄潛去……

另外兩艘維吉尼亞級跟洛杉磯級也維持著30浬的間隔距離，安靜迅速地脫離這片已被解放軍海軍盤據的水域。在她們悄然離去的300米上方海面上，陸續浮出了一些破碎的潛艇內艙殘骸，以及漂浮著大片面積的燃料柴油……

就在一個鐘頭前，深潛水下 300 米的海狼號聲納裡傳來了傳說中的大鯨魚流水聲，聲音極輕微，聲納士即便戴著耳機也幾乎察覺不出。但是藉助美軍先進聲納科技所賜，潛艦在出發執行這次獵殺任務前，反潛技術部門在艦載聲納資料庫內植入了這個音頻的自動比對系統。就算人耳聽不出來，電腦也會自動將符合此音頻的水下異音比對結果呈現出來。

這個植入的音頻檔結合了鄭和艦聲納錄下的、奧列克教授在蘇聯時期實驗室裡的聲納錄下的、以及康乃迪克號聲納在遭撞擊前所錄下的水流聲。就像建立一枚完整的指紋檔案，這三個錄下的音頻在聲納系統裡建立了對這個水下異音完整的比對資料檔，只要再遇見這艘神祕潛艇，音頻比對系統就會讓她現形。

海狼號聲納偵測到輕微的水流聲後，音頻比對系統直接秀出了賓果，這讓海狼們大感振奮。「終於找到她了！」站在控制台中央的艦長興奮地低聲說著。

聲納第二次偵側到水流聲的時間跟第一次間隔約 1 分鐘，但是原本音源是在海狼號右後方，卻已跑到右前方，十分驚人的速度。

盯著控制台前方聲納顯示幕上音源移動的方向，海狼號並沒有展開追逐，艦長氣定神閒地命令他的下屬「備妥一、二號魚雷發射管」

海狼號艦長胸有成竹，他知道這艘神祕潛艇沒多久就會轉回來自投羅網，這是印太司令強納森上將上次召開作戰會議時告訴他們這群潛艦艦長的……

「……記住，這艘中國神祕潛艇的速度很快，不容易發現」「要逮到她必須要動腦筋」司令提醒他的下屬。

「你們的任務是三艦編組，以 30 浬為偵蒐範圍，一旦發現這艘潛艇時，要圍繞著她打轉」「就像一群鯊魚圍繞著獵物一樣」上將露出狡猾的笑容，「一艘在她前面吸引她的注意，另兩艘再從後

面乘其不備發動攻擊」

「這艘潛艇在發現你們時，會仗著速度快想要加速脫離」「但是她的聲納偵測距離短，抓不準確我們潛艇編隊間的空隙」司令胸有成竹地看著艦長們，「不管向哪一個方向跑，都會遇見我們」「就像海豹想要游出圈圈就會撞見等待它自投羅網的鯊魚」

「她會開始在你們兜的圈子裡面兜小圈子」「這就是你們發動攻擊的時刻！」……

將近一個鐘頭後，中國神祕潛艇終於再度被海狼號的聲納發現，這一次她的距離是由遠而近，在 5 浬外從 10 點鐘方向筆直地快速衝向海狼號。

海狼號艦長耐著性子，他知道神祕潛艇還不會改變航向，因為中國人以為海狼號沒發現她。

聲納再一次聽見水泵推進的水流聲時，距離只剩下 1 浬，這是絕佳的攻擊時機！

海狼號毫不遲疑地自艇艏接連射出兩枚魚雷，魚雷戰鬥部的保險在發射之後就自動解除，隨時可以引爆。這也是印太司令特別交代的，「盡可能近距離攻擊！魚雷射出後就立刻解除保險，因為撞擊目標所須的時間可能只有幾秒」……

以 55 節速度推進的 SUT-48 Mode 7 重型魚雷，直衝向 1 浬外以 45 節速度逼近的中國神祕潛艇，撞擊只需要 36 秒。縱然潛艇在發現魚雷來襲後作出緊急轉向的迴避動作，但由於自身速度太快的慣性使然，在尾舵打出向右滿舵的姿態後，艇身依然筆直向前滑動，在還來不及轉向之際，就被迎面而來的魚雷戰鬥部爆炸吞噬……

已經完全漆黑的東方天際出現了四個快速逼進的光點，那是F-35B 後燃器噴射出來的尾焰。4 架殲 16 見狀迅速脫離與美機的纏鬥，大角度迴轉朝向天邊只剩一絲暗紅色晚霞的西方飛去。2 架

F-18A 並未追趕，而是轉頭與趕到的 F-35B 會合，編隊朝東返航。

此時已被夜幕完全籠罩的巴士海峽，海面依舊平靜，只有點點浪花點綴著⋯⋯

三十九

興台坐在圓山飯店大廳左側的咖啡廳內，服務員 20 分鐘前就送上來的咖啡放在桌前一口也沒動過，杯口原本還冒著的熱氣現在已經完全消散。

興台一般過了晚餐時間就不再喝咖啡，怕喝多了晚上睡不著。方才一進飯店坐下時，服務員就拿著 Menu 過來招呼，興台皺著眉頭若有所思，心不在焉地隨口就點了咖啡，完全沒注意到現在已經是晚上 8 點多了……

今天下午興台在辦公室接到紹安從艦指部打來的軍線電話，語氣很急地告訴他說，就在昨天夜裡，康乃迪克號和從關島趕來的潛艦修理艦蘭德艦（USS Emory S. Land, AS 39）忽然悄悄駛出高雄港，和剛從巴士海峽進來到高雄外海等候的一艘美軍伯克級驅逐艦及另一艘派里級巡防艦會合，再由這兩艘作戰艦伴護南下，直到過了鵝鑾鼻進入巴士海峽後，立即轉向東方駛入西太平洋。

「老美進來事先有沒有通報？」興台聽完後直覺地問紹安。

「沒有談，老師」「我們岸台發現他們進來，就一直詢問他們來的目的跟有沒有向 JOCC 通報」紹安的聲音聽得出來有些緊張，「但是這兩艘船從頭到尾都沒有回應」

「可是很奇怪的是」「老美這兩艘船從一進巴士海峽就打開 AIS（Automatic Identification System，船舶自動識別系統），就是要讓別人知道他們要進來」紹安覺得有些困惑，因為這不符合美國軍艦在海上航行時保密的習慣，「但是我們詢問他們進來的目的跟停留時間，他們又都不說」

「我們也立刻通報 JOCC 跟他們確認情況」「結果您知道嗎老師」紹安在電話裡的聲調忽然變得小聲，「JOCC 跟我們說他們也沒有收到老美任何通知跟說明」

「今天早上我在部裡的同學跟我說，昨天半夜部長知道後十分震怒」「連夜要聯二去弄清楚是怎麼回事」「要美國人給一個說法」

「有找到答案嗎？」興台聽到這裡也感覺事有蹊蹺。

「聯二緊急動員夏威夷跟華盛頓那邊的軍協組，要他們馬上去了解回報」「但是從美方那邊得到的答覆都是不清楚或無可奉告」

「老師您知道嗎還有更離譜的事」紹安感覺欲言又止。

「老美的船到高雄外海以後，康乃迪克號跟蘭德艦忽然解纜要離港」「搞得我們在岸上守衛的陸戰隊不知道該怎麼辦」紹安愈說愈急促。

「老師您很清楚老美陸戰隊也有在那邊聯合警衛」「結果您知道嗎，幹！老美竟然拿槍警告我們陸戰隊士兵不能靠近妨礙他們離開」紹安語氣變得激動起來……

晚間 8 點多的圓山飯店大門口人來人往，剛用過晚餐要離開的、跟拉著行李要入住的客人，熙來攘往地穿梭在古典宮殿般朱紅色的廊柱之間。興台盯著大門口進進出出的人們許久，終於看見 Karl 的身影。他對著 Karl 招了招手，Karl 點點頭快步走了過來。

「是什麼事急著找我？」Karl 一坐下來開口便問。

「我還想問你哩，是什麼情況你們急著把康乃迪克號撤走？」興台也開門見山地反問。

「你怎麼知道這件事？」Karl 表情有些訝異。

「這種事情本來就瞞不了多久」興台瞪著 Karl，「消息很快就傳出來了」

「這很正常啊，康乃迪克號修到差不多能走了」「就要趕快回關島去才能完全修好啊」「一直待在高雄也修不好」「這有什麼好大驚小怪的」

「Come on, Karl!」「你當我第一天出來混的啊！」

「如果是這樣，為什麼是利用半夜偷偷的走？」「而且是等兩艘作戰艦到高雄外海就定位了才通知我們」「你們的船一進來我們就問原因，但是你們一直不回答」「什麼叫做這樣很正常？」興台擺明著不接受 Karl 的說法。

「我說的你不相信」「那你覺得是什麼原因？」Karl 此時忽然反問興台。

「這裡面肯定有鬼！」興台發現 Karl 不回答他的問題反而回過頭來問他，更察覺這件事內情必不單純。

「我們認識這麼久了，你知道我對朋友的做法」「我知道的事如果是跟你們有關的」「只要你問就絕對不會瞞著你」興台設法要從 Karl 這裡套出答案。

「那就這樣吧，你問對了我就說」Karl 知道興台不得到答案是不會罷休的。

興台沉默了一下，心裡想著老美這次的動作太突兀，直接派兩艘作戰艦進來，還打開 AIS，完全沒把老共的船放在眼裡……

興台想到這裡心頭猛地一驚，抬起頭來瞪著 Karl 問「你們跟對岸偷偷達成什麼協議？」

「Wow ！你連這個也猜得到」Karl 露出驚訝的神情，「你是怎麼會想到這個的？」

「我問了，該你回答我的問題了」興台眼神毫不放鬆地盯著 Karl。

「你知道這事我不好說」Karl 面露難色低下頭來。

「你可以不用告訴我全部細節」「我不要你踩紅線」興台很清

楚美國人的思考方式習慣把問題拆解成幾個部分，「只要告訴我跟我們有關的部分就好」

「簡單說就是我們跟北京有一個默契」「沒有任何協議也沒簽任何東西」Karl 看了看興台沉默了幾秒，「就只是單純的默契」

「北京同意讓康乃迪克號安全的離開台灣」「不會阻攔也不會攻擊她」

「北京肯讓康乃迪克號離開？」興台聽了心裡暗吃一驚，「那北京要什麼？」

「我不懂你的意思」Karl 的神情有些心虛。

「少來了！中國人不會無緣無故白白讓煮熟的鴨子飛了」「老共想了幾十年要知道美國人的核潛艇裡頭藏著什麼科技」「現在老美自己送上門來會輕易的讓她離開？」

「你們在這中間肯定有交易，交換彼此想要的東西」興台睜大雙眼盯著 Karl。

「你放心，我們讓他們很清楚知道我們的底線在哪裡」Karl 不經意地說出了這一句話。

「什麼底線？你們同意北京做什麼？」興台聽出這句話的玄機，睜大眼睛瞪著 Karl。

「北京說他們需要一個下台階來結束眼前的局面」「不可能什麼都不做就收手」「不然他們內部的壓力會很大」

「讓康乃迪克號離開台灣這哪是下台階！」「你們答應了北京什麼？」

「北京說台灣上次打傷了他們的船這筆帳必須算」「必須給台灣一個教訓……」

「他們要對台灣動手了？」「所以讓你們的康乃迪克號先走？」興台聽到 Karl 說的話感覺相當震驚，大聲質問 Karl「你們就這樣撒手不管？」

「我們沒有撒手不管」「我們有表明我們絕不允許北京攻擊台灣本島……」Karl 終於說出了答案。

「所以你們同意讓北京攻擊我們的外島？」興台的表情十分憤怒。

「這點你放心，北京對我們保證不會攻擊外島」

「不能攻擊台灣本島、不會攻擊外島」興台忽然間恍然大悟，「你們同意解放軍攻擊我們的海空軍！」

「所以你們的默契是北京保證讓康乃迪克號先安全離開」「然後你們默許解放軍攻擊我們在海上的海軍跟在天上的空軍？」

「就為了北京要算我們打傷他們昆明艦這筆帳？」「那他們幹掉我們的 IDF 跟康定艦這兩筆帳呢？」「要不要我們也跟他們算一算！」興台說的火冒三丈。

「IDF 我不知道，但是康定艦這筆帳應該說我們已經幫你們算了」此時 Karl 忽然看著興台表情嚴肅卻小聲地說，「幹掉康定艦的兇手已經被我們幹掉了！」

「但是昆明艦確實是台灣飛彈打的」「我們沒有反對他們對台灣進行報復的理由」Karl 面無表情的繼續說著，「只要中國人不踩到我們的紅線……」

「你們怎麼可以出賣台灣！」「尤其在這個關鍵時刻！」興台已經氣到全身發抖，「我們打傷昆明艦是為了保護你們的核潛艦啊！」

「Listen ！美國並沒有做什麼出不出賣台灣的！」Karl 忽然睜大雙眼看著興台，「我們做的都是對彼此有利的事！」「我們讓北京很清楚知道我們不允許解放軍攻擊台灣本島跟踏上台灣的土地」「但是我們也要考慮到北京需要下台階」「這就是協商啊！」

「要解決當前的危機就必須坐下來協商」「沒有人可以只顧著自己要的而不管對方」「大家都需要妥協」「不能光是坐著看兩列

火車對撞！」

「你是唸國際關係出身的」「難道不清楚美國的外交政策就是現實主義務實派嗎？」「台灣難道真的相信解放軍什麼都不會做就拍拍屁股回去？」Karl看著興台搖了搖頭。

「那你們也應該讓我們知道你們跟北京達成的妥協啊！」「而不是像這樣悶聲不響的一走了之」興台還是感覺憤憤不平，「這根本不是美國這樣的超強應該做的」

「拜託哦，美國早就不再是以前的美國了」「美國國力早就已經衰退沒辦法跟上個世紀的美國比了」Karl聽了興台的話，反而露出莞爾的表情，「冷戰結束時美國確實是全球唯一的超強，沒有國家的實力能夠跟美國相提並論」

「當年我不管是派在哪裡，都可以感受到美國的強大」Karl話語之間流露著對過去歲月的懷念。

「現在情況已經不一樣了」「美國沒有辦法再像過去那樣當世界警察」Karl表情有些無奈，「我們只能用妥協的方式來解決問題」

「那你們會宣布撤僑嗎？」興台知道看撤不撤僑就知道美國有沒有放棄台灣。

「目前當然沒有」

「目前沒有？以後呢？」興台追問。

「Who knows」Karl聳聳肩，「以後的事又還沒發生」……

從圓山飯店下來以後，興台開著車直衝辦公室而去，他必須盡快告訴紹安要海軍趕快作好應戰準備。康乃迪克號進到高雄後，解放軍機艦就大舉在台灣周邊活動，國軍空軍戰機基本上以靜制動，非必要不升空，而且有一部分戰機已經轉移到佳山基地，進行戰力保存；海軍艦艇則是採取傍岸戰術，多錨泊在近岸5浬內水域，共軍如果要發動攻擊，海軍傍岸的船必然是首要目標……

興台知道這時候不能夠用手機聯絡，因為各方都可以輕易截聽到他在手機裡的通話，他必須趕回辦公室用軍線聯絡，才比較放心。

車子到了校門口，門口全副武裝的衛兵把握著的槍轉向身後，再一一檢查證件、後行李廂跟手機 MDM。自從台海局勢緊張後，原本大門口衛兵不配槍的措施，也因應戰備升級規定而恢復配槍，步槍、戰鬥背心、子彈彈匣、防毒面具一應俱全。

「所長這麼晚了還進辦公室？您辛苦了」哨長將證件遞還給興台時寒暄著。

進了辦公室後，興台外套也沒脫，直接拿起桌上軍線電話撥了過去，沒兩秒紹安就接起了電話。

「紹安我跟你說，趕快跟上級報告，老共馬上要對我們海上的船艦發動攻擊」「要大家立刻做好戰鬥準備！」興台把情況一口氣講完。

「可以的話，離岸太遠的船要立刻後撤回來，免得變成活靶」興台不放心的繼續交代著。

「可是老師，上頭有交代艦指部這邊說層峰要求海軍的船要多出去增加能見度」紹安有些猶豫。

「都什麼時候了還增加能見度？」「現在是打仗又不是作秀！」興台聽了感覺很荒謬。

「鄭和呢？提醒他要小心一點不要離岸太遠」興台忽然想到自己的學生。

「老師，鄭和他……」紹安講一半就停了下來。

「鄭和怎麼了？」

「我沒辦法聯絡鄭和」電話裡紹安的聲音很微弱，「他今晚已經奉命離港去南海執行一項祕密作戰任務了……」

四十

　　鄭和艦灰色的鐵甲艦身在夜幕籠罩的大海中宛如隱身般難以察覺，平常夜間航行時主桅桿上高掛的航行燈及左紅右綠的舷燈不見開啟，漆黑海面上只傳來兩具內燃渦輪引擎略為高昂的運轉聲浪。

　　鄭和望著漆黑海面，燈火管制的駕台內寂靜無聲，雷達、聲納、通訊全部關閉，戰情室所有螢幕一片漆黑。離開左營時，鄭和下令全艦實施 EMCON-A 模式，關閉了所有會發出電磁信號的裝備，也等於關閉了鄭和艦在海上航行所依靠的導航定位、通信，以及對空、對面及水下偵搜系統。鄭和艦出了左營便向南一路傍岸航行，利用岸際燈光和航海圖比對，先是從東港跟小琉球之間穿過，再往南直到鵝鑾鼻燈塔亮光出現在鄭和艦的 270 位置時，再右轉 090 直直向西而去。半個鐘頭後，艦艉後方墾丁街上燈火已全然隱沒在地平線外，茫茫大海中的鄭和艦就像是一個眼睛全盲耳朵全聾的人走向一望無際的沙漠。

　　鄭和艦此行任務是襲擊解放軍 075 型兩棲攻擊艦海南號。海南艦兩棲作戰編隊現正在東沙島東北方海域集結，4 千噸級的鄭和艦奉命以艦載 8 枚雄二雄三反艦飛彈攻擊這艘 4 萬噸級的輕型航母。這是部長親自交付給鄭和的作戰任務。

　　前天一早鄭和就被艦指部指揮官帶著北上參加部長主持的作戰會議，老裴部長見到鄭和，一改之前因為 IDF 報告的不悅，面容溫和地說「一大早讓你從左營跑來，辛苦了」

　　鄭和原本搞不清楚為何部長點名要他參加會議，等走進國防部三樓部長辦公室旁的會議室，看見桌上擺的標註極機密的會議資

料，他就明白了。資料上清楚列出鄭和歷次執行南沙運補任務的經歷，以及伴護美國潛艦康乃迪克號力抗共艦攻擊的詳細經過。

「你是海軍一級艦艦長走過南海最多次、對南海最熟悉的」「你跟共艦交過手，而且沒輸」鄭和耳際還迴盪著部長在會議中對他講的話，「襲擊海南艦的任務，只有你才做得了」「你是我心裡唯一適合的人選」……

鄭和記得當時聽完部長的話，心中同時湧上驕傲、激動跟一絲疑惑，一時之間不知該如何表達自己這種複雜的感覺，只能像個入伍生般直挺挺呆坐在會議桌前。

「鄭和你聽仔細，我要你神不知鬼不覺接近海南艦，在她還沒發現你的時候發射飛彈幹掉她……」鄭和已經忘記部長那天早上跟他說的行動細節，只記得最後部長一臉嚴肅對著他說，「你的任務成功了，就可以解除我們的一大威脅，挫敗解放軍的攻台準備」

「要是失敗了，也可以利用這個失敗來讓層峰重新評估戰爭的代價」「讓層峰重新評估究竟值不值得為美國人打這一仗」鄭和看著部長低頭說這句話時的神情，心中的困惑愈來愈大……

「要攻擊海南艦談何容易！」此時鄭和坐在艦長椅上心裡愈想愈慌。海南艦編隊裡作戰艦有 1 艘 052D 型驅逐艦跟 2 艘 054A 型護衛艦，052D 有 64 具垂直發射單元，具備能夠同時發射多枚海紅旗 9 中程防空飛彈攔截不同空中目標的接戰能力。054A 也有 8 聯裝的垂直發射單元，每單元可以發射 4 枚防空飛彈。就連海南艦本身也配備了短程防空飛彈跟迫近防禦系統，整個水面艦編隊建立了十分完整的短中程艦隊防空及迫近防禦能力。

海南艦編隊的防空網除了讓來襲的飛彈不易突防外，強大的中遠程反艦戰力更是對鄭和艦最大的威脅。054A 配載的鷹擊 83 次音速反艦飛彈最大射程 180 公里，052D 的鷹擊 18 超音速反艦飛彈更至少有 220 公里的射程。

最重要者，不論是 052D 還是 054A，都配置相控陣位雷達，屬於共軍宣稱的中華神盾艦檔次，對空對海目標搜索和接戰能力要比成功級艦強太多。

換句話說，只要被海南艦編隊發現，鄭和艦絕對無法逃過蜂擁而來的反艦飛彈攻擊，更何況整個南海北部空域四處可見共軍戰機，其中殲 16 和蘇愷 30 都具有攜帶鷹擊反艦飛彈的攻海能力⋯⋯

但，鄭和艦沒有匿蹤構型，深入敵境要如何才能不被共軍發現？

那天早上開會時，海軍司令一聽部長屬意派鄭和艦執行這趟作戰任務，馬上舉手插話「報告部長，成功級艦構型並無匿蹤，在海上航行很容易被共艦偵獲」「是否考慮改派康定級去，比較能夠確保任務成功執行」鄭和只記得當時抬頭瞥見司令臉上表情十分緊張。

「拉法葉？當年我們從法國人手上買了空船回來上面什麼都沒有」「構型匿蹤有什麼用，中看不中用！」老裴部長之前才因為執行南沙運補任務的康定艦遭共軍擊沉一事，被層峰毫不留情面地在國安會議裡嚴屬斥責，一聽到司令提到康定級，整個火氣就上來了。

「現在拉法葉艦上頭只裝雄二」「但是依上次海峰大隊擊傷共艦的經驗」部長看著坐在最遠處的鄭和，「必須是雄二雄三高低配」「才能夠突破共艦的防空系統擊中她⋯⋯」

開完會回左營的高鐵上，鄭和一直絞盡腦汁想著要如何才能讓鄭和艦在共軍眼皮底下神不知鬼不覺地航行 2 百浬，再發射飛彈攻擊海南艦後平安返航？

「這根本就是 Mission Impossible！」鄭和一直到高鐵進了左營站，還抓著頭皮想破頭。鄭和心裡明白，如果不能找出實際可行的方法，艦上和他一起出生入死的一百多名官兵必將葬身南海。而他這趟北上見部長，就會像當年王生明將軍一樣，北上見完總統就

奉命前往一江山指揮守島官兵作戰。王生明在基隆上船前，明知面對共軍大舉進犯一江山，此戰必定無法生還，還是放下手中牽著稚子的手，義無反顧登船離去。

鄭和在官校唸書時每當讀到王生明將軍事蹟，總會心生感動，大丈夫當報效國家豪情壯志油然而生。但此時的鄭和，卻不想當王生明第二，「我一定要讓我的船跟我的弟兄平安回來！」

鄭和回到艦上後整整花了一天一夜的時間，和他的副長、作戰長、戰系長、輪機長等幹部關在艦長室裡擬定了具體的作戰計畫。原本鄭和擔心他的幹部會質疑這趟任務等同送死，沒想到幾位學弟不但沒有質疑，還異口同聲跟鄭和說「軍人沒有選擇戰場的權利！」

最後鄭和選擇了夜間行動並且下令全艦全程實施 EMCON-A 模式。夜間航行比較有機會避開共軍空中巡邏兵力及光學偵察衛星對海面的監視。而作戰艦對海面目標的偵搜都採用平面雷達和電磁訊號兩種搜索模式，平面雷達受限於地球曲率，一般最大搜索距離只有約 25 浬。在水面目標未接近到 25 浬之前，平面雷達是察覺不到的。但是現代反艦飛彈的射程都遠超過 25 浬，作戰艦要攻擊敵艦時可以不用接近到對方平面雷達偵搜距離內，就可以發射反艦飛彈。因此現在的作戰艦除了平面搜索雷達外，都還有負責電磁訊號偵搜的電戰系統，利用偵測敵艦導航定位、雷達和通信等裝備在運作時所發出的電磁訊號，來掌握水面目標的位置。而電磁訊號偵搜的距離，就不受地球曲率的限制了。

依作戰計畫鄭和艦要從鵝鑾鼻岸際向正西方航行 170 浬，再發射飛彈攻擊在 25-30 浬距離外的海南艦。若維持 20 節的速度，需要 8 個小時才能夠到達攻擊發起位置。

鄭和艦在傍晚 6 點半夜幕低垂之際悄悄駛出左營，晚間 9 點半抵達鵝鑾鼻改向西航行，預計在清晨 5 點半海平面日出前，抵達攻

擊位置發動攻擊。

鄭和艦沒有用更快的速度航行，是因為 20 節相當於一般商船在公海航行的速度，這樣子即便沿路上有共軍發現鄭和艦，在鄭和艦並無發出電磁訊號的情況下，也會誤判雷達上的光點是路過的商船。而鄭和艦先向南到鵝鑾鼻再轉向西走，也是希望混淆共艦，讓共艦以為鄭和艦是從巴士海峽過來向南海航行的商船⋯⋯

舵手坐在駕駛座上，右手輕握著控制船舵的轉鈕，一邊不時低下頭察看駕駛台上的電羅經，確認艦艇維持在正西向航行。另外，在鄭和坐著的艦長椅前面、以及副值更官身旁擺著航海圖的桌上，都放著舊式的航海羅盤，這是鄭和的副長下午趕去鹽埕公園路那邊專門賣拆船二手貨的店裡買來的，以備任務途中有不時之需⋯⋯

鄭和坐著的艦長椅前面，還擺著一具有著長天線的衛星電話，這是鄭和拜託在海巡服務的同學，動用地方人脈緊急跟南台灣最大的海上走私梟商借來的⋯⋯

艦指部原本指示鄭和艦依預定方向航行 8 個小時，預計是清晨 5 點半時，就打開電偵系統偵測周邊的電磁波來確定自身的位置。依據作戰計畫，此時東沙島的位置應該在鄭和艦的 320 方位，鄭和艦可以用東沙島上雷達發出的電磁波，作為已知方位線來定位自身位置。

但是只有一條方位線無法判斷具體位置，鄭和艦還必須偵測共艦發出的電磁訊號，以獲得電偵方位線。就像在一個平面上要標定坐標時，必須要有 X 軸跟 Y 軸才能夠定位一樣，海上航行若不依賴衛星導航，而是利用電磁定位時，至少必須要有兩條以上的方位線。可參考的方位線愈多，獲得的位置座標就愈精準。

艦指部指示依東沙島無線電波確認已知方位線後，再偵測共艦發出的電磁波作為電偵方位線，只要獲得這兩條方位線，鄭和就能夠確認敵我位置和距離。此時雙方的距離若依計畫只有大概 30 浬，

雄二、雄三的飛行時間各自只有約兩分鐘和半分鐘，共艦將無充足時間作出反應，飛彈成功突防擊中目標的機率就會大為提高。

但是，打開電偵系統也會同時曝露自己的行蹤，共艦的反艦飛彈也將隨之而來……

副長、作戰長們建議直接依預定方向航行 8 個小時後，就依序發射雄二、雄三飛彈，不要解除 EMCON-A 模式。飛彈在離港前已事先輸入共艦船團所在位置的座標，等飛彈飛到座標區時，就會打開尋標器，自動搜尋大型水面目標進行攻擊。鄭和艦在發射飛彈後，趁著共艦防空系統接戰，無暇他顧之際，迅速轉向返航，全程維持電磁靜默，這樣才能降低被共艦發現的機會。

但是未經座標修正就直接發射飛彈，飛彈尋標器不一定會鎖定海南艦，而是鎖定由彈頭尋標器在打開瞬間所發現、雷達截面積最大的水面目標進行攻擊。倘若當時海南艦已離開前一晚逗留的位置，飛彈飛到座標區就無法發現海南艦，而是鎖定攻擊當時在這片海域的其他船艦。而且不見得是共艦，也有可能誤擊正巧經過這片海域的大型商船。

若是這樣，鄭和艦冒著被擊沉的風險前往南海襲擊海南艦的任務就失敗了。不但共軍準備攻台的兩棲作戰編隊絲毫無傷，國軍還會因為攻擊在公海上航行的非武裝船隻而遭到國際譴責及究責。

鄭和打算照自己的方式做……

海巡的學弟帶著鄭和去找南台灣海上私梟大王時，直接跟對方說這是海軍弟兄為了保衛台灣，要出海去打共匪，希望對方能幫忙。這位私梟大哥聽完鄭和拜託幫忙的內容後，開口第一句竟是「我嘛係海軍仔餒，四十冬前我在陽字號頂頭作兵作三冬」「幹！有夠累」嚼著檳榔的大哥嘴裡金牙若隱若現。

「這次阿共啊脩超過啦，把咱的船仔打掉一條，頂頭百多人餒」「幹！看袂過啦」大哥幽黑的臉龐上眉頭緊皺著。

私梟大王給了鄭和一具衛星電話，可以在海上跟他的走私船隊通話和接收北斗衛星訊號。

「這個電話的訊號阿共仔一定會接收到」「但是他們會以為是海上貿易，袂發現啦」大哥神情輕鬆地說著，

「你走到 7 點半鐘的時準，就打開電話，我會叫人駛船仔按澎湖出去」「到時會準時卡乎你」大哥交代著，「用約好的密語跟你講你愛按兜位駛跟需要駛多久……」

鄭和睜大雙眼仔細聽著面前這位縱橫南台灣的私梟大王，不知道江湖中人辦事情靠不靠得住。

「你放心啦」大哥看出鄭和眼神裡透露出來的疑慮，「我的人攏有夠專業ㄟ啦」「你這邊要ㄟ記欸該按怎做就好」……

鄭和坐在艦長椅上忽然想起什麼似的，低頭看了一下手腕上的表，長短針指著 4 點半。此時東方海面依然漆黑一片，距離天際轉白還有一個多鐘頭。

「報告艦長，預計再一個小時抵達指定座標位置」值更官轉過頭來向坐在艦長椅上的鄭和報告。

鄭和打算不用等到一個小時，再半個小時後就會打開衛星電話……

四十一

秀予帶著亭莉搭著悍馬車奔馳在夕陽斜照的屏鵝公路上，今天一早營指揮所就接到上級緊急命令，要求所有前進部署在海岸的第一線部隊立刻進入作戰陣地完成戰鬥準備。營長用無線電跟幾個連長下達命令後，要秀予去各個連的部署陣地巡查，看看幾個連長有沒有按照營長的命令去做。

秀予知道營長對底下的人不太放心，因為幾天前媒體報導有士兵從作戰陣地開小差出來在街上晃，被民眾用手機拍下畫面向媒體爆料。戰區前天晚上就突然派憲兵巡查組下來，結果真的在車城、恆春和墾丁街上，發現幾個從陣地開小差出來買手搖飲的士兵，其中也包括秀予營裡的人。

秀予知道這是部隊進入陣地維持戰鬥準備狀態久了，必然會出現的倦怠現象。當初在保力山訓場接到作戰命令時，大家都腎上腺飆升衝到指定陣地迅速完成戰鬥準備，當天官兵們到了晚上連午餐都還沒吃，卻沒有人抱怨喊餓。

但是大家很快就無力了……

秀予看在眼裡，心裡很清楚原因是什麼。國軍久無實戰經驗，幹部從上到下都只知道依準據進行戰鬥準備，卻不知道要如何才能夠讓部隊維持臨戰狀態卻不會疲乏。結果長官只會要求部隊作好隨時接戰準備，一級一級命令下來，到了最基層部隊，就變成隨時要全副武裝維持戰鬥姿態不准鬆懈，而不管這樣的命令是要士兵們必須整天不分日夜全副武裝待在陣地裡。結果就是部隊準備投入實際戰鬥的動作，在各級長官要求下，反而變成了另外一種刻意展現給

上級看的形式，而不管維持這樣的形式會不會耗損士兵們的精神跟體力，降低士兵的戰鬥力……

基層部隊官兵早已熟悉上級長官們著重形式的要求了，會自己找出在上級要求的形式跟自己實際的需求之間的平衡方式。同一個戰鬥單位裡大家心照不宣地輪流開小差蹓到街上吃點小吃或買杯珍奶，平衡一下自己不能在部隊裡說出口只能藏在心中的那種面對戰爭的恐懼。秀予知道這是讓士兵們能夠維持作戰士氣很重要的方式，也就睜一隻閉一隻眼，因為誰曉得這場仗打起來以後是生是死，她不忍心在戰鬥前夕破壞士兵們的小確幸。更何況她知道這些士兵開小差並不是逃跑，而是為了讓自己更有勇氣面對戰爭，會跑的兵就不會在街上蹓躂了。

但就是有民眾會拍下畫面給媒體爆料，媒體再用聳動的標題批評國軍都要打仗了軍紀還這麼鬆散要如何作戰。上級長官最怕的就是媒體，也不來了解基層部隊實際的狀況，直接就派憲兵下來巡查，見一個抓一個，幹部再連坐懲處。

秀予只好跟營長建議收回原本默許給士兵的這項福利，大家全部皮繃緊一點24小時全副武裝待在陣地裡了。

悍馬車循著屏鵝公路向南疾駛，秀予剛巡視完最後一個陣地時遇見亭莉，她連上的陣地就在營指揮所旁邊，秀予就讓她搭便車一起回營部。

傍晚的海面被夕陽灑下一片金黃，整個天空也被染得紅通通的。秀予搖下車窗讓海風吹撫著臉龐，享受這原本應該是屬於來墾丁渡假時才有的片刻寧靜。她脫下頭盔用手撥弄一下被壓得不成形的頭髮，甩了甩頭再仰起臉迎向窗外。風吹得秀予瞇上眼睛，俏麗的短髮在腦後飛揚起來……

秀予瞇著眼睛望著海面上的船艦，自從她的營奉命進入陣地後，海軍這幾艘船就一直待在這裡，每次經過海邊都會看到遠遠接

近天際線的海上，幾艘折射著亮光的灰色艦身。

「咦，今天海軍的船好像離岸比較近」秀予發覺海面上軍艦的位置不像之前那般在遙遠的天際線上，而是比較接近陸地。秀予瞇著眼睛，隱約可以看見艦艇側身的白色舷號。

「是左營艦誒」坐在後座的亭莉先認出在海面上最遠處最大的一艘作戰艦⋯⋯

忽然間，秀予瞇著的雙眼看見左營艦艦艏甲板上 MK26 發射器的雙臂迅速掛上由彈艙升起的兩枚標二飛彈，緊接著發射器左右上下轉動了一下，就在發射器停止轉動的瞬間，兩枚飛彈幾乎同時噴出刺眼的尾焰發射出去。飛彈快速升空後向著地平線方向飛去，在天空劃出兩道弧形的白色尾跡。在發射飛彈的同時，左營艦龐大的艦身也大動作地向右方迅速移動調整方向，不一會兒整艘艦就變成和海岸平行加速向北航行。

就在秀予目光被快速升空的飛彈吸引之際，還籠罩在剛才飛彈發射遺留下來煙霧裡的發射器雙臂又迅速掛上兩枚標二，緊接著這兩枚飛彈轟地一聲也噴出強烈的尾焰向著地平線的另一邊直衝而去；此時秀予發現這次同時有 4 枚飛彈從左營艦的甲板騰空而去，是左營艦後甲板另一座 MK26 發射器也加入了發射飛彈的行列。

原本左營艦錨泊在海上，艦艏對著外海跟陸地維持著約 30 度夾角的姿態。但是這樣的姿態一旦接敵，只有裝置在艦艏的 MK26 才能發射飛彈，艦艉甲板上的另一座 MK26 受限於射角，無法提供火力支援。所以剛才左營艦調整艦身方向，讓整艘艦橫著接戰，就可以讓前後甲板兩座 MK26 充分發揮火力了。

左營艦前後甲板每隔不到 10 秒就有飛彈發射出去，前次發射濃濃的煙霧還沒散去，就又有飛彈升空噴出炙熱的尾焰，沒一會兒功夫龐大的艦身幾乎完全籠罩在飛彈發射的白色煙霧中。

此時秀予才發現到，不止左營艦，在海上的其他作戰艦，也都

在拼了命的發射發彈，飛彈有的直衝天際而去，有的升空後又下降高度掠海飛行，但所有飛彈都指向同樣的方向。其中左營艦發射的飛彈數量最多，伸向空中的飛彈尾跡也最密集。天空出現一道一道愈來愈多的白色凝結雲，被西斜的夕陽映照透著詭異的粉紅色，顯得十分突兀。

此時天空忽然傳來「嗚～嗚～」的戰機引擎聲，秀予把頭伸出車窗外抬頭往上看，只見到 8 架 F-16 四四編隊從山後方向飛來，在低空飛過悍馬車頭頂時，秀予清楚看見每架 F-16 的雙翼底下都左右各懸掛著一枚魚叉反艦飛彈。8 架 F-16 帶著 16 枚魚叉向著地平線的另一端衝去。

正當秀予的目光被 F-16 吸引望向天際時，正好看見海面上的幾艘作戰艦上方突然像是放煙火一般，閃爍著一粒粒刺眼的亮光。亮光夾雜在夕陽餘暉中，照得秀予已經瞇成一條縫的雙眼更睜不開。

「那是什麼？」坐在後面的亭莉也看見了這幅不尋常的景象，挺起身子一邊向前拍著秀予的肩膀，一邊側著頭望著海面喃喃自語。

忽然間在剛才幾艘戰艦發射飛彈飛去的地平線後方的天空，出現了幾次爆炸的火光，沒隔兩秒秀予跟亭莉就聽見順著海面傳來的低沉爆炸聲。此時天際出現了愈來愈多的小黑點，快速飛向幾艘水面艦。隨著距離愈近，小黑點逐漸變大……

「是飛彈！是共軍的飛彈！」亭莉等到看清楚空中快速飛來的竟是一枚枚掠海飛行的飛彈，頓時驚嚇的叫出聲來。

突然間水面艦上的迫近防禦系統開始射擊聲大作！6 根砲管滾動式連發瞬間將上千發的貧鈾彈潑灑出去，就像是在空中設下一道密實的金屬牆般擋住飛彈的去路。隨著砲管指向的射擊方位不斷修正，灑出去的彈群拖弋著弧形發亮的光束尾跡掃向天際。

幾枚最先飛到俯衝而下的飛彈還沒來得及接近水面上的目標時，就碰觸到迎面而來的彈幕，瞬間像是爆竹般在空中爆炸開來，殘骸宛如煙花四散墜入海中。但就像蜂群一樣，從天際線後方不斷有愈來愈多黑點飛來，彷彿在海的另一邊有個巨人不斷將手中捧著的芝麻灑向天空……

海面上快速疾駛的左營艦忽然間震動了幾下，時間彷彿靜止下來。接著秀予聽見順風傳來清楚的「砰、砰、砰」三聲悶響，左營艦被三枚飛彈同時擊中！

左營艦是海軍僅有的四艘基隆級驅逐艦之一，配置 AN/SPS-48E 旋轉式三維平面陣列雷達，對於掠海而來的目標需要十多秒的搜索時間，如果是定向搜索，最快也要 5 秒。這樣的對空搜索性能搭配標二飛彈，足以攔截掠海而來的次音速反艦飛彈，但是對於末端飛行速度每秒超過 800 米的超音速反艦飛彈而言，這樣的對空搜索雷達性能是不足的。

四艘基隆級艦分別部署在台灣東北、東南、西南和北方。左營艦是負責西南海域海上作戰指管，在國軍擊傷昆明艦後依照艦指部命令採取傍岸戰術，才後撤進入到恆春半島近海。原本在昨天夜裡，左營艦和其他幾艘作戰艦編隊駛離近岸水域，要前往澎湖南方水域執行一項祕密作戰任務，目的是吸引逗留在東沙島東北方的共軍作戰艦向北移動。結果今天一早突然又接獲艦指部緊急命令，要求左營艦和其他水面艦立刻終止任務，盡速返回傍岸水域……

秀予看著海面上左營艦甲板冒出陣陣濃煙，忽然間在濃煙裡閃出幾道火花，伴隨著幾次爆炸聲，接著「轟」地一聲巨大爆炸聲響，連在岸邊公路上疾駛的秀予都感受到爆炸的震撼帶著震波順著海面襲了過來，秀予本能地閉上眼睛。再睜開眼向海面望去時，只見左營艦龐大高聳的艦身輪廓在夕陽逆光的照射下已經出現傾斜，而且艦身很明顯開始下沉……

此時又是「砰、砰、砰」三聲，左營艦後方不遠處的另一艘成功級艦被擊中！其中兩枚鷹擊18幾近垂直角度俯衝而下先後擊中了艦艇甲板的MK13飛彈發射架後，鑽進了下方的飛彈庫……

忽然間「轟」地一聲，成功級艦艦艇甲板下方的連續爆炸伴隨著強烈巨響，把甲板像開罐頭一般整個掀了開來！是在甲板下方彈藥艙裡的標準飛彈被兩枚鷹擊18的爆炸引爆，造成飛彈連續爆炸！整個灰色艦身完全被濃濃的爆炸黑煙籠罩，在一陣海風將濃煙吹向另一側之際，秀予驚駭地發現此時這艘艦的艦艇跟艦橋之間像是折斷般地出現明顯變形。整艘船前後都起火燃燒，沒有一個官兵出現在甲板上……

在天空的黑點消失後，海面上共有四艘作戰艦爆炸起火，冒著濃濃的黑煙，從船艙裡不時傳來沉悶的爆炸聲。原本有的船在剛被飛彈擊中時，甲板上還傳來尖銳的警報聲，但隨後的飛彈再擊中艦身引起強烈爆炸之後，就沒有再聽見艦上的警報聲了，也都沒見到有生還的人走出甲板……

秀予已不忍再看，她閉上眼睛低下頭來，兩行淚水自她緊閉的雙眼眼角泊泊流下……

此時忽然聽見「咻～咻～咻」幾聲，數枚從悍馬車前方不遠路邊的海峰大隊機動車發射的雄二雄三飛彈，不干示弱地對著共軍飛彈掠海而來的方向筆直飛去，沒一會兒就從遠方的地平線上消失。

「學姐學姐，妳看！」亭莉突然從後面抓著秀予的肩膀用力搖晃，語氣驚恐的叫著。

秀予抬起頭看向窗外，只見遠方天際線上飛來幾枚飛彈，沒有攻擊幾艘已經歪斜半沉的水面艦，而是和迎面而來的雄二雄三擦身而過後，繼續筆直地衝向岸邊……

「這些飛彈要攻擊陸地！」「離開路面找地方掩蔽！」秀予大吃一驚回過頭來命令駕駛兵。

　　駕駛兵側過頭來看見愈飛愈近的飛彈，嚇得直接把悍馬車開下道路，停在海峰大隊的一輛機動雷達車陣地旁。

　　秀予看著掠海而來的飛彈彈頭筆直的對著她們所在的位置，大驚失色叫著「這是反輻射飛彈！要打雷達車！」「趕快開走！！」

　　駕駛兵一聽更嚇得急忙用力扭著方向盤踩足油門要把悍馬車倒車後退時，飛彈在空中飛行發出的低沉嗚嗚聲愈來愈大聲。秀予驚恐地抬起頭望向天空，飛彈彈頭的輪廓已經清晰可見……

　　「快找掩蔽！！……」秀予的驚叫聲還語音未落，「轟」地一聲！一枚飛彈擊中了悍馬車前方5米不到的雷達車！整輛雷達車瞬間炸了開來，殘骸併著爆炸震波跟高熱向四面八方炸飛出去！秀予看見飛彈擊中雷達車爆炸的瞬間，還沒來得及反應，前座擋風玻璃瞬間崩裂！不到一毫秒的時間，整輛悍馬車就被炸得向後翻了出去……

四十二

清晨 5 點半東方海面開始由一片漆黑轉為魚肚白，鄭和艦 4 千噸的灰色鐵甲艦身被從巴士海峽和台灣海峽吹來的東北季風推著，在南海北部的 5 級風浪裡上下起伏。

鄭和坐在艦長椅上，手裡不斷把弄著形狀像是 30 年前香港電影裡頭經常出現、俗稱黑金剛大哥大手機的衛星電話，臉上神情透露些許焦慮。

就在半個鐘頭前，鄭和依約打開衛星電話，果然接到私梟老大手下的船打來的電話，但是說的卻不是按照之前約定的暗語告訴鄭和海南艦編隊的方位和距離，對方只說了「攏走啊啦」「嘜駛同路返去」就掛上電話。

鄭和乍聽之下丈二金剛摸不著頭腦般不知道對方要傳達的意思是什麼，待靜下心來想了一會兒，才恍然大悟原來是要告訴他海南艦編隊已經離開了，而且還警告他不要循原路回去，因為原路回去會遇到共艦。

「所以海南艦編隊是往台灣方向移動？」鄭和心裡思考著，「難道共艦不怕我們海鋒大隊的反艦飛彈？」……

「靠！是老共要開始對台灣發動攻擊了！」鄭和腦中突然浮現出這句話，瞬時震驚的讓他不自覺地從艦長椅上站了起來。

鄭和找了幾個主要幹部到駕台後方的艦長室，把從私梟那邊得到的消息告訴他們。

「他們叫我們不要走原路回去」「是知道走原路回去就會遇上海南艦編隊」鄭和解釋著私梟老大那邊的想法，「如果遇上共艦，

鄭和艦必死無疑！」鄭和知道這位老大其實是在替鄭和艦全艦官兵
著想。

「私梟老大為什麼要警告我們繞道？」「說實話這跟他一點關
係也沒有」副長不解地問著，「在兩岸之間跑的走私船心裡都很清
楚在海上不要介入兩岸之間的事」

「因為他幹過海軍」鄭和記得上回這位老大跟他說的話，「在
老陽上頭當過三年兵」「不想讓鄭和艦上一百多名官兵白白送死」

「現在老共要攻擊台灣，你們覺得我們該怎麼辦？」鄭和想聽
聽底下幹部的想法，但幾位幹部面面相覷都沉默不語。

「艦長，不管要怎麼做，最重要的是要確保艦上一百多名官兵
的安全」輔導長語帶保留。

「我們是不是要先搞清楚台灣那邊的情況」「貿然往回衝，會
不會是飛蛾撲火自投羅網？」副長順著輔導長的話。

鄭和聽到這裡，心中明白幹部們對是否要趕回去參加戰鬥，
心裡是有疑慮的。他很清楚下屬們所擔心的，兩岸海軍實力早已失
衡，這幾年共軍新一代戰艦像下餃子一樣，沒幾個月就有一艘船下
水，除了艦身構型匿蹤外，全部配置了相位陣列雷達（PAR）、
垂直發射系統（VLS）跟拖曳式聲納（TAS）。反觀國軍海軍主力
艦不管在構型、雷達、發射系統、反潛聲納各方面，都已經落後
一大截。

鄭和明白他的幹部們當初在接獲上級命令要單艦深入南海襲擊
海南艦的作戰任務時，心裡就已經存在著敵強我弱的疑慮，只是強
烈的軍人使命感跟對國家的效忠掩蓋過疑慮，讓大家毫不猶豫地出
發執行任務。現在鄭和艦並沒有接到上級命令要求返台參戰，原本
埋藏在內心的疑慮就直接曝露出來了。

鄭和知道再讓大家說下去，只會讓幹部們更加猶豫不定，他必
須展現出大家需要的信心跟決心。鄭和抬起頭來環視著幹部們，揮

手要副長跟輔導長不要再說。

「現在老共要發動對台灣的攻擊，我們如果不回去」「不就是臨戰脫逃？」鄭和睜大雙眼盯著他的下屬表情嚴肅地說，「那我們還配當軍人嗎？」

「現在海軍的船都在傍岸，他們會是第一個遭到老共攻擊的目標」「我們不能放著海軍弟兄不管，自己當逃兵！」鄭和說到這裡頓了一下，看著這幾年一直跟著他在海上同甘共苦的副長，「當然，我們要回去跟老共拼也不能拿雞蛋碰石頭」「更不會是飛蛾撲火」

鄭和說到這裡刻意停頓下來睜大眼睛看著大家，幹部們此時對艦長心裡在想什麼也都了然於胸了。

「艦長，私梟老大的好意是一回事」「但他又不在我們的指揮鏈」「我們是聽您的命令」作戰長文浩突然打破沉默開口，輪機長、戰系長、補給長聽著也點頭示意。

鄭和轉過頭來看著副長，直到副長也跟著點頭後，鄭和知道此時他可以下達決心了。

「作戰長，重新定一條航線，從南邊回去，避開北邊的共艦編隊」鄭和開始下達命令，「離台灣愈近再開打對我們愈有利」「戰系長，做好接敵準備，防空反艦反潛都要備便」

「老鬼，確認油櫃水櫃存量，定出油水管制計畫」「補給長，盤點冰櫃確認食材剩餘量，即日起管制口糧，每日四餐改成三餐，每餐四菜改成三菜」鄭和熟悉地交代艦上各部門該做的事，「另外，發放戰備口糧，作好隨時遭遇戰鬥伙房不供伙的準備！」「各艙間水密門全程關閉！」

「輔導長這邊去跟官兵說明情況，叫大家先把要跟家人交代的話寫好」鄭和說到這裡頓了一下看著輔導長，「你先收齊統一保管」「等這場仗打完如果有需要的再轉交家屬」

鄭和艦龐大的灰甲艦身轉向東南方維持著 20 節的速度徐徐前進，在艦艉後方起伏的海面上留下一道隱約的弧形……

鄭和坐在艦長椅上，望著波光粼粼的海面。從清晨東方天際線泛著魚肚白時決定折返台灣開始，到現在東方海面已經逐漸變得灰暗，風浪明顯和緩許多，斜照的夕陽把海面染得一片通紅。鄭和艦回程已經走了整整 13 個鐘頭，途中沒有遇見任何一艘船。兩岸兵凶戰危讓往來於台灣周邊水道的各國商船，早已繞道巴布延海峽，在還沒接近巴士海峽的時候就早早從呂宋島北端進入西太平洋了。此時會在南海北部、台海南端、巴士海峽西側這片水域出沒的，除了兩岸的軍艦外，就剩下穿梭在這片海域的走私船了。

雖然沒遇見船，鄭和艦下午倒是遇見一次美軍的 F-18A 超級大黃蜂。兩架戰機從巴士海峽的方向飛來，臨空後其中一架對著鄭和艦俯衝而下，在艦橋上空大約 300 呎高度盤旋了一圈，接著就拉高和另一架僚機會合，一起循著原路飛去。

鄭和心裡清楚美軍戰機是來偵察鄭和艦的，因為鄭和艦一直到下午都處在電磁靜默狀態航行。美軍肯定是透過其他的戰場感知系統發現了鄭和艦蹤跡，但是因為鄭和艦沒有發出任何電磁訊號，美軍無法判斷這艘船的情況，就派了兩架戰機前來確認。這兩架 F-18A 大概是從巴士海峽東面的雷根號航母上起飛的，在飛行員目視確認鄭和艦後，認為對美軍不具威脅性，就結束任務飛回母艦了。

剛開始當駕台外的瞭望兵回報發現戰機時，鄭和急忙衝出去拿望遠鏡盯著海平面天際線上的兩個小黑點，心裡很擔心會不會是老共的飛機，還回過頭命令作戰長作好接戰準備，駕台前方的 M13 發射臂上的標準飛彈早已就位。鄭和邊盯著戰機，心裡邊想著要不要解除電磁管制，打開射控雷達讓艦上的防空系統接戰。但是鄭和很清楚這樣做的話，鄭和艦立刻就會被老共在南海北部的對海監視系統偵測到，用不了多久，共軍的反艦飛彈就會像大海中的鯊魚群

嗅到遠處的血腥味一樣蜂擁而至了。

雖然鄭和艦的 SPS-49(V)5 對空搜索雷達最大偵蒐距離有 460 公里，可以很早發現來襲飛彈，但是搭配的標準飛彈最大射程卻只有 46 公里，而且是半自動導引，需要艦上射控雷達先鎖定目標後，才能展開發射程序。這個程序大概需要 15 秒時間，等來襲飛彈接近到標準飛彈射程內再啟動發射程序時，鄭和艦只剩下不到 50 秒的反應時間。扣除發射程序需要的 15 秒以及 MK13 發射架每裝填一枚飛彈所需的 10 秒，鄭和艦最多只來得及發射 2 枚標準飛彈對來襲飛彈進行有效攔截，剩下的就只能交給方陣快砲了。

至於艦上的 76 快砲，雖然也可以由射控系統導引射擊空中目標，但鄭和心裡很清楚 76 快砲主要是用來打飛機，不是用來打飛彈的。

換句話說，只要同時有 4 枚反艦飛彈襲來，艦上的防空系統最多只能同時鎖定三枚進行有效攔截，至少會有一枚飛彈擊中鄭和艦……

鄭和原本心裡懸著要不要開啟射控雷達的緊張，一直到從望遠鏡裡看清楚是老美的 F-18A 時，才鬆懈下來。老美對鄭和艦明顯沒有敵意，F-18A 盤旋完要調頭拉高飛走時，鄭和還站在駕台右側的瞭望台上，向著兩架戰機的座艙揮手致意……

已經在艦長椅上坐了 13 個鐘頭的鄭和，此時看著舷窗外滿是紅色晚霞，心裡作出了攸關生死的最後決定。

「解除 EMCON-A 模式！」「聯絡 JOCC 請示作戰命令！」鄭和坐在艦長椅上下令，長期在海上和老共的船玩捉迷藏遊戲的經驗，讓他直覺快接近共艦編隊了。

從駕台到戰情室所有的螢幕突然瞬間放亮，伴隨著各種儀器開啟時的電子訊號聲響，無線電通信頻道充斥著不同波段的雜音，聲納系統開始傳回獨特的嘟嘟聲，在主桅桿上也傳來對空雷達和平面

搜索雷達轉動時的沙沙聲。整個駕台瞬間忙碌起來。

「執更官，交給你負責！」鄭和從艦長椅上跳下，快步走向後側戰情室，他知道接下來會是一場硬仗……

「報告艦長，衛星通信受干擾，無法聯繫 JOCC！」鄭和一進戰情室就聽見通信官回報的語氣十分焦急。

「報告艦長，發現共艦，方位 040，距離 25 浬！」戰情官在平面搜索雷達一開啟時就發現了在雷達幕右上方最邊緣處出現的共艦蹤跡。

「有幾艘？可能構型？」鄭和沉著地追問。

「僅一艘，大型艦，較共軍驅逐艦構型更大」戰情官作出研判。

「賓果！」鄭和不禁興奮地叫出聲來，「一定是海南艦！」「編隊其他的船應該在更北邊」

「就發動對台攻擊的作戰編隊來說，海南艦應該是在最後面離台灣最遠」「但沒料到我們是從共艦編隊的後面過來」鄭和沒想到會遇到這麼好的攻擊機會，「結果變成海南艦離我們最近！」

「啟動飛彈發射程序！」「兩枚雄二兩枚雄三！」鄭和毫不猶豫果斷地下著命令。

「啟動飛彈發射程序！兩枚雄二兩枚雄三！飛彈輸入目標座標！」射控官複誦著艦長命令。

「目標座標輸入完畢」射控官回報。

「雄二發射！」鄭和果斷下令。

「轟！轟！」兩枚雄二接連衝出發射箱向空中飛去，不一會兒功夫又下降高度掠海飛行而去。

鄭和看著腕上手錶的秒針，數到第 60 秒時，再下令「雄三發射！」

更大的「轟！轟！」聲從駕台後方響起，雄三發射時強烈的噴焰讓整個駕台都感覺到一股震動。

「發現3枚飛彈來襲！」「方向030，距離32浬，速度1馬赫」雷達士盯著雷達螢幕急促的回報。

「防空系統不待命令接戰！」鄭和知道這應該是海南艦編隊裡的052D在發現鄭和艦後立刻鎖定發射鷹擊18超音速反艦飛彈，鷹擊18雖然號稱速度可以達到3馬赫，但鄭和艦距離052D只有32浬，鷹擊18應該沒有足夠的距離加速到3馬赫。如果是在1.5馬赫以內，鄭和艦的防空系統就還有一搏的機會……

MK13發射架在15秒內連續發射了兩枚標準飛彈，由艦上的STIR跟CAS兩座射控雷達照著來襲飛彈的方位引導飛去。與此同時鄭和艦上空突然噴出了像煙火一般的熱焰彈跟鋁箔絲，那是用來誤導來襲飛彈彈頭尋標器的誘標。打出熱焰彈跟鋁箔絲後，駕台裡的執更官立即下令操作台上掌舵的舵手按照防空接戰準據緊急操作艦身作出大角度轉彎的迴避動作。

「擊中一枚飛彈！」「另一枚脫彈！」射控官焦急地大聲回報。

「準備衝擊！」戰情室電話手對著話筒大聲複誦作戰長的命令！鄭和知道艦上防空系統最後一道防線只能攔截一枚飛彈，還有一枚勢必擊中鄭和艦……

就在遠遠的天際上出現兩個貼著海平面的小黑點時，迫近防禦系統的方陣快砲突然間機砲聲大作，只看見成串的砲彈瞬間潑灑出去迎向已拉高再對著鄭和艦俯衝而下的飛彈。在機砲「涮涮」的連續擊發聲中，一枚高速俯衝的飛彈突然「轟」地一聲化作一團火球！隨著爆炸的火光閃現，彈體殘骸像天女散花一般四散落下掉入海中。

但是另一枚鷹擊18卻不偏不倚由上而下正中鄭和艦後甲板的機庫！

「轟」地一聲！兩個機庫艙間應聲爆炸燒成一團火球！整座機庫瞬間陷入火海之中，竄起的濃濃黑煙完全籠罩整個後甲板！

「後艙救火班立即前往機庫滅火搶救！快！」艦上響起刺耳的警報聲，話筒裡傳來損管官慌張的叫聲。

損管官擔心火勢是因為成功級艦在甲板以上艦身是採用鋁合金材料，以達到降低船身重心跟減輕重量增加機動性的目的。鋁合金一旦起火燃燒，在高溫之下很快就會變形，讓損害情況變得更嚴重。

「各單位清查戰損情況！」「確認雄二雄三能否正常發射？」鄭和焦急地要弄清楚他的船還能不能繼續戰鬥。

「報告艦長，已確認可以正常發射」戰系長很快回報。

「把雄二雄三全部發射出去！」鄭和毫不猶豫地下令發射剩下的四枚飛彈！此時鄭和只想著要用盡全力反擊共艦！長年的軍校教育和海上歷練培養的軍人本能此時被徹底激發出來！「幹！想打台灣，OVER MY DEAD BODY ！」鄭和嘴裡激動地罵著！

隨著四枚飛彈先後發射的轟鳴聲，鄭和下令執更官立即轉向台灣本島方向全速航行。此時鄭和艦上的反艦飛彈已經全部打完，防空系統能夠攔截飛彈的方陣快砲也在剛才飛彈擊中機庫時炸毀，只剩下艦艏的 MK13 每隔 10 秒才能發射一枚標準飛彈。但是在海南艦作戰編隊面前，這樣的防禦能力有等於無⋯⋯

「報告艦長，發現後方有 2 架不明機朝我艦快速接近！距離40 浬」「研判應該是共軍殲 16 戰機！」戰情官回報雷達士發現雷達幕上有兩個快速接近的光點。

「防空系統準備接戰！」作戰長文浩此時緊張地不待鄭和開口，直接對著下屬下令。

「報告艦長，發現前方有 4 架不明機朝我艦快速接近！距離50 浬」「研判應該是美軍 F-18A」雷達士又發現雷達幕上的新光點。

原本在鄭和艦西北方快速接近的殲 16，此時突然轉向循著原路回去，應該是發現了在鄭和艦東南方快速接近的超級大黃蜂。在

寡不敵眾或另有其他考量下，決定這次放過鄭和艦⋯⋯

「報告艦長，剛才飛彈擊中機庫共造成 4 員陣亡、8 員輕重傷，有兩員急需後送」此時副長回報了損管官清點的後甲板戰損情況。

「報告艦長，衛星通信恢復正常，收到 JOCC 通報，共艦編隊開始移動後撤」「根據國軍截聽共軍通訊，海南艦疑似遭飛彈擊中，甲板多處冒出濃煙，艦身傾斜 15 度」通信官接獲 JOCC 傳來的訊息。

「回報 JOCC，請他們盡快派直升機前來將傷員後送」鄭和知道海南艦應該是被鄭和艦發射的雄三飛彈擊中，因為海南艦本身只配置了短程防空飛彈，根本無法攔截超音速飛彈。而編隊中原本擔任海南艦護衛的其他共艦，由於已經前推而且正在跟台灣的海空軍交戰，對後方突襲而來攻擊海南艦的飛彈，雖然騰出手來發射防空飛彈攔截，但面對鄭和艦雄二雄三齊射的飽和式攻擊，就算能夠攔住速度比較慢的雄二，對於幾乎同時抵達速度超過 2 倍音速的雄三，也必然鞭長莫及力不從心了。

鄭和知道海南艦被擊中後，原本緊繃的心情頓時覺得輕鬆起來。他走出駕台站在瞭望台上，望著後艙逐漸變淡的濃煙，望著站在甲板上穿著橘色防火裝拿著瞄子拚命向已經癱塌變形的機庫噴水的弟兄⋯⋯

傍晚的海面被夕陽灑下一片金黃，整個天空也被染得紅通通的。鄭和脫下頭盔用手撥弄一下被汗水浸溼的頭髮，深呼吸了一口氣，再仰起頭閉上眼睛，讓熟悉的海風吹彿著臉龐⋯⋯

四十三

　　國防部新聞發布室裡，逸韋睜大眼睛搜尋著擠在現場的新聞同業，想要找出任何可以提供給他更多消息的人。

　　北京的媒體圈們都知道兩岸開打了，台灣海軍損失慘重，被擊沉擊傷了 8 艘船，空軍也損失了 8 架戰機，另外還有幾輛部署在屏鵝公路上的海鋒大隊機動飛彈車和雷達車被摧毀。

　　但是沒有人知道解放軍的戰損情況，也不知道為何這場衝突解放軍只攻擊了海空軍跟沿岸的機動飛彈車，卻沒有對台灣本島發動進一步攻擊。中央軍委跟戰區都沒有作任何說明，就連平時熱衷接觸媒體蹭聲量的軍科院或戰略學會系統退下來的名嘴網紅，也都罕見地避談這件事。熟悉北京圈內運作的逸韋看在眼裡，心裡很清楚這肯定是上頭下了封口令的緣故。愈是下封口令，表示這裡頭愈是有貓膩⋯⋯

　　AIT 昨天從台北發出聲明，證實康乃迪克號順利完成初級修復，日前已經離開台灣安全返回美國。AIT 並且感謝台灣政府在康乃迪克號停留期間，對艦上官兵所提供的一切協助。

　　美國國務院在 AIT 聲明之後，也在華府以回答記者提問的方式，針對這次兩岸軍事衝突作出回應，「美國強烈關切台海安全情勢，已採取必要措施避免該地區的衝突擴大。美國政府呼籲兩岸必須以和平手段解決分歧，美方不允許任何一方以非和平手段片面改變台海現狀⋯⋯」

　　台灣則是到昨天傍晚才由總統府發布簡短聲明，感謝美國對台灣的支持和協助，台灣面對中國的軍事侵略，已經用具體行動向世

人證明台灣守護和平以及對自由民主和人權價值的堅持⋯⋯

　　總統府對這次兩岸軍事衝突的輕描淡寫，對同樣熟悉總統府發言風格的逸韋來說，也感覺頗不尋常。

　　按理說台美如果要針對同一件事發布官方聲明，應該是雙方事先已經打過招呼，相互照會彼此聲明的內容，再約定時間同時對媒體發布。用這樣的新聞操作方式來展現出台美關係穩固，雙方溝通無障礙。

　　但這次總統府發布的聲明卻明顯比 AIT 聲明延後許久，而且壓根沒有提到康乃迪克號。在講到兩岸軍事衝突時，更完全沒有提到美國在其中扮演的角色，字裡行間看得出來這場仗似乎是台灣單獨面對解放軍⋯⋯

　　台北的總編輯昨晚在看完總統府發表的聲明後，聯絡人在北京的逸韋，要他設法了解這次兩岸衝突大陸這邊的情況，並且負責整版的報導。自從兩岸因為美國核潛艦康乃迪克號進入高雄而爆發衝突後，對岸就拒絕所有台灣媒體赴大陸的採訪申請。原本就有派駐記者在大陸的少數幾家媒體，在北京蹲點的人就成為台北整個新聞同業翹首企盼的消息來源了。

　　但是人在北京的逸韋其實知道的並不比在台北的同業們多，很多訊息都還是台北先聽說以後，要逸韋在北京查證消息的真實性。逸韋在北京蹲點多年，累積了豐富的在地人脈，但是這次雖然把他口袋裡的朋友圈翻了好幾遍，卻始終打聽不出什麼名堂來。

　　逸韋一早就趕到八一大樓，雙眼像搜尋獵物般掃描著擠在新聞發布室裡的人群，忽然間眼角瞥見門外走廊閃過的一抹身影，眼睛一亮，「吳總！」逸韋嘴角露出一絲詭笑，追了出去。

　　「吳總留步！」逸韋追上正要搭電梯的吳西晉。

　　「嘿！你這小子眼睛真尖，我來找個朋友都能被你瞧見」吳西晉回過頭表情有些尷尬。

「吳總肯定掌握了這次兩岸衝突的內幕」逸韋動著腦筋想要從吳西晉嘴裡套出話來。

「我哪知道什麼內幕啊？」吳總聽到逸韋表明來意後，接連按了幾下電梯鍵急著想離開。

「吳總您不能見死不救啊！」逸韋打定主意這次絕不放過吳總，跟著吳西晉進了電梯，「您還記得上回阿瑩總統競選連任的內幕是我告訴你的……」

吳西晉楞了一下，此時電梯裡只有他們兩個人。

「聽著，老弟」吳西晉邊示意逸韋注意天花板上的監視器鏡頭，臉故意轉向另一邊小聲地說著，「就當我沒說，這回解放軍打台灣，結局就跟當年懲越一樣」。

「懲越？」「不懂」逸韋知道時間有限，低著頭趕緊追問。

「慘勝啊！」「海南艦被三枚雄三擊中，死傷近百人」「船差點就回不來沉在南海裡了！」吳總果然爆出驚人內幕。

「台灣海軍這回的打法真是絕了，海南艦整個作戰編隊在對台灣動手的時候，台灣竟然有一艘船神不知鬼不覺跑到編隊後面，對著落單的海南艦就是一頓飛彈伺候！」吳總眼睛盯著電梯樓層指示燈，嘴裡愈說愈快。

「三枚雄三全部命中要害！當場海南艦就癱啦！」吳總向電梯門靠了一步背對著逸韋，「官兵死傷近百人，傷亡各半」

「那後續呢？」「還會繼續打嗎？」

「再打？萬一下回是航母被打癱了咋辦！」吳總目不轉晴地盯著緩慢變化的樓層指示燈，「我剛不是說懲越嗎？達到教訓的目的就行啦」

「形勢走到這兒，台灣問題已經不是最優先的了」吳總頗為了解上頭處理問題的順序，「接下來要處理的是內部問題」

「內部問題？」逸韋這回是真的不懂吳西晉話裡的含義。

「海南艦吶！」「南部戰區跟南艦現在都已經血流成河啦！」「該拔的人全拔光了」叮的一聲電梯門打了開來，「還包括當初設計海南艦的研究所跟造船廠裡頭的人」「終身究責制啊！」

「憑良心說單從軍事角度看，我蠻佩服這次台灣海軍的」吳總環顧電梯外空無一人，才回過頭來說，「出奇兵以弱擊強」「這種打法簡直跟當年毛主席的用兵之道如出一轍！」

「只是台灣再怎麼能打，也逃不過如來佛的手掌心」「這次出兵遏制台獨，中美之間是有默契的」吳總步出電梯前丟下這句耐人尋味的話。

逸韋呆立在電梯裡看著吳西晉快步走出電梯，等叮的一聲電梯門闔上時，才回過神來趕緊按下一樓鍵。「這次出兵中美之間是有默契的……」在電梯一層一層緩緩下降時，逸韋的心情就像下降的電梯般不斷往下沉……

逸韋回到新聞發布室，國防部發言人已經站在台上口沫橫飛地唸著手中的稿子。

「……在中國軍隊展現捍衛國家主權和領土完整的堅強決心、堅定意志和強大能力下，未經中國政府許可進入中國領土台灣的美國核潛艇，已經在中國軍隊堅決要求和全程監視下離開台灣，解除了台灣民眾可能遭受核污染及核擴散的迫切危機……」

「解放軍已經採取必要的海空聯合行動，徹底粉碎台獨分裂想要倚美謀獨的幻想！台灣的武裝力量在解放軍面前微不足道，台獨分裂勢力妄想以武謀獨，在祖國強大的軍事能力面前，無異是螳臂擋車痴人說夢！……」

坐在記者席上的逸韋此時心裡卻是在盤算著該找誰去核實剛才吳西晉說的有關海南艦被雄三擊中的事，以及要趕快通知台北那邊去追美國對解放軍動手這件事不但事先知情而且是默許的……

傍晚時分，逸韋坐在北京星巴克靠牆邊的角落，接近下班時間

的三里屯街頭開始熱鬧起來。逸韋啜了口咖啡後，就著桌上的筆電專注地寫起稿來。

「……這次兩岸爆發軍事衝突的導火線是美國核攻擊潛艦康乃迪克號進入台灣，嚴重牴觸大陸對美台軍事關係所劃設的紅線……」

「……解放軍發動對台灣周邊海空域的海空聯合軍事行動，擊沉擊傷國軍多艘作戰艦，並擊落多架戰機……」

「……康乃迪克號在解放軍發動攻擊前夕，突然在未告知我方的情況下強行離開高雄港，前往外海與兩艘美軍作戰艦會合後駛離台灣，沿途共軍並未阻攔……」

「……共軍海南艦在交戰時遭我海軍從後方發射三枚雄三反艦飛彈擊中，受創嚴重，艦上近百名官兵傷亡……」

「……大陸方面宣稱這次軍事行動已經有效達到遏制台獨分裂之目的，未來如果有人膽敢把台灣分裂出去，中國軍隊必將不惜一戰！不惜代價！堅決粉碎任何台獨分裂圖謀！堅決維護國家主權和領土完整！……」

逸韋把寫好的稿子前後讀了三遍，確認沒有問題後，按下了電郵送出鍵……

透過星巴克淡茶色玻璃帷幕看出去，華燈初上的三里屯顯得熱鬧迷人，完全嗅不出兩千公里外的台海戰火煙硝。此時的北京街頭被夕陽灑下一片金黃，整個天空也被染得紅通通的。逸韋伸了伸懶腰，用手撥弄一下雜亂的頭髮，深呼吸了一口氣，再仰起頭閉上眼睛，貪婪地嗅著滿室的咖啡香……

四十四

　　黃昏時分的校園裡，興台像往常一樣繞著校區跑著。慢跑是興台從當少尉開始就維持到現在的運動習慣，年輕時跑是為了鍛鍊體能，隨著年紀漸長以及工作愈來愈繁重，每天傍晚走出研究室沿著校園裡的林蔭慢跑，變成興台抒解工作壓力讓自己腦袋重新充電的方式。只有在跑步時，藉由大腦釋放的腦內啡，他才能充分思考，讓原本想不透的問題豁然開朗……

　　上午接到政戰局文宣處來電，邀請興台錄製莒光日節目，說明國軍在這次台海軍事衝突裡如何利用奇襲和不對稱作戰，成功擊敗共軍的侵略，打贏這場台海戰爭。無獨有偶地，府秘書長也打電話給興台，告知國安高層對贏得這場衝突欣喜若狂，還開了香檳慶祝！大家都樂觀認為國軍這次沒有美軍幫忙，獨立作戰打贏戰爭，對岸吃了這次教訓，從此以後不敢再小看台灣的軍事實力。

　　興台心裡卻高興不起來。他很清楚這次台灣沒贏、對岸沒輸，美國也沒置身事外。相反地，中美之間對這場衝突要怎麼打跟打到哪裡停，整套劇本事先都已經有了共識。在對岸對美國核潛艦進入台灣一事絕不善罷干休的壓力下，美國為確保康乃迪克號的安全，不得不同意讓對岸對台灣動手；同樣地，在美國堅持不得以武力改變台海現狀的壓力下，對岸為了找下台階，也不得不同意只攻擊台灣周邊的海空軍，不會對台灣本島動手。這是為何這次共軍只打海空軍而沒有進一步攻擊台灣本島的主因，整場衝突從頭到尾其實都是按照中美敲定的劇本演出，除了鄭和艦……

　　鄭和艦從敵後發射的三枚雄三飛彈擊中海南艦，讓共軍的攻

擊行動草草收兵，對國軍士氣確實大為振奮。但是後續官方將此宣傳成是國軍事先就擬定了鄭和艦從背後襲擊海南艦的作戰計畫，部長、總長、以及國安高層對此功不可沒，造成媒體輿論一片英明讚美附和之聲，又讓興台感慨不已。興台知道這次鄭和艦之所以能夠成功襲擊海南艦，是艦長鄭和的果斷決定和全艦官兵同舟一命拼死作戰的結果，跟上級、高層是否英明其實一點關係也沒有……

最讓興台感覺沮喪的是，這次兩岸衝突加劇了台灣內部統獨對立跟族群割裂。IDF 飛官馬國強被政府定調為駕機叛逃，不但鼓舞獨派團體公開騷擾羞辱他的家人，更逼得國防部下令清查並且強迫具有外省籍背景的軍官退伍。這也讓這些被逼退伍的軍人跟統派團體合流，上街頭進行更激烈的維權抗爭！

台灣對抗大陸的能量，在這次的兩岸衝突之後，變得更弱了……

興台暫時忘卻心中的沉重，腦袋放空把注意力集中在規律的呼吸，維持著穩定的步伐徐徐跑著。黃昏的校園被夕陽灑下一片金黃，整個天空也被染得紅通通的。興台看了看夕陽餘暉，用手撥掉順著額頭流下的汗水，繼續著他維持了三十幾年的慢跑……

· · ·

他焦急地快步走進內湖三軍總醫院，三總病房大樓 8 字型的建築讓他每次都跟進了八卦陣般走到一半就會迷路。本想應該出了電梯就到了，結果進去才發現走錯了邊，他要到東病房大樓卻走到西病房。這一折騰讓他心裡更著急了，加護病房每次探病時間只開放半小時，現在只剩下 10 分鐘……

秀予躺在病床上，被導彈擊中雷達車時爆炸的震波衝擊，造成上半身和臉部大面積燒燙傷，胸腔多根肋骨骨折，斷碎的肋骨刺傷肺部造成呼吸困難，醫生不得不幫她插上呼吸管……

亭莉躺在另一張病床上，在導彈爆炸時因為坐在後座的緣故，燒燙傷雖然沒有秀予嚴重，但是卻被變型的車廂擠壓造成兩腿骨折，更嚴重的是悍馬車被炸的向後翻倒時，亭莉因為沒有繫安全帶，整個人被倒栽甩向地面，造成頸椎骨折，整個人頸部以下癱瘓，必須插管維生……

這是三軍總醫院燒傷中心的中重症加護病房，國軍在這次兩岸軍事衝突死傷數百人，大多是海軍艦艇上的官兵。秀予跟亭莉是少數陸軍部隊戰傷人員而且傷勢嚴重，在衝突結束後被陸軍後送到內湖的三軍總醫院，陸軍司令還親自前來拜託院長務必全力救治她們，最後秀予跟亭莉被妥善安置在走廊盡頭的雙人病房裡。

他終於找到了正確的位置，快步走向走廊最後一間病房。到了門口他停頓了一下緩和自己的呼吸，再慢慢推門而入……

開門聲驚醒了她，她睜開眼睛看見是他，眼淚立刻簌簌地從眼角流下。他正要開口說話時，她用眼神瞥向旁邊，示意他不要吵醒隔壁病床。他見到她的模樣，難過地握住她的手，看著她手臂上扎著點滴的針管裡還滲著血絲，不禁眼眶泛紅。

她哭的激動起來，想說話卻被喉嚨裡插著的管子堵住說不出來，只聽見微弱的嗚嗚聲。

他拉了把椅子挨著她的床邊坐下，兩眼凝視著她，泛紅的眼眶變得溼潤起來。他突然深深地感覺對不起她，不該有這場戰爭讓她受到這麼大傷害，這是一場莫名其妙的戰爭！看著眼前的她遍體鱗傷，他心疼懊悔不已，他目睹這場戰爭發生卻無能為力，彷彿這一切都是他帶給她的……

病房房門被推開，護士走進來彎下身在他耳邊輕聲提醒探病時間已經結束，他心疼地繼續望著她，伸出手來用紙巾幫她把臉頰旁的淚痕擦乾……

護士再輕聲催促了一下，他才站起身來強忍著不捨擠出微笑的

表情，「妳好好休養，我會再來看妳」他小聲地對著她說。

　　他走出病房，轉過身來看著躺在病床上的她，緩緩關上房門。

　　秀予和亭莉，安靜地躺在病房裡的兩張病床上⋯⋯

四十五

　　八一大樓的大禮堂內，國強穿著一身筆挺的空軍制服坐在第一排座位的最左側，禮堂講台正上方掛著一道紅色橫幅，別著斗大的白色字樣：「特招馬國強同志入伍宣誓儀式」……

　　就在兩岸爆發軍事衝突第二天，老陳帶著國強到八一大樓，見了上回在王府井飯店一起吃飯見過面的中央軍委政治工作部副主任柳得維。也許同是空軍的緣故，柳得維跟國強話家常的互動，著實讓國強感覺就像家人般親切。尤其是當柳關心詢問他的太太跟小孩在台灣所遭遇到的情況時，國強彷彿感覺到坐在他面前的，並不是一名對台灣抱持敵意隨時想要犯台的解放軍將領，反而就像是家裡的長輩一樣，關懷著從小看著長大的晚輩。

　　在聊得熱絡時，柳得維提出了希望能夠特招國強入伍加入解放軍空軍的想法。乍聽見時，國強一口回絕，直白的告訴柳得維他既然是中華民國空軍軍官，宣誓過效忠國家，就不會改變自己對國家的忠誠。

　　但是柳得維卻告訴國強，他不是要國強背叛國家，眼前是台灣當局被台獨分裂勢力掌握，是這一小撮台獨分子背叛了祖國，出賣了國強對國家的忠誠。

　　「國強，人生自古誰無死，留取丹心照汗青」柳得維勸著國強，「加入解放軍並不是背叛國家」「其實正好相反，你為台獨賣命，讓台獨分裂勢力能夠以武謀獨，才是真正背叛你效忠的國家！」

　　「台獨分子口口聲聲中華民國主權獨立，大家心知肚明現在的中華民國就是台獨分裂借殼上市！」柳得維說的激動起來，「你現

在效忠中華民國就等於是在效忠台獨分裂勢力！」「你明白嗎？」

柳得維表情嚴肅地看著國強，國強低下頭來沉默不語。

「你效忠台獨分子，但是你看看台獨分子是怎麼對待你跟你老婆孩子的？」柳得維這席話顯然打到國強心裡的痛處，「針對軍隊內部有外省背景的幹部搞政治整肅，把你們這些外省族群鬥臭鬥垮！」「發動群眾去鬥爭你的家人，在街頭上公開羞辱他們！」

「你現在就算要效忠中華民國，可中華民國還不要你咧！」「你沒看見台灣軍隊裡頭只要是有外省背景的幹部統統被強迫退伍嗎？」柳得維一邊觀察著國強臉上表情的變化一邊繼續說著。

「作為軍人效忠國家是正確的，但是不能愚忠啊！」「我能理解你說你效忠的國家是中華民國，但放大來說，中華民國也是有著五千年悠久歷史文明中國的一部分」柳得維甚有技巧地運用著政治幹部熟悉的辯證邏輯，「所以兩岸都是中國不或缺的部分，你效忠的國家其實就是中國！」

國強聽著柳得維的勸說，腦海中不斷浮現太太牽著兒子的手站在官舍大門口，全身沾滿蛋殼蛋汁被群眾鼓譟羞辱，兒子稚氣的臉龐浮現滿臉驚恐的畫面……

「國強你還年輕，還有很長的路要走，要了解兩岸之間不可能在短時間內就能夠實現統一」「還需要一段長時間的融合」「眼前你覺得台獨分裂勢力會讓你回台灣嗎？」「你一回去就會戳破了他們的謊言」

「如今對你最好的選擇就是加入解放軍，把你對中華民國的忠誠擴大成為對祖國的忠誠」「加入解放軍以後大家就都是同志都是自家人」「共同為推進祖國統一和兩岸同胞的共同福祉而奮鬥！」

國強低著頭聽完柳得維說的話，心裡不斷湧現爺爺跟父親從小的耳提面命要效忠國家不可以做對不起國家的事。但現況卻正如柳得維所言，不是他對不起國家，是國家背叛跟拋棄了他！從他遭擊

落被解放軍送到青島開始，他始終抱持著大不了成仁取義的想法，自忖沒有對不起身上穿的軍服。但是台灣卻是把他抹黑成叛逃，還發動群眾公開羞辱他的家人⋯⋯

「我沒有對不起台灣，是台灣對不起我！」國強忽然氣憤的從嘴裡蹦出了這句話。

「我願意加入解放軍！」國強抬起頭來，「但是有幾個條件」

「只要你同意加入解放軍，什麼都好說」柳得維知道剛才說的話已經發揮了影響國強立場的作用。

「第一，我可以認同效忠中華民國就是效忠中國」「但絕對不是效忠中華人民共和國」「第二，我絕不參與任何攻擊台灣的軍事行動」國強語氣中帶著堅定，「第三，等到兩岸統一時，我就要立刻退伍！」

「老弟啊！看來你很熟悉三國裡關雲長降漢不降曹的故事」柳得維沒料到國強會提出這樣的條件，「漢室就是中國，你第一個條件說你效忠中國這沒問題，但我們可不是曹操啊！」

「1949 年共和國成立，就代表中國的正統，台灣是構成中國不可或缺的一部分」「你效忠中國，對我們來說其實是一樣的」柳得維故意說的含糊。

「第二個條件也沒有問題，軍委這邊可以安排你去解放軍空軍指揮學院接受教育」「完成了教育以後再安排你去飛行學院擔任教員，講授跟台灣有關的課程」柳得維對國強後續的崗位安排說得十分清楚，「至於是去石家莊還是西安，要看組織安排」「但你放心，這些崗位都不是在一線部隊，絕對不會派你去從事跟對台軍事鬥爭有關的任務」

「第三個條件咱們這邊是沒什麼問題，問題是在台灣」「老弟啊，你覺得台灣那邊還會讓你回去嗎？」柳得維說的很直白，「就算你能回去，你覺得台獨分子會讓你跟你的老婆孩子日子好過

嗎？」

國強聽完柳的答覆後沉默不語，柳得維看出了國強心中的顧慮。

「還有一個條件，我加入解放軍的事不能公開」國強想到如果台灣媒體大幅報導他加入了解放軍，他的家人必定會遭到台獨團體更激烈的報復跟傷害，「我不想連累我的家人」

「這沒有問題，我完全能夠理解你心裡對在台灣家人的掛礙」「我可以向上頭報告，有關你特招入伍的事，讓中宣部那邊吩咐底下的單位，尤其是新華社、人民日報跟央視都不要報導」柳得維知道現在國強唯一顧慮的就是在台灣家人的安危，「軍報就更沒有問題，我這邊直接下命令就行了！」

「我也會請上頭跟網信辦那邊說一聲，讓網管特別關注，別讓你的消息在網路上出現」柳得維顯得十分有把握，「只要中宣部跟網信辦有交代，你相信我，大陸這邊就不會有任何關於你入伍的訊息出現」「微信、微博跟抖音都不會」

「你們能保證不會有消息外洩出去嗎？」國強不太相信柳得維形容的大陸這邊可以控制媒體跟網路到滴水不漏的程度，「我在台灣的時候就經常看到很多大陸的內幕消息從網路上流傳出來」「你們在新疆、西藏做的」「還有一些內地民眾維權的事件」

「那是以美國為主的西方國家處心積慮在中國內部製造問題，再捏造虛假的消息在網路上散布來抹黑中國！」柳得維急切的為共產黨政權辯護著，「美國人想盡辦法在中國內部製造事端，就怕中國崛起」「你知道 CIA 派了多少特務潛伏在中國嗎？」

「這些在外頭散布有關中國內部的消息，全都是捏造的假新聞！」「你可別信！」

「我知道你其實是擔心你的家人在台灣的處境」「你放心，你入伍以後，我們會盡全力盡快安排你的家人到北京來跟你全家團圓」柳得維補上了國強內心深處最後一塊拼圖……

　　八一大樓大禮堂內奏起了響亮的軍樂聲，國強在中央軍委政治工作部副主任空軍中將柳得維的指引下步上講台，講台一側還坐著過去駕機叛逃到大陸的台灣飛行員，解放軍少將退役的黃植誠、以及擔任過全國政協委員的李大維、林賢順。

　　國強肩上掛著剛別上去的中校軍銜，站在講台上，低頭看了一下柳得維辦公室為他準備的講話稿，再抬起頭來深呼吸了一口氣，對著台下近兩百名觀禮的解放軍駐京機構代表們說，「從今爾後，我將立場堅定反對台獨分裂！為實現祖國統一大業而奮鬥不懈！……」

國家圖書館出版品預行編目

決戰日：兩岸最終戰 / 龍飛將著. -- 臺北市：
　龍飛將, 2022.12
　　面；　公分
　　ISBN 978-626-01-0769-7 (平裝)

863.57　　　　　　　　　　111019210

決戰日：

兩岸最終戰

作　　者／龍飛將
出　　版／龍飛將
製作銷售／秀威資訊科技股份有限公司
　　　　　114 台北市內湖區瑞光路76巷69號2樓
　　　　　電話：+886-2-2796-3638
　　　　　傳真：+886-2-2796-1377
網路訂購／秀威書店：https://store.showwe.tw
　　　　　博客來網路書店：https://www.books.com.tw
　　　　　三民網路書店：https://www.m.sanmin.com.tw
　　　　　讀冊生活：https://www.taaze.tw

出版日期／2022年12月
定　　價／450元